Cuando llega la noche

LA TRAMA

Cuando llega la noche

Mikel Santiago

Papel certificado por el Forest Stewardship Council®

Primera edición: noviembre de 2024

Printed in Spain – Impreso en España

ISBN: 978-84-666-7631-1
Depósito legal: B-14.487-2024

Compuesto en Llibresimes, S. L.

Impreso en Rotativas de Estella, S. L.
Villatuerta (Navarra)

BS 7 6 3 1 1

Querido lector o lectora,

En este volumen encontrarás tres novelas cortas que escribí entre los años 2005 y 2010. Por aquel entonces trabajaba como programador de software en Dublín y me gustaba inventarme historias de camino a la oficina. Me lo pasaba bien escribiéndolas y publicándolas por fragmentos en un blog (*El relatódromo*) que me sirvió como primer encuentro con mis lectores (doce fieles que se leían todo lo que publicaba semanalmente).

Después, las cosas empezaron a ponerse más serias. Una de estas novelas cortas (*Historia de un crimen perfecto*) se hizo viral y subió, ella solita, hasta el top 10 de las lecturas favoritas en España y EE.UU. Un agente me propuso escribir una novela larga y le hice caso. Dos años más tarde publiqué *La última noche en Tremore Beach*, que se convirtió en uno de los libros más exitosos de 2014.

Y la rueda comenzó a girar...

Hoy, diez años más tarde, la parroquia ha crecido bastante desde aquellas doce almas que rondaban por mi blog. He publicado ocho novelas y acabamos de celebrar el estreno de una serie de televisión basada en aquella primera novela (*La última noche en Tremor*, Netflix, 2024), pero se podría decir que todo sigue más o menos igual. Yo me invento una historia, la escribo y os la sirvo con el orgullo de un artesano que disfruta con lo que hace.

Estas tres novelas cortas son, por lo tanto, mis primeros pasos como escritor, y en ellas puedes encontrar mucho de mis grandes referencias literarias. Stephen King, Poe, Patricia Highsmith... y mi amor incondicional por el terror, el suspense y, en general, las historias que saben arrancarte un escalofrío. Espero que las disfrutes yque te hagan mirar debajo de la cama antes de apagar la luz...

Buenas noches,

MIKEL SANTIAGO

Bilbao, septiembre de 2024

Historia de un crimen perfecto

Me llamo Eric Rot y escribo estas últimas líneas de mi vida para confesarme: soy un asesino.

Yo lo hice. La maté. Linda Fitzwilliam está muerta. Ni huida con su amante, ni jugando a esconderse para irritar a su familia, como apuntaron en su momento las revistas del mundo rosa. La hija del magnate John Fitzwilliam, mi jefe y amigo durante tres décadas, murió estrangulada la noche del 13 de octubre de hace cinco años, en París. Esa es la verdad.

No espero el favor ni el perdón de nadie por esta confesión. Tan solo quiero explicar por qué lo hice, ponerlo sobre un papel antes de volarme la cabeza y descansar para siempre, si es que se me permite hacerlo.

Dejen primero que me presente, hablarles un poco de mí. Algunos me recordarán de las revistas y los periódicos. Además de ser el director general de la firma en Francia, actué como enlace y portavoz de la familia Fitzwilliam en París todo el tiempo que duró el caso de Linda. Fui yo, de hecho, quien denunció su desaparición a la policía, siete días después de matarla, con su cadáver aún caliente en el jardín de mi casa de Le Vésinet. Todavía me parece increíble que pudiera hacerlo; interpretar aquel papel de tristeza y preocupación con las manos manchadas de sangre. Pero, como todo lo demás en mi vida, me gusta hacer las cosas a conciencia.

Empecé a trabajar para la familia Fitzwilliam cuando solo contaba trece años de edad, como aprendiz en su sede central de la calle Archer, en Londres, limpiando y arreglando máquinas de escribir. Mi padre era electricista en la Westinghouse y mi madre vendía flores en un puesto de Covent Garden, y si bien aquel modesto salario resultaba de mucha ayuda en el presupuesto familiar, mis padres nunca permitieron que me desviara de los estudios.

A los dieciséis comencé cursos de contabilidad

en una escuela nocturna y a los dieciocho ya había conseguido mi primer puesto en la oficina central; un trabajo modesto, pero al que me apliqué con todas mis fuerzas, que pronto se vieron recompensadas con un ascenso.

Ese ha sido el único talento de mi vida: trabajar y esforzarme. La única opción que le queda al hijo de un obrero si aspira a tener una vida mejor que la de sus padres. En aquellos días la compañía estaba en plena expansión y no paraban de convocarse exámenes de promoción interna a los que yo me presentaba con la voracidad de un joven tigre. Estudiaba por las noches hasta caer rendido sobre el escritorio, cinco minutos antes de que sonase el despertador.

Así, a golpe de muchos esfuerzos, medré rápidamente y cuando rondaba los veintiocho años me seleccionaron para dirigir uno de los nuevos departamentos nacionales, convirtiéndome en el ejecutivo más joven de la compañía. Aquello hizo de mí un personaje famoso, o eso cabría decir. Incluso el gran patriarca Laurel Fitzwilliam me invitó a una recepción con ocasión del aniversario de la firma y aparecí en la portada de la revista de la compañía. Estaba en la cresta de la ola, justo encima, y tenía las fuerzas suficientes para sostenerme ahí arriba; me lo había ganado.

Tres años más tarde fui destinado a Johannesburgo para representar los negocios de la firma en Sudáfrica. Mientras prestaba mis servicios en esas tierras, trabé una estrecha amistad con John Fitzwilliam, el heredero de la compañía, quien desarrollaba allí sus primeras labores dentro de la empresa. John y yo teníamos la misma edad y, pese a venir de mundos muy distintos, me pareció un muchacho agradable y honesto. Él me llamaba «el hombre serio» y yo le llamaba «el niñato». Nos hicimos buenos amigos y fuimos de gran ayuda el uno para el otro en aquellos días. Cosechamos muchos éxitos durante la gestión en Sudáfrica y cinco años después regresamos juntos a Europa, él para casarse y heredar el imperio de su padre, y yo para tomar posesión del puesto de director general de la oficina en París.

Desde entonces me convertí en uno de sus hombres de confianza. John solía invitarme un par de veces al año a su mansión de Oxford para tratar asuntos de la compañía, retarnos al golf y dejar que me deleitara en sus amplios invernaderos, donde nació mi afición por la jardinería.

En esas veladas en sociedad, John también me presentaba a mujeres, casi todas amigas de Constantine, su esposa. Durante un tiempo me presionó mucho con el asunto del matrimonio. Era algo inconcebible para él que yo nunca hubiese mostrado ningún interés en las mujeres. Una vez, en Johannesburgo, llegó a preguntarme si tenía otras inclinaciones, pero yo me apresuré a aclarárselo. Toda mi vida había girado en torno a la firma, jamás me había concentrado en otra cosa y no creía que a esas alturas una mujer encajase demasiado bien en mis planes. Sencillamente, siempre las vi como un auténtico estorbo.

Con la llegada de Linda y Adrian, los dos hijos del matrimonio, John comenzó a dedicar más tiempo a su familia y a delegar tareas. Eso redujo el número de nuestros encuentros, aunque en absoluto hizo mella en la amistad que nos unía. John no comprendía mi falta de apego a la familia y, a su vez, yo no comprendía que un hombre tan importante cambiara la gestión de su imperio por una serie de afectos domésticos, casi siempre destinados a tornarse ingratos. No obstante, continuamos una cordial relación. John me dio más responsabilidades sobre Europa y yo las abracé con la misma ilusión con la que lo había hecho siempre.

En los siguientes dieciocho años, la firma creció de forma imparable. Cerramos grandes acuerdos con gobiernos de todo el continente y aglutinamos a otras empresas que antes habían sido nuestra competencia. Salimos a bolsa con un éxito arrollador y nos situamos en lo alto de una pirámide de oro. Fitzwilliam se había convertido en uno de los grandes grupos empresariales del mundo y John llegó a admitir, durante una de nuestras cada vez menos habituales partidas de golf en Oxford, que el éxito de la compañía se debía más a mis esfuerzos que a los suyos. Él era un hombre feliz —me dijo en aquella ocasión—, y amar a su mujer y criar a sus hijos era todo a lo que aspiraba en el mundo. «La compañía siempre fue algo impuesto para mí; nunca la amé como tú la amas, Eric. Tú deberías ser el Fitzwilliam, no yo».

Pero yo no era un Fitzwilliam y nunca lo sería. Uno debe saber cuál es su lugar en esta vida y luchar por mejorarlo en vez de mirar al jardín del vecino. Y eso es lo que yo había hecho desde los trece años. Amaba aquella compañía y estaba consagrado a ella en cuerpo y alma. John lo sabía; casi me dejaba dirigirla mientras él vivía de los réditos de mi pasión. Así eran las cosas y supongo que era justo.

Mis padres murieron con solo unos años de diferencia y yo me quedé completamente solo en el mundo. Aun así, se trataba de una sensación nominal, cuantitativa, pues yo no me sentía solo ni un día de mi vida. Me encantaba despertarme por las mañanas, ya en mi gran casa de campo de Le Vésinet, ya en mi pequeño apartamento de La Défense, y desayunar escuchando el informe de bolsa en la radio. Después, vestir un agradable traje de Savile Row —aún con el fino aroma de la tintorería impregnado en él— y tomar un coche a la ciudad mientras leía una selección de periódicos europeos. Subir las amplias escaleras de mármol de nuestro edificio, entrar por la puerta y saludar al portero, a los empleados que encontraba por el camino y al ascensorista. Llegar a mi despacho, mirar la ciudad a través del gran ventanal y sentarme en mi sofá de cuero mientras mi secretaria me informaba sobre las reuniones de la agenda, el almuerzo, el café, la cena, de si tendría que coger algún avión, asistir a algún evento social o si era el día de recibir un masaje.

Mi vida era un mecanismo bien engrasado. Un programa sin vacíos. Una melodía perpetua de obligaciones que yo desempeñaba con la mejor de las sonrisas. Me encantaba mi trabajo, la deliciosa rutina diaria en mi despacho, a bordo de un avión o sentado a la mesa de un restaurante. El poco tiempo libre que me restaba lo invertía en mi jardín, donde se iba desvelando un oculto talento con las flores.

Nunca necesité nada ni a nadie más. Pero, al parecer, esto no era suficiente para la cruel providencia. No era suficiente que un hombre solo deseara trabajar, cumplir con su labor y disfrutar de un destino que se había ganado a pulso. Los hados de la fortuna quisieron gastarme una broma macabra o, mejor dicho, quisieron castigarme. Tal vez porque me había atrevido a ser feliz con demasiado poco. Por eso me enviaron a Linda Fitzwilliam.

John me lo hizo saber por teléfono un día a finales de mayo; Linda pasaría el año en París antes de ir a la universidad. Quería perfeccionar su francés y tener una aventura bohemia antes de enfocarse en una rigurosa carrera de empresariales. Sus padres confiaban en mí para que hiciese las funciones de un tío. «Encárgate de que no le falte nada», me pidió John. «Y vigílala un poco, ¿lo harás por mí? No me acabo de hacer a la idea de que mi princesita se marche del nido».

Yo acepté, ¿qué otra opción me quedaba? Además de cuidar de su empresa, ahora tendría también que cuidar de su hija. Recuerdo que ese día, al colgar el teléfono, estaba realmente enfadado. Me dieron ganas de tomar el cenicero de mi mesa y lanzarlo contra el cristal de la ventana.

Linda llegó a París la primera semana de junio. La recordaba como una niña pecosa y parlanchina que no paraba de hablarme mientras yo trataba de jugar al golf en el *green* familiar de Oxford. Pero aquella mañana de junio, cuando la vi entrar en mi despacho, comprendí cuánto tiempo debía de haber pasado desde aquellos recuerdos.

Se había convertido en toda una mujercita. Tenía un bello y largo cabello dorado que le caía en bucles sobre los hombros, dos preciosos ojos verdes y un cuerpo bien esculpido que había heredado de Constantine, que había sido una gran bailarina en su juventud. Reconozco que me quedé embobado por unos instantes, mirándola brillar bajo el sol matinal. Fue como si una ráfaga de viento entrase por mi ventana después de haber acariciado un campo de flores.

Linda se lanzó a mis brazos y me besó en las mejillas. «¡Tío Eric!», exclamó, tal y como solía hacerlo. «Llevaba tanto tiempo sin verte... pero estás igual, exactamente el mismo... aunque te han salido canas», dijo riendo como un cascabel.

Mientras almorzábamos en un café junto a los Campos Elíseos, consiguió hacerme reír con aquellos viejos recuerdos de Oxford, que ella había guardado mucho mejor que yo (hasta los trajes que su padre solía prestarme «porque yo siempre parecía venir de un entierro»), y por primera vez en mi vida me olvidé de mi agenda para disfrutar de la compañía de una bella criatura. Ahora me doy cuenta de que fue aquella misma tarde cuando comencé a enamorarme de ella.

Lo arreglé todo para instalarla en un buen apartamento del Barrio Latino, puse a su disposición un chófer (que ella se negó a utilizar, ya que no era nada bohemio) y le di una tarjeta sin límite de crédito a cuenta de la empresa. Hecho esto, le hice prometer que al menos una vez por semana nos veríamos para contarme qué tal le iba. Ella accedió a hacerlo con entusiasmo; me dijo que era absolutamente feliz.

Después nos separamos por un tiempo. Asuntos de la firma me hicieron trasladarme a Hamburgo durante un par de semanas y nos despedimos hasta mi regreso. Durante ese viaje me sorprendí recordándola a menudo. Su imagen se colaba en mis últimos pensamientos del día, aparecía por sorpresa entre mis informes o me hacía perder el hilo de una reunión.

Cuando volví a París, Linda estaba ya sumergida en la vida estudiantil de la ciudad: fiestas, amigos... pero nunca faltaba a su cita semanal conmigo. Solía aparecer por La Défense los días en que mi agenda me permitía invitarla a almorzar. Al principio la llevaba a un café que había junto al edificio, pero a medida que nuestras citas fueron más habituales, nos alejamos de la zona. No me gustaba pensar que aquello pudiese levantar rumores equivocados entre los suspicaces trabajadores de la compañía... Pero ¿estaban realmente equivocados? Yo lo justificaba todo diciéndome que aquella era la misión que me había encargado su padre: «Vigílala», me dijo, y eso hacía. Aunque en el fondo, como siempre ocurre, estaba la verdad. Soñaba con poseerla. Era un sentimiento irremediable, superior a mis fuerzas. Y sobre todo, nuevo. Jamás en mi vida había sentido tal atracción por una mujer. Soñaba con sus labios brillantes, con el olor a champú de su cabello, con su cuello y su piel de leche. Soñaba con sus piernas, con sus senos, soñaba con besar cada lunar de su cuerpo.

A medida que pasaban las semanas, empecé a

pensar que Linda también sentía algo por mí. Supongo que sus señales eran obvias, pero después de una vida entera renegando de los asuntos del amor, yo estaba tan ciego como un topo. Tuvo que ser ella la que destapara la caja de Pandora. Y lo hizo con una malvada sutileza. Un día, mientras tomábamos un café después de almorzar, me confesó que había conocido a un chico, un pintor bohemio que vivía en una buhardilla al estilo de los artistas malditos, y que se había enamorado de él.

Mientras lo contaba, yo sentí que se me secaba la garganta y que un dolor horrible se abría paso en mi pecho. Jamás me habían roto antes el corazón, así que pensé que debía de estar muriéndome por alguna razón. Tal vez un veneno en la comida, o un ataque. Entonces ella me tomó de la mano y me preguntó si estaba bien. Yo traté de recomponerme. Pedí algo de beber. Le aseguré que había sido un ligero malestar. Después pedí la cuenta y dije que debía marcharme de inmediato.

Nos levantamos de la mesa y salimos por la puerta del bistró. Llovía a raudales y nos quedamos debajo del toldo esperando a que algún taxi parase. En ese instante ella se dio la vuelta y se plantó frente a mí con la mirada fija en mis ojos. Me dijo que todo había sido una mentira; que no se había enamorado de ningún pintor. Lo había dicho para ver mi reacción porque en realidad yo era su único amor. «Te he amado desde siempre, tío Eric. He soñado contigo cada noche desde que era niña... y por eso estoy aquí, en Francia. He venido solo para estar a tu lado».

Supongo que el amor comienza cuando una persona te hace olvidar quién eres. Y eso fue exactamente lo que me ocurrió en aquel momento, recién salido de un dolor desdichado, al escuchar aquellas palabras tan dulces. Me olvidé de quién era yo. Eric Rot, el hombre de la firma, el amigo íntimo de John Fitzwilliam. Y también de quién era ella, una niña de dieciocho años, posiblemente cautiva de un amor platónico. Por último, olvidé las implicaciones, olvidé el futuro, y la besé en los labios, bajo la lluvia, mientras nos fundíamos en un abrazo.

Mi vida había sido un largo otoño, una larga monotonía avivada con pequeños éxitos, una melodía perfecta pero monocorde. Y entonces el verano irrumpió en París. Apareció ella con su vestido de flores y su pintalabios sabor a caramelo. Llegó la música. Nuestra loca aventura.

Comenzamos a vernos los fines de semana, en mi casa de Le Vésinet. La primera noche que pasamos juntos se fundieron todas las cadenas de mi cuerpo. Al día siguiente, cuando me desperté con ella abrazada a mi cuello y sus rizos esparcidos por mi pecho, terminé de aceptar que la amaba. Jamás podría decírselo a John; nuestro futuro estaba condenado nada más nacer, pero en aquel momento, al ver su precioso cuerpo refugiado en el mío, fui capaz de olvidarlo todo.

Seguimos viéndonos en secreto durante aquel verano, siempre en mi casa de las afueras o alguna vez en el Jardin des Plantes, cerca de su barrio. No me atrevía a citarme con ella en público, ni siquiera en una gran ciudad como París, aunque Linda renegaba constantemente. Deseaba irse conmigo al Loira, a Caen... viajar a Holanda, pasar un fin de semana en otro lugar. Le expliqué que eso era imposible. Cualquier tropiezo o imprevisto y nos veríamos metidos en un gran problema. ¿Es que deseaba que su padre se enterara de todo? Ella a veces decía que le daba igual. «¿Y qué más da que lo sepa? Ya soy mayor de edad y tú eres un hombre soltero, ¿qué hay de malo en nuestro amor?». «Nada», pensaba yo. No había nada de malo en amarse, pero la sociedad no perdonaría un crimen tan jugoso. Sería el fin de mi carrera y un escándalo de juventud para ella. Y siempre que discutíamos este aspecto terminábamos en la misma pregunta: ¿qué futuro nos esperaba entonces? ¿Vivir recluidos entre cuatro paredes? ¿Amarnos en secreto hasta... cuándo? Yo nunca sabía contestar a eso.

Pero la respuesta vino sola. Ocurrió a finales de septiembre, coincidiendo con una visita de John y Constantine a París. Fue un tanto embarazoso tener que mentirles, pero lo hicimos admirablemente, comportándonos como un tío bonachón y su sobrina. Sin embargo, el teatro duró poco. Esa noche, durante una cena en el restaurante de la Ópera, Linda comenzó a sentirse mal. Dijo que tenía unas horribles náuseas y se levantó apresurada para ir a vomitar. John pidió explicaciones al chef, que le aseguró que la comida se hallaba en perfecto estado. Pero Linda volvió a vomitar por segunda vez y terminamos llevándola a una clínica del centro. Allí, después de realizarle unas cuantas pruebas, el doctor reveló a John y a Constantine que Linda estaba embarazada.

¿Cómo había podido suceder? Supongo que ninguno de los dos éramos lo que se dice unos expertos...

y el error que yo tanto había temido acabó llegando. John se puso hecho una furia en el pasillo de la clínica, me cogió de las solapas y me preguntó qué demonios había pasado. ¡A mí! Por un segundo creí que me había descubierto, pero entonces Constantine le contuvo y John me pidió perdón, me dijo que había necesitado encontrar un culpable. No se podía imaginar lo cerca que había estado de lograrlo.

Supe después que esa noche, en la intimidad de su suite, John le preguntó a Linda por el padre del niño y que esta le mintió. Le dijo que era un pintor que había conocido en una fiesta, y que ahora se hallaba lejos de Europa, terminando un cuadro. John insistió en que debían dar con él, pero Linda se inventó que aquel chico no le había dejado sus señas antes de irse.

Al día siguiente John me ordenó que contratara a un detective y que localizara al muchacho, «costase lo que costase». Linda se quedaría un mes más en París y luego regresaría a Londres para decidir qué hacer con el niño. Y, por supuesto, el asunto de su embarazo debía continuar en absoluto secreto. La prensa rosa estaría encantada de dar con una noticia semejante y teníamos que andarnos con cuidado.

Constantine permaneció una semana más en París y Linda y yo quedamos incomunicados. No había medio alguno para hacerle llegar un mensaje sin arriesgarme a ser descubierto. Durante esos días contraté a un detective. Un hombre de aspecto siniestro llamado Riffle que comenzó a revolotear por todas partes haciendo preguntas. Riffle se reunió conmigo al cabo de una semana y me preguntó qué clase de relación tenía yo con Linda. Nos habían visto juntos en varias ocasiones y se preguntaba si yo podría ser una fuente de información adicional. Supe, por su mirada, que me había descubierto. Ignoraba cómo, pero cuando me miró con aquellos profundos ojos de color negro, sentí que leía a través de mis pensamientos. No tardé en despedirle y contraté otra agencia, esta vez con órdenes precisas de centrarse en el muchacho desaparecido. Reutilicé las mismas mentiras que Linda le había contado a Riffle: era un chico mestizo, de madre francesa y padre argelino; de nombre Benjamin y sin apellido; había vivido en Marsella muchos años y se había mudado a París hacía poco, a algún lugar del Barrio Latino. Ahora se hallaba en paradero desconocido, aunque había razones para pensar que había huido a algún lugar de Tailandia para pintar un cuadro encargado por un mecenas anónimo. La agencia de detectives se frotaba las manos ante lo que prometía ser una larga investigación. Les pedí presupuesto para seis meses. Supuse que John y Constantine se olvidarían del asunto pasado este tiempo.

Constantine regresó a Londres y yo no perdí ni un minuto para citarme con Linda en Le Vésinet. Fue una tarde horrible. Ella estaba muy alterada después de pasarse una semana oyendo las lamentaciones de su madre, y a mí me comían los nervios, temiendo que alguno de los detectives que yo mismo había contratado nos descubriera. Según la vi no supe cómo reaccionar. Se lanzó a mis brazos, pero yo me sentía como una estatua de hielo. Fue como si de pronto hubiese despertado de un sueño y me hubiese dado cuenta de lo estúpido que había sido todo ese tiempo. Linda era solo una niña. Una niña enojada con sus padres —«los odio», me dijo, «no quiero volver a verlos nunca más»— y sobre todo una niña asustada, que se deshizo en lágrimas sobre mi camisa preguntándose qué sería ahora de su vida. Al parecer, John había sugerido el aborto, pero Constantine se había negado en redondo a esa idea. La madre de Linda había planeado que el niño nacería, pero que lo darían en adopción.

Tras unos momentos de pánico, tomé a Linda por los hombros y le dije que no llorase más, que pasase lo que pasase lo arreglaríamos. Recuerdo ver su sonrisa resurgiendo entre las lágrimas nada más oírme. «Dime que no me abandonarás», me rogó. «Haré lo que tú desees, pero prométeme que seguiremos juntos». Yo se lo prometí, titubeando y sin demasiada convicción, pero se lo prometí. Debía tranquilizarla, hacerla confiar en mí, o de lo contrario confiaría en alguien más. De pronto me sorprendí a mí mismo actuando con la frialdad que me guiaba en los negocios. Fue como una pequeña y rápida revolución en mis sentimientos. Y Linda se convirtió en un problema que debía resolver. Un problema que requería creatividad e ingenio.

Antes de despedirnos aquella noche le hablé de los detectives y le aconsejé que extremara las precauciones. Le dije que sería mejor esperar unos días para volver a vernos. También repasamos la historia del pintor por si debía repetirla de nuevo, y me cercioré, una vez más, de que no hubiera revelado a nadie nuestro secreto. Ella se enfadó un poco. Me dijo que nadie, ni sus mejores amigas, sabía nada de lo nuestro o del embarazo. Hecho esto, la dejé marchar con la promesa de vernos el viernes siguiente en una cena organizada por la compañía.

La semana pasó en un suspiro. Tuve que volar a

Hamburgo y estuve allí un par de días arreglando unos asuntos legales. Regresé el jueves a última hora y me encontré un mensaje de Linda en el contestador automático de mi casa de Le Vésinet. Se la oía muy contenta. Me decía que «había tenido una gran idea» y que deseaba verme al día siguiente, durante la fiesta, para contármela. Borré el mensaje de inmediato y me quedé algo preocupado por esa «gran idea». Estuve a punto de llamarla, pero opté por no hacerlo. Me bebí dos copas de coñac mirando la televisión sin verla, y después me metí en la cama. Los asuntos en Hamburgo iban viento en popa y bien engrasados. Pensando en ellos logré apartar de mi mente el temor de que Linda hubiese cometido (o estuviese a punto de cometer) alguna estupidez.

Nos vimos al día siguiente, en una cena de caridad que la firma organizaba todos los años. Linda apareció vestida como una princesa: entallada en un conjunto plateado y tocada de perlas y finos diamantes. Además de eso, estaba triste, y la tristeza le confería un aire de hermosura inalcanzable que hechizaba el aire por donde pasaba. Cuando entró en el comedor del Excelsior, algunos invitados me preguntaron quién era y no me creyeron cuando les dije que aquella muñeca, que parecía una estrella más en la noche de París, tenía solo dieciocho años. A mí también me costaba creerlo.

Durante la cena, sentada en la mesa presidencial, algunos jóvenes ejecutivos perdieron el tiempo tratando de deslumbrarla con sus anécdotas. Linda estaba en otra esfera y apenas conseguían arrancarle una sonrisa forzada o una educada respuesta sin interés. Yo me fijé en ella disimuladamente. Casi no tocó la comida; se dedicó a beber y a responder alguna pregunta sobre su estancia en París. Y de vez en cuando la sorprendía mirándome con los ojos brillantes y grandes como los de un gato que mira a la luna.

Después de la cena, la fiesta se trasladó al ático del Excelsior y yo estuve muy ocupado durante la primera hora, saludando y haciendo presentaciones. Sobre la medianoche encontré a Linda junto a la barra de cócteles, soportando el abordaje de un joven diplomático portugués. Con una vaga disculpa logré liberarla de su esforzado pretendiente y la llevé a tomar algo de aire a la terraza del rascacielos. París rugía a nuestros pies, incendiada de luz, y una suave brisa nos acariciaba el cabello.

—Huye conmigo. Vayámonos juntos —dijo Linda—. No quiero volver a Londres.

Sonreí mientras echaba un vistazo a nuestro alrededor. Le pregunté qué locura era aquella.

—He hablado con papá y mamá esta tarde. Se lo he dicho.

De pronto el corazón me dio un vuelco. Traté de mantener la compostura.

—¿Qué les has dicho? —pregunté.

—Que no quiero volver con ellos, someterme a sus malditas órdenes. Les he dicho que me iría con mi amante, con el padre del niño. Tengo dieciocho años y puedo elegir. ¿No es cierto?

Comenzaba a darme cuenta del problema en el que me había metido.

—¿Les has dicho quién es… el padre? —pregunté con voz trémula.

Ella se rio.

—Oh, claro que sí… El pintor, Benjamin… ¿no lo recuerdas?

Entonces se acercó y me susurró:

—Te amo, Eric. Huyamos juntos. ¿Lo harás? Dime, ¿lo harás?

Los ecos de la fiesta se oían a lo lejos. Una gota de sudor brotó en mi sien derecha. Ahora me quedaba claro que ese problema era demasiado importante como para seguir posponiéndolo con promesas. Había que resolverlo cuanto antes.

—Sí... —respondí—. Quiero irme contigo... pero quiero que sea ahora. Vayámonos ahora.

—¿De veras? —preguntó entusiasmada.

Miré hacia los lados y asentí. Una idea se iba formando en mi cabeza a la velocidad de un rayo.

Linda me preguntó a dónde pensaba llevarla y le dije que conocía un sitio en el sur de España, que poseía una pequeña propiedad en una colina llena de naranjos que daba al mar Mediterráneo. Podríamos instalarnos allí por un tiempo.

—Pero ¿esta noche? —volvió a preguntar, incrédula.

—¿Hay mejor momento? —respondí yo—. Tengo ganas de tomarme un largo descanso. Y tú ya no haces nada aquí en París. Ve a la calle y coge un taxi —continué—. Que te lleve a tu apartamento; yo iré a buscarte dentro de dos horas. No hables de esto con nadie, ¿de acuerdo? Nadie debe saberlo.

Nos despedimos allí mismo. Linda no cabía en sí de alegría. Yo trataba de atemperar mis nervios ante lo que estaba a punto de hacer (¿lo iba a hacer realmente?). Y volví a la fiesta en busca de una buena copa. Me introduje en una de las muchas conversaciones que se sucedían y traté de comportarme con toda la naturalidad del mundo. Hablé largo y tendido con uno de aquellos jóvenes ejecutivos que la compañía había mandado recientemente a París y sobre la una de la madrugada me despedí con el argumento de que había sido una larga semana. Cogí un taxi frente al hotel. En el garaje de mi apartamento en La Défense tenía un BMW aparcado que a veces utilizaba para desplazarme a la oficina. Lo arranqué y salí hacia el centro. A esas alturas de la noche apenas había tráfico. Volé y en media hora estaba en el Barrio Latino.

Linda bajó vestida con unos vaqueros y con una gran mochila al hombro. Se montó y me besó en los labios.

—Tengo que pasarme por Le Vésinet para recoger algo de ropa —le dije—. Después pondremos rumbo al sur.

Conduje deprisa. Linda me hablaba de nuestro futuro en España. Me hacía preguntas sobre la casa. ¿Tenía vistas al mar? Estaba segura de que seríamos muy felices, y más cuando naciera el niño. Yo conseguiría algún trabajo, y ella también podría trabajar... algo saldría.

Llegamos a mi casa de campo y tomé la precaución de meter el coche en el garaje. Linda me preguntó si debía esperarme allí y yo le dije que pasara dentro. Me ayudaría a elegir la ropa que debía llevarme. Subimos al salón y le pregunté si quería tomar una copa.

—Algo sin alcohol, ya sabes... —dijo acariciándose el vientre.

Y reconozco que aquello me heló la sangre y me hizo dudar de todo por un instante. Pero cerré los ojos. Los apreté durante un largo segundo y, cuando los abrí, ya había decidido que nada podría pararme.

Le preparé un refresco. Se lo dejé apoyado en la mesita que estaba frente al televisor y ella se sentó allí, de espaldas al resto de la estancia. No paraba de hablar, y oírla planeando nuestras vidas, el nacimiento del bebé, la habitación, los juguetes... suponía una auténtica tortura. Cada palabra que surgía de su dulce garganta era como un aguijón que se me clavaba en las piernas y frenaba mis intenciones.

—¡España! ¡Soy tan feliz! Nunca hubiese imaginado que terminaría viviendo en España.

Pero una fuerza aún mayor me empujaba. Me repetí a mí mismo que no había otra salida; tarde o temprano la muchacha terminaría cometiendo un error o, sencillamente, descubriéndonos. Aquella era una oportunidad única para acabar con esa sombra que amenazaba mi vida, y no podía fallar.

—Ya es muy tarde. Quizá es mejor que pasemos aquí la noche, ¿no?

Fui a la cocina y me apoyé en la puerta. Tenía que decidir cómo hacerlo. Revisé diferentes objetos a mi alcance: un largo y afilado cuchillo, un martillo... Me imaginé la sangre saliendo a borbotones por la herida, regando alfombras, cortinas... Finalmente opté por estrangularla. Sería limpio, insonoro. Tenía un rollo de cable que había utilizado para extender la línea telefónica hasta el pasillo. Recorté un buen trozo con unas tijeras y me enrollé un extremo en cada mano. Tiré de él con fuerza y me dirigí al salón. Linda tenía la cabeza apoyada en el sofá y los ojos cerrados. Me oyó venir y sonrió. Estiró los labios y esperó a que la besara.

Yo rodeé su fino cuello con el cable. Ella sonrió aún más y abrió los ojos.

—¿Una sorpresa? —me preguntó, creyendo tal vez que estaba abrochándole un collar al cuello.

Tiré hacia atrás, imprimiendo una violenta presión en el cable. Vi cómo Linda abría los ojos desmesuradamente, sorprendida por aquel alud de fuerza y dolor. Se echó las manos al cuello, tratando de liberarse del cable. Abrió la boca mientras lo hacía, como si quisiera decirme algo. Comenzó a agitar las piernas y elevó las manos hacia mi cara, pero yo logré esquivarlas mientras mantenía el cable bien tenso. Oí sus agónicos estertores, que parecían el aullido de una hiena. Un sonido absurdo, inimaginable.

Al cabo de un minuto, Linda dejó de moverse y descansó al fin. Yo solté el cable y su cabeza cayó hasta posarse en el sofá. Le cerré los ojos, pero no pude hacer lo mismo con la boca. Esta se fue cerrando lentamente durante los siguientes minutos.

Me había herido las manos manteniendo el cable en tensión y me maldije por aquel tonto error. Podría haberme puesto unos guantes de cocina y así evitar una herida tan visible. Fui a por el botiquín y me apliqué algunas vendas y esparadrapo antes de regresar al salón. Estaba exhausto. Me eché en el sofá y me tomé un par de copas mirando a Linda. Se diría que estaba dormida de no ser porque sus piernas habían quedado dobladas en una postura extraña y sus manos abiertas y en tensión.

A través de la ventana se veía el resplandor del amanecer iluminando el cielo. Descarté cualquier intento de enterrarla aquella noche. Podría hacerlo el sábado de madrugada, bien descansado y al amparo de la oscuridad. Hasta entonces, lo mejor sería dejarla en algún sitio fresco y oculto.

La arrastré hasta el garaje y la envolví en una vieja alfombra. Después coloqué algunos sacos de fertilizante sobre el bulto. Supuse que no comenzaría a oler hasta pasados un par de días. Cerré la puerta del garaje por dentro y volví al salón. Cepillé a conciencia el sofá y las alfombras, eliminando cualquier rastro que pudiera haber quedado atrapado allí.

Los pájaros habían empezado a cantar cuando terminé. El sol se asomaba tras las montañas. Subí a mi habitación, me bebí una última copa y me tumbé en la cama. Pensaba que no podría dormirme en un buen rato, pero sorprendentemente, nada más cerrar los ojos, concilié el sueño.

Me desperté al mediodía del sábado y en los primeros segundos de lucidez se apoderó de mí una sensación horrible. Pánico mezclado con culpabilidad y miedo. Me eché a llorar como un niño y por primera vez fui del todo consciente de que había segado no una, sino dos vidas con mis manos. Ideas desesperadas cruzaron por mi mente. El suicidio, entregarme... pero al final surgió esa voz en la que siempre he confiado, la que ha sabido guiar mis pasos con seguridad desde que era un niño. Y aquella voz me dijo: has resuelto el problema. Esa muchacha hacía peligrar todo el esfuerzo de tu vida. Hiciste lo correcto.

Pasé el resto del día fuera de casa, tratando de recobrar el equilibrio. Fui al centro de jardinería y compré una pala nueva y bolsas de plástico. Volví a casa al anochecer y decidí ver la televisión hasta que se hiciese muy tarde. Puse el canal de noticias. No decían nada sobre Linda. Era probable que nadie la echase en falta hasta dentro de un tiempo, quizá una semana o dos. En ese caso tendría que ser yo la persona que diera la voz de alarma. Yo era quien solía verla cada semana y quien se suponía al cargo de ella, vaya ironía. Calculé cuánto tiempo sería lógico esperar hasta comenzar a preocuparme por ella. Tal vez tres o cuatro días llamándola y sin recibir respuesta. No debía precipitarme. Debía actuar con naturalidad, sin hacer demasiado ruido al principio. Diría que Linda me confesó sus planes de huir junto con su misterioso amante. Si era cierto que había amenazado a sus padres con hacerlo, entonces el asunto estaría resuelto.

A eso de las dos de la mañana salí al jardín trasero

y me cercioré de que nadie andaba por los alrededores. Ya había elegido un buen sitio, junto a una rocalla rodeada de pinos bajos, y empecé a cavar. Jamás hubiera imaginado lo que cuesta cavar una tumba. Tardé algo más de tres horas en hacer un buen agujero. Cuando terminé, el sol despuntaba en el horizonte. Con mis últimas fuerzas arrastré el cadáver hasta allí y lo dejé caer en el hoyo. Después de volver a cubrir bien el agujero, me senté en el césped, exhausto, mirando aquel montón de tierra húmeda. Tenía las manos llenas de ampollas, y su dolor se sumaba al de los cortes del cable y a un fuerte lumbago. Por lo demás, me sentía liberado. Decidí que al día siguiente plantaría unas cuantas amapolas en el nuevo parterre.

Las cosas marcharon incluso mejor de lo previsto. El lunes a primera hora recibí una llamada de Constantine diciéndome que era incapaz de contactar con Linda. El viernes por la tarde habían tenido una gran discusión por teléfono y ella amenazó con fugarse con su amante. El sábado Constantine la llamó cinco veces y el domingo no menos de quince, incluyendo a dos amigas que no sabían nada de la muchacha, excepto que tampoco había respondido a sus llamadas. Le dije que no se preocupara, que seguramente se trataba de una pataleta y Linda acabaría llamando a casa en pocos días. Aun así, Constantine me rogó que me personara en su apartamento y tratara de hacerla entrar en razón, cosa que prometí hacer esa misma tarde.

Me presenté allí después del trabajo. Era uno de esos viejos edificios de los años cuarenta que aún abundan en la ciudad. Largas escaleras de caracol, suelos ajedrezados y un estrecho hueco aprovechado para instalar un minúsculo ascensor. Aunque había sido el amante de Linda durante varios meses, jamás había puesto un pie allí, de modo que no fue difícil mostrarme desorientado. Toqué su timbre cuatro o cinco veces y después golpeé en su puerta llamándola en voz alta. La fortuna quiso que me oyera una de sus vecinas, una mujer ojerosa y de pelo enredado que apareció envuelta en un albornoz y con un cigarrillo en la boca. Le expliqué lo que sucedía y ella recordó haber visto a Linda el viernes por la tarde. Se la cruzó por las escaleras y creyó que era una actriz, por lo bien vestida que iba. Le agradecí la información y le rogué que le diera un mensaje si volvía a verla: que llamara a su casa puesto que sus padres estaban muy preocupados por ella.

—¿Ha desaparecido? —preguntó cuando ya me disponía a marchar escaleras abajo.

—Aún es pronto para decir eso —respondí yo.

—Es una muchacha preciosa, un ángel. —La mujer se apoyó en el marco de la puerta—. Las chicas bonitas corren peligro en este mundo.

—Ciertamente.

—Espero que esté bien. Maldito sea si alguien le ha hecho algo.

—Aún es pronto para...

—Maldito sea el que le haya hecho daño —repitió ella con sus ojos enrojecidos puestos en mí.

Llamé a Constantine nada más salir del edificio. Le dije que esperaría hasta la noche y volvería a intentarlo. Constantine se puso algo nerviosa; me rogó que la avisara en cuanto supiese algo. Se lo prometí. La tranquilicé diciendo que Linda aparecería en cualquier momento y se ganaría un buen sermón.

Pero claro, eso no ocurrió. Esa misma noche, sobre las once volví a llamar a Londres para informar de que Linda no estaba en su casa. Constantine perdió el control al oírme, comenzó a gimotear invadida por los nervios. Lo siguiente que escuché fue la temblorosa voz de John pidiéndome consejo. «¿Qué hay de los detectives?», me preguntó. «¿Cómo es posible que aún no sepan nada? Ese muchacho está en París, estoy seguro. Linda consiguió hablar con él de alguna manera, y ahora están juntos».

Le dije que era muy probable que así fuera y John me ordenó que presionara a los detectives para que entrasen en la casa y buscaran entre las cosas de Linda; la dirección de ese muchacho debía de estar en algún sitio. También me anunció que él y Constantine llegarían a París al día siguiente por la noche.

Así que debía darme prisa. No iba a permitir que ningún detective entrara a registrar el apartamento de Linda sin haberlo revisado yo primero. Mi nombre podría aparecer en cualquier sitio: un diario, un poema, una nota. De pronto me di cuenta de que había muchas cosas fuera de mi control. Me faltó el aire por unos instantes, pero después volví a atemperar mis nervios.

La mochila que Linda había preparado para nuestro viaje a España seguía en el maletero del coche. El domingo reparé en que había olvidado enterrarla con el cadáver y pensé en lanzarla al Sena cargada de piedras, alguna noche entre semana. Ahora, ese pequeño olvido jugaba a mi favor. En uno de los bolsillos de la mochila encontré las llaves del apartamento. Pero ¿cómo podría justificar que tenía esas llaves en mi poder? Aquello atraería sospechas sobre mí. Así que debería hacerlo furtivamente, aquella misma noche; no podía posponerlo.

Tenía en mente a esa vieja vecina con aspecto de loca. Me pareció de esa clase de personas que se despiertan con solo oír pasos en la madera. Y tras nuestra conversación era muy probable que ni durmiera. En cuanto oyese la llave girar en la cerradura, creería que yo era Linda y vendría a husmear. Tenía que hilar fino. No quería que esa vieja le contase a los detectives (y a la policía en un futuro no muy lejano) que me había visto entrar en el apartamento.

Me fui a dar una larga vuelta con el coche. Salí de París, cené en un restaurante de carretera y leí el periódico del día con un café largo. Regresé sobre la una de la madrugada, directo al piso de Linda. La calle estaba tranquila y el edificio en penumbras. Subí de puntillas las escaleras de caracol, aunque la traicionera y vieja madera no dejó de crujir a mi paso. Al llegar al piso, miré a la puerta de la vecina anciana. Todo parecía en silencio. Introduje la llave con cuidado en la cerradura del piso de Linda y la giré tratando de no hacer ruido. La puerta se abrió con un suave chirrido y me colé en el interior.

La luz anaranjada de las farolas entraba en diagonal a través de la única ventana del apartamento. Era un estudio de una sola pieza y bastante desordenado. Había ropa tirada sobre la cama, por el suelo, maletas abiertas... supuse que a causa de la prisa que Linda debió de darse para preparar su mochila.

Tiré del cordón del estor y dejé que la luz de la calle iluminase lo máximo posible el apartamento. El escritorio estaba junto a la ventana. Sobre él encontré una foto de Linda (preciosa, en un vestido de noche, supongo que de no mucho tiempo atrás), un ejemplar de *Las flores del mal* en francés y una nota escrita a toda velocidad:

> Papá y mamá:
>
> He decidido marcharme de París por una temporada. Por favor, no os preocupéis por mí. Estaré bien. Os llamaré en cuanto tenga un minuto. Os quiero.
>
> LINDA

Aquella nota me convenía, así que la devolví al escritorio y proseguí el registro. Revisé su ropa; una veintena de bolsillos donde todo lo que hallé fueron monedas, billetes de metro y pañuelos de papel hechos bolitas. Miré entre sus libros (pocos) y cuadernos de la academia de francés. En uno de ellos, escrito de forma reiterativa, descubrí la siguiente frase:

Le vrai amour c'est pour toujours
Le vrai amour c'est pour toujours
Le vrai amour c'est pour toujours
Le vrai amour c'est pour toujours

«El amor verdadero es para siempre».

«Te he querido siempre, tío Eric», me dijo una vez, sentados a orillas del Sena, un día en que nos atrevimos a salir de Le Vésinet. «Desde que era una niña y te veía llegar en aquel largo coche negro a nuestra casa de Oxford. No eras como los demás... parecías tan apesadumbrado, triste... como si llevases el mundo cargado sobre tus hombros. Y yo me preguntaba qué había en ese corazón que te apenaba tanto. Y soñaba con darle algo de luz y de alegría... Siempre soñé con ello. Siempre».

Tenía aquel cuaderno aún entre las manos, con mi mente ahogándose en esos terribles pensamientos, cuando oí a mis espaldas un ruido procedente de la puerta. Me quedé paralizado, casi sin aliento. Ni siquiera pensé en esconderme en el baño. Sencillamente permanecí inmóvil, quieto como una estatua en la penumbra de la habitación.

Los ruidos continuaron y pude escucharlos mejor. Eran dedos. Dedos que se arrastraban por la madera de la puerta, arañándola de arriba abajo. No me equivocaba. El edificio estaba en completo silencio. Era como si alguien clavase las uñas a lo largo de la madera con fuerza, presa de una terrible angustia.

El corazón me latía a toda velocidad en el pecho. ¿Quién podría ser? ¿Por qué? Recordé a aquella vieja vecina... recordé su aspecto de loca, de maniática... y su maldición. «Maldito sea el que le haya hecho daño».

¿Es que había leído algo en mis ojos?

Despegué los pies del suelo y me acerqué a la puerta. Los arañazos se sucedían, cada vez con más vigor. Arriba, abajo, como violentos brochazos de un pintor enloquecido. Me acerqué aún más, pegué la oreja a la madera. Escuché una respiración al otro lado, una respiración asmática, suplicante, entre la que distinguía un susurro, como una oración ininterrumpida. ¿Qué era lo que decía? El ruido de sus uñas no me dejaba oírlo con claridad. Pegué el oído con más fuerza a la puerta.

Entonces sentí un terrible golpe, un puñetazo dirigido contra mi cara que había ido a parar a la puerta. Me aparté aterrado, tropecé con una bolsa y fui a parar al suelo. Ahora, pensé, ahora vendrían a por mí. Ahora. Pero ¿quién?

Miré hacia la puerta, esperando a que se abriera. Una fina franja de luz se colaba por debajo de ella. De pronto todo era silencio... ¿Se había ido? Pero de nuevo: ¿quién?

Me puse en pie y me acerqué otra vez. El ruido había cesado.

Aguardé allí, sentado junto a la puerta durante un par de minutos. Después, cuando hube recobrado mis arrestos, me levanté y abrí la puerta de golpe. El descansillo estaba desierto. Nadie. Supuse que habría sido un borracho o un bromista.

—¿Linda? —dijo la voz de aquella vieja a través de la puerta de su vivienda—. ¿Eres tú, Linda?

Salí corriendo escaleras abajo.

Al día siguiente llegaron John y Constantine a París. Para cuando los recibí en mi despacho de La Défense, los detectives ya habían regresado con un informe de urgencia acerca de Linda y de su misterioso pintor. Esa mañana habían registrado el estudio de

Linda ante la presencia de un par de testigos (la casera y una vecina) y habían dado con la nota, que apuntaba claramente a un caso de fuga voluntaria. Además, ciertas fuentes del entorno artístico de París habían facilitado un posible nombre para resolver la identidad del pintor: Charlie Badoo, que llevaba un par de meses de viaje por Tailandia. Era la única persona que encajaba mínimamente con la descripción, a pesar de no llamarse Benjamin (esto podía ser una invención de Linda, comentaban los detectives). La agencia se había puesto en contacto con algunos colegas de Bangkok que ya le buscaban desde esa misma mañana. Por lo demás, nos aconsejaban activar un seguimiento de operaciones con las tarjetas de crédito de Linda, cosa que yo ya había hecho para cuando sus padres llegaron a París.

Pese a mostrar cierta angustia, John y Constantine se sintieron aliviados al comprender que su hija se encontraba bien. El informe de la agencia terminaba con un alentador análisis de perfil del caso: el noventa por ciento de las fugas adolescentes tienen un desenlace feliz. En cuanto Linda entrase en razón, contactaría con sus padres, probablemente para pedirles que la ayudasen a regresar a casa.

De todas formas, John siguió presionando. Ese

mismo día almorzamos con importantes cargos de la policía francesa, y se llegó a un compromiso de activar cuantas fuentes de información estuvieran a su alcance para averiguar el paradero de Linda. Cosas de la vida, lo primero que se activó tras hablar con la policía fue la prensa.

La filtración fue total; se supo lo del embarazo y lo del pintor marsellés. El viernes siguiente, cuando se cumplía una semana de la desaparición de Linda, John me ordenó que denunciara oficialmente el caso y que me hiciera cargo de contener a la prensa, que comenzaba a revolotear alrededor de nuestra oficina de La Défense y el hotel Ritz donde se alojaba el matrimonio.

Esa misma tarde, a mi salida de comisaría, concerté una rueda de prensa para explicar los detalles de la desaparición y lanzar un mensaje a las cámaras: le pedí a Linda que se pusiera en contacto con su familia y confirmara que se encontraba bien.

Al parecer no había otra noticia más interesante por aquellas fechas y el asunto tomó una relevancia que nadie había podido predecir. Tabloides, revistas del corazón y programas de radio y televisión se hicieron eco de la «loca aventura juvenil» de la hija del magnate John Fitzwilliam. Se dio la coincidencia de que Charlie Badoo resultó ser también algo difícil de atrapar. Por lo visto, los detectives no lo habían localizado en Bangkok y habían extendido su búsqueda por el resto del país. Esto dio alas a la imaginación popular. Cada día se pergeñaba una nueva teoría en las tertulias de radio y televisión: que ambos estaban escondidos en algún lugar de París; que habían viajado a Tailandia... por no hablar de las decenas de pistas falsas recibidas en esas fechas y que aseguraban haber visto a Linda y a su amante en escenarios tan dispares como Fez, Ginebra o Ámsterdam. Solo unos pocos apuntaron a la posibilidad de que el asunto tuviera un cariz siniestro. Entre ellos, aquel detective que contraté en primer lugar, el tal Riffle. Pasadas dos semanas, apareció invitado en un programa de televisión y expresó sus dudas de que Linda hubiera salido de París en ningún momento, y aún menos para irse a Tailandia con un pintor que, según sus pesquisas, ni siquiera conocía. Según él, había algo raro en todo el asunto. Al parecer, Linda tenía un amante, pero nadie, ni siquiera sus mejores amigas, le había visto jamás en su compañía. Era como si ella lo ocultase al mundo. ¿Por qué? La teoría de Riffle es que se trataba de una relación que su familia no podía aprobar. «Quizá un hombre mayor que ella», añadió, «quizá alguien de su entorno».

Aquellas declaraciones tomaron mayor relevancia cuando, finalmente, los detectives lograron dar con Charlie Badoo en una aldea del sur de Tailandia. El pintor aseguró que ni siquiera había oído antes el nombre de Linda Fitzwilliam. Había pasado los últimos meses solo, aislado del mundo y concentrado en su obra. «¿Qué Linda?», fue el titular la mañana siguiente en los tabloides: «Se confirma: Charlie Badoo no es el amante de Linda Fitzwilliam», «La familia muestra su inquietud ante este nuevo descubrimiento», «Aumentan los rumores de que la historia del pintor sea una invención», «¿Quién es el amante secreto de Linda? ¿Por qué lo ocultó?». La pista falsa de Badoo terminó ahí (con una publicidad millonaria para el artista, que ese año vendió un trescientos por ciento más en las galerías parisinas) y se abrieron nuevos cauces de investigación.

Ahora la atención se centraba en el amante secreto de Linda. Habían publicado la foto de la muchacha y al final ocurrió lo que me temía. Una empleada de la Gare de Lyon testificó ante la policía que había visto a Linda varias veces durante aquel verano, tomando el mismo tren hacia las afueras de París los viernes por la tarde. Linda era una muchacha hermosa que atraía las miradas. Otro hombre, un empleado de los jardines públicos de La Bonnet, aseguró haber charlado con una chica inglesa del mismo aspecto que Linda en las inmediaciones de La Bonnet. Recordaba que la joven había subido a un coche «caro» (gracias a Dios eso era todo lo que había retenido de mi BMW) que conducía un hombre del que no podía dar la descripción. Salieron otros testimonios más vagos e imprecisos (algunos de ellos apuntando hacia Le Vésinet), nada demasiado concreto. Además, por esas fechas apareció una foto (hecha por un turista en una playa de Indonesia) en la que una supuesta Linda asomaba en segundo plano tomando el sol. La foto se desmintió al cabo de una semana y aquello terminó por hacer que el público desconfiara de tantas apariciones y testimonios.

Pasó el tiempo. Un mes después de que Linda desapareciera sin dejar rastro, la prensa acusó el desgaste de la noticia y la fue relegando fuera de los titulares. John trató de reactivar el tema ofreciendo una recompensa de doce mil libras a quien pudiera aportar alguna pista sobre el paradero de su hija. Luego, regresó a Oxford junto con Constantine y me dejaron al timón.

Fue un descanso para mí, que no había tenido ni un minuto libre desde que todo aquel asunto de la prensa había comenzado. Cada día —desde que la imagen de Linda empezó a aparecer en los medios— había sido una pesadilla; siempre a la espera del dedo acusador, a la voz que se alzase para decir: «¡Era usted! ¡Usted era su amante!». Pero eso no llegó a suceder y, ahora que otras noticias iban distrayendo la atención del caso, por fin pude relajarme y concentrarme en el devenir de la compañía.

Habíamos logrado postergar los asuntos de Hamburgo por un tiempo, pero —incluso con una desaparición familiar por medio— los negocios no esperan a nadie, de modo que ese fin de semana decidí llevarme todos los informes a mi casa de Le Vésinet. No había vuelto por allí desde que enterré a Linda y estaba obsesionado con regresar y comprobar que el cadáver seguía perfectamente oculto. Además, podría pasar un par de días de completa soledad, trabajando y ultimando detalles para nuestra próxima reunión.

Esa tarde, al salir del trabajo, conduje directamente hasta allí. En un programa de radio hablaban de un reciente conflicto entre China y Estados Unidos, la recesión y otros temas de actualidad. El caso de Linda parecía olvidado.

Según salía de la autopista para entrar en la carretera regional observé un coche que venía siguiéndome. Era un viejo Citroën de faros amarillos que estaba seguro de haber visto detrás de mí al salir de La Défense. Pensé que se trataría de algún paparazzi (habíamos tenido varios durante el mes que estuvo el asunto de Linda en el candelero) y traté de darle esquinazo por los laberínticos senderos de la zona. Me conocía bastante bien los caminos que unían las casonas de Le Vésinet y le hice sudar la gota gorda para no perderme. Pese a ello, el Citroën no se despegó de mí en ningún momento. Finalmente, decidí enfrentarme y le esperé parado junto a mi casa.

El coche se aproximó con descaro hasta detenerse detrás del mío, junto a la puerta de mi villa. Me apeé para resolver la cuestión cara a cara, pero según lo hice y reconocí a mi perseguidor, sentí que la sangre me bajaba a los talones: era Riffle, aquel detective que yo había despedido un tiempo atrás.

—¡Hola! —Se aproximaba a mí con una sonrisa en los labios.

—Hola —respondí sorprendido.

Riffle se acercó con paso firme y me tendió la mano. Se la estreché casi sin fuerza, tratando de entender qué hacía aquel tipo allí.

—¿Me ha seguido? —le pregunté.

—Sí —dijo él—. Y me disculpo por haberlo hecho. Quería hablarle al salir de su trabajo, pero se dio tanta prisa que no me quedó otro remedio que ir detrás. ¿Vive aquí? —señaló la villa.

Asentí.

—Es un lugar precioso —añadió él mirando el coqueto chalet—. Siempre he soñado con vivir en el campo, pero el trabajo de detective no da tanto dinero, ¿sabe? ¿Son geranios lo que tiene plantado ahí? ¡Son magníficos, de veras! Yo debo conformarme con una maceta junto a la ventana.

Por si no lo describí antes, Riffle era un hombre bajito, cejudo y con la mirada astuta y brillante. Lo contraté siguiendo la recomendación de un conocido que me dijo que era uno de los mejores detectives de París. Y en aquellos momentos, al verle mirar hacia mi jardín, mi corazón comenzó a latir desbocado.

—Bueno... pero ¿qué desea? —pregunté, cortando tal vez con demasiada brusquedad las observaciones que Riffle se dedicaba a hacer sobre mis plantas.

Él sonrió y me observó en silencio. Esperó unos segundos antes de contestar.

—Quería hacerle un par de preguntas sobre Linda. Estoy intentando ganarme esa recompensa de doce mil libras. Me vendrían de maravilla, ¿sabe?

—Lo comprendo —suspiré—. En fin... está bien... Estoy un poco ocupado, pero cualquier cosa es secundaria si se trata de este... asunto. Usted dirá. ¿En qué puedo ayudarle?

Riffle no dejaba de mirar hacia la casa. En sus ojos fulguraba una idea.

—¿Podría invitarme a un vaso de agua? Vengo sediento.

—Yo... —titubeé—, ya le he dicho que estoy un poco ocupado.

Él me escrutó con aquellos ojos penetrantes que parecían leerle a uno como en un libro abierto. De pronto sentí que estaba poniéndome rojo, que estaba quedando en evidencia.

—De acuerdo, pase —terminé diciendo—. No quiero ser maleducado.

—Gracias —dijo él.

No me volví mientras abría la cancela ni tampoco mientras caminábamos por el jardín, pero estuve seguro de que Riffle no perdía detalle de nada. Yo, por mi parte, evité girar el cuello para mirar al parterre de las amapolas, donde Linda estaba enterrada. Tenía la certeza de que Riffle decodificaría una cosa así en cuestión de segundos.

Abrí la puerta y entré. La casa olía a cerrado. Oí cómo Riffle se limpiaba los zapatos en el felpudo y me seguía.

—Bonita casa, sí señor —dijo al llegar al salón.

Le invité a sentarse y fue a hacerlo en el mismo sofá donde había ocurrido todo. Me alegré de haberlo cepillado hasta la saciedad, pero ahora me asaltaron las dudas. Temía los ojos de aquel tipo. Veían cosas más allá de lo que otros eran capaces.

—¿Agua... o prefiere un vino? —le pregunté desde la cocina.

—¡Un vino, si puedo elegir! —exclamó desde el salón.

Vi su redonda cabeza, calva por la coronilla, brillar bajo la luz de la lámpara. Pensé en cómo le sentaría un martillazo. Seguramente reventaría como una sandía.

—¿No tiene usted esposa? —me preguntó entonces—. ¿Hijos?

—No. Nunca me casé —respondí con parquedad. Me imaginé que notaba la falta de fotografías familiares en la repisa de la chimenea.

—Un hombre listo —bromeó él—. Yo en cambio

me he casado dos veces. Mi primera esposa me abandonó, la segunda sigue conmigo. No sé qué es peor.

Volví al salón con las copas de vino y las dejé sobre la mesa. Después tomé asiento en un sofá, a su derecha.

—Mmm, parece un gran vino. —Alzó su copa—. Brindo por el pronto regreso de Linda.

Yo alcé la mía y bebí, pero Riffle no me siguió.

—En Francia da muy mala suerte no mirarse a los ojos en un brindis —replicó él.

Levanté la mirada y la clavé en él.

—Por Linda —dije antes de dar otro sorbo.

—Se ha herido usted en las manos —dijo entonces con aquella mirada imperturbable fijada en mí—. ¿Algo reciente?

Me miré las manos como si yo fuera el primer sorprendido. De hecho, lo estaba. Las finas cicatrices del cable telefónico eran ya casi invisibles... pero Riffle era un sabueso, eso estaba claro

—La jardinería... —dije sonriendo con naturalidad —. Está llena de peligros.

Riffle encajó aquello sin muestras de sospechar nada. Se le veía muy cómodo allí sentado. Pasó a hablar de mis cuadros, del color de las paredes, del tamaño de las ventanas y de la calidad de las alfombras.

Advertí que dejaba transcurrir el tiempo mientras sus ojos recorrían cada esquina de mi salón. Estaba claro que había venido a buscar algo, una evidencia y, también, que era el número uno en su lista de sospechosos. Tal vez solo quisiera que flaqueara... ponerme nervioso y hacerme tropezar. Decidí que no lo conseguiría. Si pasaba esa prueba, tal vez el tipo me dejase en paz. Si en cambio fallaba... el maldito husmearía hasta encontrar el fallo —si es que lo había— de mi crimen perfecto.

Así que escuché y asentí cada una de sus frases, pero sin dejar de mirar el reloj, mostrándome razonablemente ansioso por despacharlo.

—Debe usted disculparme otra vez; siempre me voy por las ramas —dijo sonriendo, unos diez minutos después de nuestro brindis—. Yo había venido a hablar de Linda. Si le parece, podría responderme a algunas preguntas.

—Adelante —dije yo.

—Verá... me gustaría saber qué tipo de relación tenía usted con ella.

—¿Yo? —traté de sonar sorprendido—. Ya se lo dije en su día. Digamos que su padre me nombró tutor de Linda mientras ella estuviera en Francia.

—Sí... me lo dijo, me lo dijo... —repitió Riffle

rascándose la calva—, pero supongo que al final terminaron haciéndose amigos, ¿verdad? Ella solía almorzar con usted cada semana.

Riffle no podía saber que era cada semana. Supuse que estaba intentando establecer algo por omisión. Lo impedí.

—No tan a menudo, pero sí, es cierto que solía invitarla a comer de vez en cuando. Y claro que éramos amigos... conocía a Linda desde niña.

Esto pilló a Riffle por sorpresa.

—¿Desde niña? Vaya... No tenía ese dato —dijo.

—Oh, sí... —contraataqué—. Solía visitar su casa de Oxford varias veces al año, aunque hacía mucho que no iba por allí.

—Muy bien... Eso explica que se vieran tanto. Era una relación casi familiar.

—Más o menos.

—Y ella ¿le contaba cosas? Cosas de su vida en París, quiero decir.

—¿Cosas como sus relaciones? No, nunca hablábamos de eso.

—¿Y de qué hablaban, señor Rot?

—Vaya, pues... de otros temas. Su carrera de empresariales, por ejemplo. Ella me hacía muchas preguntas al respecto. Y... bueno, de las típicas cosas que un adulto y una... jovencita... pueden contarse.

Noté que me estaba poniendo un poco nervioso.

—¿Le habló alguna vez de su amante?

—¿El pintor? No...

—Aún no se sabe si era un pintor realmente —replicó Riffle.

—Linda lo dijo.

—Pudo mentir. Mire, la semana pasada mantuve varias conversaciones con amigas y compañeras de Linda. Todas concluían que la muchacha estaba locamente enamorada de un hombre mayor que ella, del cual nunca desveló su identidad. De hecho, había rechazado a muchos y cotizados jóvenes de la vida nocturna parisina. Una de sus amigas me dijo... Espere.

Se sacó una alargada libreta de uno de los bolsillos. La abrió y buscó en una de sus páginas arrugadas.

—«Jean C. estaba loco por ella, pero Linda, sencillamente, le respondió que estaba enamorada de otro... un hombre maduro con la cabeza sobre los hombros. [...] A menudo le rogamos que nos lo presentara, pero ella dijo que era imposible. Nunca entendimos a qué venía tanto secreto».

Riffle cerró la libreta y me miró fijamente.

—¿Tiene alguna de idea de por qué Linda ocultaría un secreto así incluso a unas amigas?

—No lo sé. Supongo que temía la reacción de sus padres. Admitamos que no es del gusto de nadie que una muchacha joven tenga relaciones con alguien mucho mayor.

—Pero ¿incluso a sus amigas? Debía ser algo más. Yo me inclino porque era un conocido de su familia, alguien cercano. Y que ambos habían pactado su silencio al respecto. ¿No cree, señor Rot?

—Puede ser —respondí tratando de parecer indiferente—. Es una teoría.

—Lo es. No deja de ser una idea... pero ¿sabe?, siempre he tenido olfato para estas cosas. Y mi olfato me dice que Linda nunca se marchó de París porque estaba enamorada de un hombre a quien conocía bien. Un hombre cercano a ella, a su familia. Un hombre... como usted.

Nuestras miradas se encontraron en el aire, como dos energías opuestas, y se sucedieron unos segundos de pura tensión. Después tomé aire, sonreí y contesté con tranquilidad.

—Podría enfadarme por esa insinuación, pero supongo que hace su trabajo y no lo censuro. El objetivo de todos es encontrar a Linda.

—Eso no responde a la pregunta.

—¿Qué quiere saber? Éramos amigos.

—¿Solo amigos?

—Era una amistad... quizá algo más.

—¿Algo más? —preguntó Riffle sin poder ocultar cierta excitación.

—Quizá la veía como la hija que nunca tuve —dije tratando de hacer temblar mi voz—. Soy un viejo solitario y ella siempre me ha querido como a un tío. No le niego que su compañía me resultaba agradable. Verla crecer y encauzar su vida en condiciones es todo cuanto deseo. Lo demás... está sencillamente fuera de lugar.

Riffle se quedó callado unos segundos. Supongo que la respuesta encajaba, aunque no acabara de creérsela.

—De acuerdo, señor Rot... ¿Y cómo es posible que ella nunca le mencionara nada?

—En realidad, lo hizo... —dije yo—, aunque de manera sutil. Supongo que temía que yo se lo contara a sus padres. Nunca entró en detalles... hasta aquella última noche...

—¿La noche de la fiesta? —preguntó Riffle abriendo su libreta y empuñando un lapicero entre los dedos—. ¿Le dijo algo esa noche?

—Bueno... no mucho. La encontré llorando en la terraza del hotel... Había discutido con su madre esa tarde.

—Fue la última comunicación entre Linda y su madre, si no recuerdo mal.

—Así fue. Linda estaba desesperada porque su madre quería dar el niño en adopción. Pero ella quería tenerlo. Me dijo que su madre no podía obligarla a hacer algo que ella no quisiera... Me pidió consejo.

—¿Qué le dijo usted?

—No gran cosa, en realidad. Traté de hacerla entrar en razón: ser madre a los dieciocho años arruinaría su vida.

—¿Y?

—Ella me dijo que el padre tenía dinero y que ya lo habían planeado todo: se dedicarían a viajar un tiempo. Asia, Sudamérica... y después, cuando sus padres aceptasen su decisión, quizá volviese.

—¿Le contó esto a la policía?

—Creo que sí.

—¿Pasó algo más?

—No... Bueno, sí. Intenté convencerla de que fugarse era una idea estúpida y Linda se enfadó conmigo, me dijo que actuaba igual que sus padres. Poco después abandonó la fiesta. Fue la última vez que la vi. Pensé que lo de la fuga sería un farol.

—Parece que se equivocó —sonrió Riffle.

—Me arrepiento de haberla subestimado. Tal vez si hubiera sido más comprensivo... Pero supongo que es tarde para lamentarse. En cualquier caso, creo que Linda terminará regresando.

—¿Lo cree?

—Sí... firmemente. Linda es una muchacha inteligente. Volverá en cuanto se le pase el enfado. Imagino que John y Constantine habrán cambiado su forma de pensar para entonces. Una familia con tanto dinero encontrará la manera de conseguir que Linda estudie y críe a su hijo al mismo tiempo.

—Espero que tenga razón. —Riffle cerró su libreta.

Terminamos las copas de vino y el detective dijo que debía marcharse. Le acompañé hasta la puerta. El atardecer estaba a punto de completarse y el sol ya no lanzaba más que unos débiles rayos de color naranja contra el cielo estrellado. Me sentía feliz. Haber convencido a aquel hombre me hizo sentir como saliendo de una tormenta. Ahora estaba libre de sospechas.

Atravesamos el jardín y Riffle volvió a pararse para alabar mis geranios, a lo que yo respondí que en realidad estaban muy estropeados porque llevaba unas cuantas semanas sin pasar por ahí. Fue entonces cuando me atreví a mirar al parterre de amapolas. Había deseado hacerlo todo el día; ver si la tierra se había secado y las flores brotado sobre ella. Pero lo primero que vi al mirarlo me conmocionó tanto que solté un involuntario «Dios mío».

—Veo que también se ha fijado —dijo Riffle, que seguía agachado junto a los geranios, dando la espalda al resto del jardín—, pero no se preocupe. Un insecticida lo arreglará. Aunque no debería descuidar tanto las plantas. Si yo tuviera un jardín así...

Riffle miraba hacia los geranios, pero yo mantenía los ojos fijos en el parterre. Allí, brotando de la tierra como una flor marchita, había aparecido una mano pálida como un rayo de luna.

—Dicen que los gladiolos también crecen muy bien en este clima. Yo tengo uno muy pequeño.

Traté de calmarme y pensar. ¿Cómo habría podido pasar? Tal vez un movimiento de tierra, aguas subterráneas... algo. Estaba medio abierta, con un par de dedos extendidos y los otros cerrados sobre la palma. Limpia de tierra.

¿Cuánto llevaría así? Pudo haber emergido el mismo día en que enterré a Linda... pero yo recordaba aquel agujero. Me costó tres horas excavarlo... Aunque reconozco que volqué el cadáver con cierta prisa. Tal vez ese brazo se quedó extendido y puede que... algo lo hiciese subir.

Lo primero y más importante era sacar a Riffle de allí, mandarlo a paseo antes de que quisiera fijarse en más cosas. (Y, de hecho, ¿a qué venía aquella fijación con la jardinería? Tal vez buscase tierra removida... en forma de tumba).

—Si no le importa, se hace tarde y tengo trabajo —mantuve la voz tan firme como pude.

Riffle volvió a disculparse. Se puso en pie y caminó hacia la salida. Yo iba detrás de él, casi empujándole, y entonces giró el cuello hacia ese lado del jardín. Y se detuvo en seco.

—¡Demonios! —exclamó—. ¿Qué es eso?

Vi cómo se desviaba y caminaba en dirección al parterre.

«De acuerdo», me dije, «me ha descubierto».

Riffle se dirigió hacia allí y yo aproveché para coger una piedra de las que decoraban el borde del sendero. Una gran piedra con forma de huevo. Con ella en la mano avancé tras él. Sería mejor esperar a que se agachase —lo haría si quería comprobar su descubrimiento— y entonces le reventaría la cabeza... Ya pensaría qué hacer con el cadáver más tarde.

Anduve en silencio tras él, mi brazo en tensión, preparándose para asestar el golpe.

—¡Es la higuera más bonita que he visto en años!

Riffle se había detenido justo delante del parterre, pero dirigía la mirada hacia las ramas de una higuera que crecía al límite de la propiedad.

—¿Puedo probar un higo? —me preguntó.

Yo escondí la piedra en mi espalda.

—Oh... Claro —respondí.

El detective robó un par de frutos de mi árbol sin fijarse en la mano que surgía de la tierra a menos de un metro de él.

Después regresó donde estaba yo y me ofreció uno. Le invité a que se comiera los dos. Cuando retomó el camino a la puerta, aproveché para deshacerme de la piedra con la que había planeado asesinarle.

—Gracias por recibirme y perdone las molestias —dijo al despedirnos.

—No se preocupe. Le deseo toda la suerte del mundo.

—Ojalá tenga usted razón y Linda aparezca algún día... aunque, ¿sabe qué?, tengo un mal presentimiento sobre este caso.

—Entonces, le recomiendo que sea más positivo —dije al tiempo que entornaba la puerta de madera.

Riffle se despidió con los dos higos metidos en la boca. Un minuto después, cuando el coche se hubo perdido más allá del final del camino, suspiré de puro alivio.

Volví al jardín. La noche había caído ya y una rodaja de luna iluminaba el jardín tenuemente. Según llegaba al parterre pensé que la mano habría quedado envuelta en alguna sombra ya que no la pude ver en la distancia. Pero al llegar me di cuenta de que no estaba allí. Había desaparecido.

Me arrodillé y escarbé con mis manos entre la tierra. Arranqué varias amapolas y solo saqué piedras y un par de gusanos. ¿A dónde demonios había ido? Fui al garaje y regresé con una pequeña azada. Al cabo de media hora había levantado diez centímetros de tierra sin resultado. La mano —la mano por la que había estado a punto de golpear a Riffle con una piedra— no estaba allí. Comencé a pensar que tal vez todo había sido una jugarreta de mi imaginación.

Demasiadas presiones, eso era todo. Un mes entero esperando, cada mañana, a ser descubierto... y aquella visita de Riffle, su tono acusador. Estaba claro; mi cerebro había colapsado, el miedo había tomado el control de mis pensamientos, había tenido una alucinación. Me convencí de ello y, tras arreglar el parterre y replantar las flores que había arrancado, regresé a la casa.

Cené frente a la televisión. Después me preparé una jarra de té y coloqué todos los informes del asunto de Hamburgo en el sofá. Comencé a leerlos sin apagar la televisión. No me apetecía estar en silencio aquella noche. Trabajé sin descanso durante tres horas y a eso de la una y media sentí que se me cerraban los párpados y decidí dejarlo hasta el día siguiente.

Subí escaleras arriba, al dormitorio principal. Afuera, el viento soplaba enfurecido y movía las ramas del árbol que crecía frente a mi ventana. La silueta de las ramas me recordó a la de unas manos largas y afiladas. Eché las persianas antes de acostarme.

Debieron de pasar un par de horas. Una racha de viento me despertó. Fuera llovía a cántaros y el viento agitaba los árboles y empujaba la puerta del jardín. Podía oír el golpeteo del cierre contra la madera.

Desvelado, pasé un rato mirando las franjas de luz que se imprimían en el techo, esperando a que el sueño volviese a llamar a mi puerta, pero los acontecimientos del día desfilaban ante mis ojos como un carrusel. Así que encendí la lamparilla y saqué una vieja novela que guardaba en el cajón. Me puse a leerla confiando en que el aburrimiento me hiciera dormir.

Llevaba una media hora leyendo cuando algo me hizo levantar la vista del libro. Me pareció haber oído que la puerta principal se abría y volvía a cerrarse. Pero no... debía tratarse de otra cosa, seguramente una ventana mal cerrada. Devolví los ojos a la novela y seguí leyendo, aunque en el fondo solo miraba el libro. Mis oídos continuaban alerta porque estaba seguro de haber oído algo.

No tardé en oír más ruidos... ahora en forma de crujidos en la escalera. Conocía bien el sonido de la madera nueva asentándose, y aquello no tenía nada que ver. Era mucho más parecido al ruido de unos peldaños aguantando las pisadas de alguien. De alguien que subía muy despacio.

Pese a ello, yo seguía metido en la cama, mirando hacia la puerta. Recordé que tenía unas tijeras en el cajón de la mesilla, aunque ni siquiera me moví para cogerlas. Estaba paralizado por el terror.

Afuera el viento azotaba la casa. La puerta del jardín golpeaba enloquecida contra el cierre y podía oírse una manta de agua cubriendo el cielo y regando los árboles, la hierba... Entonces, en un pequeño descanso que la tormenta quiso darse, escuché un sonido que procedía de mi puerta. Miré la manilla. Alguien estaba haciendo algo en la puerta. Era como si la acariciasen con los dedos. Podía oír el raspado de unas uñas que recorrían la madera suavemente, describiendo curvas y círculos por toda la superficie.

No tardé en recordar aquel episodio parecido ocurrido en el apartamento de Linda en París. Allí creí que se trataba de un borracho... Ahora, sencillamente no podía explicármelo.

—¿Quién está ahí? —grité—. ¡Tengo un arma!

Oír mi propia voz, histérica y temblorosa, me hizo reaccionar. Abrí el cajón y saqué las tijeras. Eran unas tijeras largas y afiladas que uno de mis sastres de Londres me regaló en cierta ocasión. Las empuñé con fuerza.

Dejé el libro a un lado y, sin perder de vista la puerta, salí muy despacio de la cama.

La tormenta había cedido y ahora se oía mejor. Debían ser dos manos. Subían y bajaban por la puerta, dibujando curvas, círculos... y entre el rumor de esas caricias, un susurro débil, incomprensible, algo que no alcanzaba a entender.

Ya estaba en pie. Me acerqué lentamente, dando un paso detrás del otro sobre mi alfombra persa.

Los dedos iban cada vez más rápidos, imprimiendo más y más fuerza hasta el punto de haberse convertido en violentos arañazos. Y el susurro se mantenía, como una oración, como un mantra. Parecía la voz de alguien que se hablaba a sí mismo.

—Escuche... Tengo un arma y estoy apuntando contra la puerta —dije, esta vez con un tono más firme—. Márchese de inmediato o abriré fuego. Contaré hasta cinco.

Los arañazos se intensificaron. Ahora parecían diagonales e iban desde lo más alto de la puerta hasta casi el suelo... No podía concebir que una sola persona pudiera hacerlos... a menos que tuviera los brazos del tamaño de unas piernas.

—Uno... dos...

Sacudidas. La puerta temblaba como si estuviera a punto de venirse abajo. Cogí las tijeras con fuerza con la mano derecha. Tomé la manija, la giré despacio.

—Tres... ¡Váyase! ¡Voy a disparar!... Cuatro...

Abrí la puerta de sopetón y me lancé a través de ella asestando puñaladas al aire mientras gritaba como un loco. El pasillo estaba a oscuras. Mis estocadas no encontraban blanco alguno. Recorrí el pasillo, enviando la punta de mis tijeras hacia delante con toda la fuerza de la que era capaz. Entonces escuché una voz a mis espaldas.

Me giré hacia la oscuridad... lancé mi brazo de arriba abajo, pero la punta de mis tijeras nunca llegó a su destino. Tardé un poco en darme cuenta de que me las había clavado en la parte anterior del muslo.

Aullé de dolor.

Aún con la tijera clavada en la pierna busqué el interruptor de la luz. Encendí todas las luces que pude. Planta de arriba, escaleras, vestíbulo. Escruté cada esquina, cada rincón... pero no había nadie... ¡nada!

¿Y esa voz?

La herida de mi pierna regaba el suelo de sangre. Recordé que tenía un botiquín en el baño de la planta baja. Cojeando y sujetándome en la barandilla de las escaleras bajé hasta allí y, después de encender hasta la última luz de la casa, me apliqué una gasa con esparadrapo, aunque la sangre seguía saliendo y resbalando por mi pierna. Necesitaba ir a un hospital cuanto antes.

Con gran terror regresé escaleras arriba, mirando hacia atrás cada segundo. Una vez en mi habitación me vestí a toda prisa y metí mis papeles en un maletín. Luego bajé otra vez a la planta baja y eché todas las persianas. Recogí la basura, corté el agua y apagué el interruptor general.

Saqué el coche del garaje. Cerré el portón con esfuerzo, ya que el viento azotaba la casa como nunca, y caminé bajo la lluvia hasta la puerta del jardín. No pude evitar fijarme en el parterre, pero todo parecía normal por allí. Saqué el coche de la casa y me apeé una última vez para asegurar bien la entrada.

Entonces, entre las maderas de la puerta, vi cómo se encendía la luz de mi habitación, en la planta de arriba, y cómo una silueta se recortaba a través de la persiana.

Entré en mi coche y pisé a fondo el acelerador, tanto que casi me estrello contra una farola del camino. La tormenta había enfangado todo y en varias ocasiones estuve a punto de salirme de la carretera, pero al final logré tomar la autopista. Solo entonces me di cuenta de que llevaba las mandíbulas en tensión y de que me había roto un empaste.

Llegué a un centro de emergencias de las afueras de París media hora más tarde. El enfermero que me curó la herida insistió en recetarme unos calmantes. Yo traté de convencerle de que solo había sido un accidente doméstico, pero no me creyó. Me dijo que descansara sobre una camilla mientras me relajaba y que después podría llamar a la policía si lo creía oportuno. Pero no lo hice...

Pasaron los meses. Nunca volví a la casa de Le Vésinet.

A finales de marzo, John y Constantine grabaron un vídeo para la televisión en el que volvían a rogar a Linda que se pusiera en contacto con ellos, «al menos para aliviar la horrible incertidumbre que los estaba destruyendo». Se les veía demacrados. El cabello de John había encanecido y Constantine parecía veinte años mayor de lo que era. Junto con este nuevo impulso mediático, se elevó la recompensa hasta treinta mil libras.

En abril John vino a París antes de embarcarse en un viaje a Tailandia. No fue una visita de negocios. Había venido para reunirse con una serie de autoridades galas y recibir algunos informes de la Interpol. Después volaría a Bangkok, donde esperaba encontrarse con un grupo de mercenarios de élite que había contratado para rastrear el país en busca de su hija.

Solo nos vimos unas pocas horas en aquella ocasión. John había reservado mesa en un restaurante íntimo de la zona del Sagrado Corazón. Allí nos citamos para cenar, horas antes de que tomara el avión a Bangkok.

Lo de Linda estaba siendo un golpe muy duro, me confesó entre lágrimas. Constantine se pasaba el día rezando en la capilla de su casa de Oxford y él había comenzado a beber más de la cuenta. Lo daba todo por perdido. Pensaba que Linda había empezado todo como una broma, pero que había pasado algo. No podía explicarse que su querida hija pudiera hacerles sufrir de esa manera. «Recibí una visita de unos expertos en sectas. Me hablaron de algunas sectas destructivas en Indonesia y Sudamérica. Les pagué casi sesenta mil libras para que descartaran que Linda estaba allí... No he vuelto a saber de ellos».

Pese a todo su dolor, John tuvo tiempo de fijarse en mi aspecto débil y cansado. Yo le dije que todo el asunto también me estaba afectando y que, de hecho, había comenzado a acudir a un psiquiatra, lo cual era cierto, aunque no le expuse las razones reales de ello.

Llevaba meses sin poder dormir en condiciones. Una terrible ansiedad me atacaba en cuanto me quedaba solo en mi casa por la noche. Tenía miedo de volver a oír aquellos ruidos... aquellas manos rozando contra mi puerta, y para combatirlo solía drogarme a fondo y caer sin sentido sobre la almohada, lo cual estaba afectando al resto de mi vida. Por las mañanas, donde antes solía haber un hombre enérgico y de mente fresca, ahora solo había un despojo ojeroso y olvidadizo. Un cerebro torpe, incapaz de tomar una sola decisión sin ayuda de nadie.

El psiquiatra no sabía nada de mis visiones, por supuesto. Yo solo le había hablado de unas «pesadillas», sin entrar en demasiado detalle sobre aquellas visiones esquizofrénicas. Me diagnosticó ansiedad crónica y no le dio demasiada importancia al asunto. Dijo que todo se debía al alto nivel de estrés de los últimos meses y que cedería con el tiempo. Y eso mismo fue lo que le conté a John aquella noche, antes de despedirnos. Yo había matado a su hija, pero aun así le abracé como el amigo que siempre había sido para él.

Llegó el siguiente invierno y el mundo se fue olvidando de Linda Fitzwilliam. John regresó de un nuevo y agotador viaje por Asia con las manos vacías y la fortuna familiar seriamente diezmada. Encontró a Constantine rodeada de médiums y consejeros espirituales y adicta a los tranquilizantes. Todas las mañanas, a la hora del desayuno, el servicio de la casa preparaba una gran ponchera de vodka con naranja. Adrian, su otro hijo, vivía convenientemente protegido de aquella pesadilla entre los muros de un colegio en Escocia.

John cedió sus poderes a un grupo de consejeros y abandonó todo contacto con los negocios para sumergirse en un mar de dolor. Me envió un mensaje en el que dijo que «deseaba» asumir la pérdida de Linda y comenzar a luchar por el resto de su familia. Yo recé por que lo consiguiera algún día.

En cuanto a mí, tal y como el psiquiatra había dicho, el tiempo fue cicatrizando las heridas. Poco a poco me fui olvidando de lo acontecido aquella noche en Le Vésinet. Mi memoria lo procesó como un episodio de locura temporal que nunca se había repetido. Lentamente fui recobrando la confianza en la realidad. Dejé de necesitar las pastillas, la televisión por las noches y las luces encendidas. Volví a ser el mismo de siempre. Mi cerebro retomó su buen ritmo y me sentí mejor que nunca.

Las aguas regresaron a su antiguo cauce. Mis trajes con olor a tintorería, mis desayunos frente al periódico, la apretada agenda... todo excepto aquellos fines de semana en el campo. La casa de Le Vésinet estaba cerrada y olvidada. Decidí que seguiría así hasta el fin de mis días. Nunca la vendería, puesto que allí descansaba la prueba de mi crimen, pero juré que nunca más volvería a poner los pies en ella.

Aun así, echaba en falta tener un jardín y disfrutar del desayuno al aire libre los días de buen tiempo. Un hondo resquicio de temor me prevenía contra las casas solitarias, de modo que tomé una decisión salomónica; vendí el pequeño apartamento de La Défense y compré un precioso ático en el centro de la ciudad, con una amplia terraza que pronto llené de tiestos y flores. Los fines de semana en los que el tiempo me sonreía, salía allí a desayunar y a cuidar de las plantas. Y por las noches, el rumor del tráfico a mis pies me acunaba en un sueño seguro y sereno.

Tenía una vecina, una mujer de mi edad que también disfrutaba con el cuidado de sus flores. Nos encontrábamos los sábados o los domingos con nuestros guantes enfundados y nuestras tijeras de poda, dispuestos a pasar una tranquila mañana de agradable distracción. Así fue como poco a poco nos fuimos conociendo. Primero saludándonos a través del murito que separaba ambas terrazas, después charlando sobre el tiempo. Se llamaba Laura y desde el principio me pareció una persona muy afable e inteligente. Era una mujer un tanto gruesa, pero de mirada y expresión muy dulces. Vivía sola, según fui descubriendo, pues se había divorciado hacía un par de años. Tenía dos hijos ya mayores que vivían en el extranjero y durante la semana trabajaba en un departamento financiero de la Société Générale. Me enteré de que era la directora de una de las divisiones más exitosas de la firma. Los chismorreos de las altas esferas hablaban de ella como una auténtica maga de las finanzas. No negaré que este aspecto de su vida me atrajo con fuerza.

Comenzamos a tomar café juntos, disfrutando de largas y entretenidas conversaciones que a veces se extendían hasta el anochecer. Laura era una mujer de inteligencia exquisita. Había estado casada con un arqueólogo y tuvo la oportunidad de viajar y conocer cientos de lugares a lo largo y ancho del planeta. Escucharla era un placer para los sentidos, nunca me cansaba de hacerlo.

En cierta ocasión hablamos del caso de Linda. Laura confesó haberme reconocido la primera vez que me vio. Mi rostro se había hecho popular gracias a los noticiarios y las revistas del corazón. Me preguntó, con bastante discreción, qué esperanzas teníamos de volver a ver a Linda. Le conté lo que pensaba: que Linda se estaba comportando como una niña malcriada y que nunca comprendería el daño que estaba causando a su familia. Y le confié lo que sabía acerca de los problemas en el hogar de los Fitzwilliam. Fue la primera y última vez que hablamos de aquel tema.

Lentamente nuestra relación se fue afianzando. Empezamos a salir juntos, a cenar, al teatro, a la ópera... y al cabo de unas semanas, de regreso de una noche maravillosa, Laura me pidió que la besara. Aquella misma noche nos acostamos por primera vez.

Supongo que me estaba haciendo mayor, pero la compañía de Laura comenzó a ser algo fundamental en mi rutina. Yo, que nunca había necesitado a nadie, me encontraba ahora muy a gusto compartiendo mi tiempo con aquella mujer. Me gustaba que ella fuera tan o más independiente que yo. Que necesitara su propio tiempo igual que yo necesitaba el mío. Ambos nos respetábamos y nos admirábamos por igual. Creo que esa era la clave de nuestra felicidad.

De esta manera pasó un año, probablemente el mejor de mi vida. Junto a Laura hice todo aquello de lo que siempre me había privado; viajé, reí, disfruté del mero hecho de existir, de estar vivo bajo un cielo azul. Al cabo de ese año no podía imaginarme cómo había podido estar el resto de mi vida sin ella. Me di cuenta de que había rechazado a las mujeres porque temía que me desviaran de mi carrera, y que junto a Laura nada de eso podía ocurrir.

A veces, cuando los asuntos de la compañía nos obligaban a ausentarnos, organizábamos una romántica cita en algún hotel, o aprovechábamos para realizar pequeñas escapadas por Europa. Era un verdadero placer gozar de la libertad que el dinero y una buena compañía nos brindaban.

Fue en uno de esos viajes de ensueño cuando Laura me confesó que deseaba volver a casarse. Paseábamos por el puerto de Siracusa y una rodaja de luna pendía en el cielo de la tarde. Yo no lo dudé ni por un instante. Hacía tiempo que tenía claro que Laura sería, no la primera, pero sí la última mujer de mi vida.

Planeamos la boda para ese verano y, ya de vuelta en París, comenzamos a organizarla a mediados de marzo. Queríamos celebrar el evento en un pueblecito cerca de Chamonix, donde Laura conocía un idílico hotel con vistas a los Alpes que sería perfecto para alojar a los doscientos amigos que íbamos a invitar.

En aquellos días empezamos a recibir toneladas de correspondencia; catálogos de floristerías, fotógrafos, decoradores... (Pensábamos unir los dos apartamentos en cuanto volviéramos a París de nuestra luna de miel por el Pacífico). Una tarde llegué a casa y encontré a Laura en el salón, rodeada de sobres abiertos. Sonreía, pero tenía un brillo interrogante en los ojos. Me mostró una carta que había abierto por error.

La misiva provenía de la comunidad de propietarios de Le Vésinet. Era una notificación de presupuesto para una serie de reformas en el tendido eléctrico. Solía recibir una o dos circulares como esa al año. Por lo general gestionaba el asunto rápidamente y la carta se iba al triturador de papel. Pero en aquella ocasión, el estado de felicidad absoluta en el que me encontraba me había hecho olvidarlas por completo. Y al permitir que Laura revisara mi correspondencia había cometido un error que jamás hubiera pensado cometer.

—No me habías dicho que tenías una casa en Le Vésinet —dijo ella bajando los ojos, como si temiera escuchar la respuesta que se suponía que yo debía darle.

—¿Ah, no? —respondí con voz indecisa—. Creí que te lo había mencionado alguna vez. La tuve en alquiler hasta hace un año. No voy casi nunca; tiene un problema de humedades que me causa asma.

Noté que Laura se conformaba con aquella explicación.

—Vaya... pero ¿cómo es? —preguntó—. Mi amiga Juliet, ¿la recuerdas?, tiene una casa por la zona. Son todas preciosas.

Recordaba a Juliet. La invitamos a cenar en una ocasión y se pasó una hora hablándonos de Le Vésinet y animándonos a mudarnos allí. Recé para que Laura no recordase mi actuación fingiendo que ni siquiera conocía la zona.

—Es una *maison* con un jardincito —dije enseguida, evitando que Laura hiciese memoria—. Ni grande ni pequeña. Es bonita, pero demasiado solitaria. Y, además, tiene ese inconveniente de la condensación que me afecta a los pulmones.

—No sabía que tuvieras nada en los pulmones.

—Es un poco de asma —dije—. Nada grave, pero los sitios mal aireados me lo acentúan.

—Nada que un buen sistema de ventilación no pueda arreglar. —Laura se levantó y me rodeó con los brazos—. ¿Me llevarás a verla? Siempre he soñado con tener un sitio fuera de París. Incluso podríamos construir ese invernadero del que tantas veces hemos hablado. ¡Verás cuando se lo cuente a Juliet!

No supe cómo negarme. ¿Qué disculpa podría

esgrimir? Había cometido un terrible error y lo único importante ahora era minimizarlo. Oponerme a visitar la casa no era adecuado... En cambio, convencí a Laura de que evitásemos pasar allí demasiado tiempo. Mis pulmones se resentirían y...

—De acuerdo —termine diciendo—, pero será mejor que no hagamos noche allí. Ahora lleva más de un año cerrada y el aire estará estancado.

Laura ya ni me oía. Me mostró dos catálogos de flores y me preguntó cuál me gustaba más.

No volvimos a tocar el tema durante esa semana. Laura debió de olvidarlo y yo fingí que no me importaba lo más mínimo, aunque en secreto me atormentaba la idea de volver a poner un pie en aquel lugar. Todos los días eran una cuenta atrás hasta el sábado, día en que habíamos planeado nuestra excursión. La tensión iba creciendo en mi interior de la misma manera que la ansiedad devora los nervios de un aerófobo días antes de tomar un vuelo. El jueves y el viernes volví a necesitar una pastilla para dormir. El sábado por la mañana, cuando me desperté, deseé estar enfermo y que me subiera la fiebre como un colegial el día de un examen para el que no ha estudiado. Pero Laura apareció vestida con un impermeable amarillo y un largo bolso de lana y me preguntó si estaba listo para llevarla a esa preciosa «y secreta» casa de campo que tenía en Le Vésinet. Y yo sonreí y dije que sí.

Era un día especialmente frío y oscuro. Un día que, en otras circunstancias, habríamos pasado en casa, tomando un cacao caliente y jugando una larga partida de Scrabble. Convencí a Laura para que esperásemos a que aclarase un poco y conseguí ganar unas cuantas horas, pero a eso de las dos de la tarde escampó y nos pusimos en marcha.

Conduje despacio por la autopista, tan despacio que los camiones me pitaban. Laura me preguntó si me ocurría algo y yo le repliqué —de forma un tanto desagradable— si quería conducir ella. Había comenzado a llover otra vez y al norte se formaba una gran nube de color oscuro que prometía tormenta, una larga y tortuosa tormenta que duraría toda la noche.

Cuando llegamos a Le Vésinet, un viento furioso arrancaba las hojas de los árboles y hacía rodar las hojas y la basura por el suelo. El cielo había descendido hasta casi rozar las copas de los tejados y relampagueaba en sus entrañas.

Aparqué el coche frente a la casa y le dije a Laura que lo dejaría fuera; no me fiaba de los enganches de las puertas y podrían chocar contra los laterales de mi BMW. En realidad, era una forma de convencerme de que no íbamos a quedarnos mucho tiempo allí.

La vieja cerradura de la puerta principal no se atascó. Al girarla, el viento empujó ambas hojas, que se abrieron dándonos la bienvenida. El jardín estaba repleto de hierbas altas y maleza. La casa, no obstante, se elevaba con la altivez de una amante abandonada. Las persianas echadas y algo de hiedra que trepaba salvaje por la fachada. Laura entró por el camino y la admiró en voz alta.

—¡Es sencillamente preciosa, Eric! ¡Cómo pudiste olvidarte de mencionarme esto!

Caminé tras ella y la rodeé con mis brazos.

—No es tan bonita —le dije hundiendo la nariz entre su cabello—. No tanto como tú.

Un trueno estalló sobre nuestras cabezas. Oí crujir las ramas de la higuera. Se agitaban como los tentáculos de un pulpo rabioso. A sus pies, en la tumba de Linda ya no había flores. La tierra estaba negra.

—Vamos. —Laura me cogió de la mano—. Nos empaparemos con esta lluvia.

Dijo casi las mismas cosas que Linda había dicho la primera vez que le enseñé la casa: que la cocina era deliciosa, que el dormitorio era de cuento de hadas, que al salón le faltaban fotografías. Estaba tan entusiasmada que apenas notaba la tensión que me atenazaba al abrir las puertas, o al entrar en una habitación mirando en todas direcciones. Pero las estancias de la casa nos recibieron en silencio, con ese característico aroma de los lugares que llevan tiempo cerrados.

Regresamos al salón. La chimenea estaba cargada de leña curada y cartones; la encendí mientras Laura, en la cocina, preparaba algo de queso y paté que había traído en un canastillo.

Cenamos sentados en la alfombra, frente a las llamas cálidas y danzantes de la chimenea. Abrimos una botella de vino y brindamos por nosotros. Laura estaba entusiasmada con la casa. Me prohibió que volviera a alquilarla. «La acondicionaremos. Será un refugio perfecto para los fines de semana». Yo asentí en silencio. Pensaba que ya se me ocurriría algo para desanimarla sobre sus ideas, pero esa noche todo lo que deseaba era irme de allí. Tenía una opresión en el pecho, como la sensación de que algo terrible estaba a punto de ocurrir.

Mientras tanto, en el exterior, la tormenta se había desencadenado con toda su fuerza. Veía hojas y pequeñas ramas volar por delante de la ventana y una lluvia furibunda bailar, como una falda enloquecida, frente a la casa. Las luces que centelleaban en la barriga de las nubes pronto comenzaron a descargar su rabia sobre la tierra. De pronto sonó un chasquido brutal sobre nuestras cabezas y un blanco resplandor iluminó todo durante un segundo.

Las luces de la casa se apagaron. Nos quedamos a solas con el fuego.

—¿Qué ha sido eso? ¿Un rayo? —preguntó Laura.

—Sí —respondí casi sin aliento—. Debe de haber caído en el tejado.

Me levanté y caminé por la oscuridad del salón, hasta el interruptor; no funcionaba. El cuadro de mandos estaba junto a la puerta. Lo abrí, pero apenas podía ver nada.

—Ha sido en el árbol. —Laura señaló por la ventana—. ¡Mira!

En el jardín, uno de mis viejos robles mostraba un muñón abrasado y humeante.

—Ha caído junto al coche —murmuré—. Saldré a mirar.

—¡No! Podría caerte un rayo a ti también.

—No seas tonta. Además, los rayos nunca caen dos veces en el mismo sitio.

Me eché un impermeable por encima de los hombros y salí al jardín. El viento me sacudió con tal fuerza que casi me hace caer. Laura fue a buscar su impermeable, pero le dije que se quedara en la casa. Hacía una noche terrible y, además, no quería que me acompañase ahí fuera.

Caminé por el jardín, entre ráfagas de lluvia mezcladas con ramas y hojas. El viento ululaba, aullaba, ¿o era una risa endemoniada? Las ramas de la higuera parecían haberse alargado, ahora casi las sentía rozándome al pasar por el camino. Me apresuré. Me apresuré como un niño que cruza el bosque corriendo y evita mirar a los lados. Sabía que estaba allí, esperándome. Ahora furiosa, furiosa porque había venido con otra mujer. Aquella horrible tormenta no era más que sus celos cayendo sobre mí.

El rayo había arrancado una rama, pero gracias a Dios había ido a parar al suelo. Di otra vuelta al coche para comprobar que todo estaba bien... y entonces, justo en ese momento, vi otro coche aparcado a cien metros de allí. Era ese cuatro latas que me había perseguido tiempo atrás hasta la casa. ¿Era posible que fuera el coche de Riffle? ¿Qué demonios estaba haciendo allí? ¿Cómo sabía? ¿Quién?...

Cayó otro rayo, esta vez lejos de allí. Y en mi mente, como un relámpago, una loca idea atravesó mi cordura de arriba abajo.

Volví al jardín, corrí a la higuera para comprobar lo que ya sabía; no era que la tierra estuviera negra. No era que las flores hubiesen muerto. Esa negrura que antes había percibido de un rápido vistazo se debía a otra razón. El agujero estaba abierto. Limpiamente. Sin rastros de tierra a su alrededor. El mismo agujero que yo excavé aquella noche, con el cuerpo de Linda envuelto en una alfombra en mi garaje. Pero ahora el cuerpo había desaparecido...

—¿Eric? —exclamó Laura desde la puerta de la casa—. ¿Ocurre algo? ¿Qué estás haciendo, cariño?

Me puse en pie, con las manos manchadas de tierra, y me dirigí hacia la casa. La lluvia me golpeaba en la cara. El viento se me colaba por los oídos y me murmuraba extrañas palabras.

Laura, la preciosa Laura. Era una traidora. Una espía a sueldo de ese maldito detective.

La aparté de un golpe y ella gritó, sorprendida, asustada.

Entré en el salón. El fuego se estaba apagando. Junto a la chimenea permanecía aún el cuchillo con el que habíamos cortado el pan.

—¡Eric! ¡Eric!

—¿Dónde estás? —grité hacia lo alto—. ¿Dónde te escondes, rata?

Un rayo iluminó el cielo. El salón resplandeció en un juego de blancos y negros.

—Eric, amor mío... —suplicaba Laura a mi espalda.

Me dijo que sangraba, pero no presté atención a sus engaños.

Subí por las escaleras y me dirigí al dormitorio. El huracán había conseguido abrir las ventanas y las cortinas de mi habitación bailaban enloquecidas sobre la cama. Sentado sobre ella se encontraba Riffle, con el mismo traje marrón con el que le vi por última vez. Estaba pensativo, ni mucho menos asustado de mi presencia, ni del cuchillo que blandía en mi mano. Levantó la cabeza hacia mí y me clavó la mirada.

—Usted lo hizo —dijo—, usted la mató. Siempre lo supe.

—¿Dónde está el cuerpo? —grité—. ¿Qué ha hecho con ella?

Sonrió.

—Le mataré. —Alcé el cuchillo—. Hable o le clavaré esto en el corazón.

—Ella está en la casa —respondió Riffle—. Ha

estado esperándole todo este tiempo. ¿No lo sabía? ¿No la oyó llamar a su puerta?

—No me intente engañar. Usted... usted... —Me brotó una extraña risa por entre los labios—. Ahora lo comprendo todo. Usted lo organizó desde un principio. Los arañazos... la mano en el jardín. ¿Era un maniquí, tal vez? Y Laura... ¿Cómo pudo usted hacerlo? ¿Quién es ella? ¿Una actriz? Dígale que es una gran profesional. Me engañó por completo.

Sentí el tacto de una lágrima resbalando por mi mejilla. Casi al instante alguien golpeó en la puerta, a mi espalda.

—¿Quería verla? —dijo Riffle—. Ahí la tiene.

Me volví hacia la puerta. Los golpes. Otra vez. Pero ahora estaba preparado. Empuñé el cuchillo y me acerqué.

Golpes. Golpes. Golpes. El viento parecía a punto de arrancar la casa de sus cimientos. De llevarnos por el aire hasta algún negro agujero a todos los que estábamos allí. A todos los que alguna vez pisamos esa casa endemoniada. La única testigo de todo.

Cogí la manilla y la giré. Pude imaginarme al monstruo que había detrás. Estaría podrido, comido por los gusanos. El cuello roto, doblado hasta el absurdo. Y las manos y los pies, coronados de largas uñas, con las que arañar mi puerta por las noches. Había venido a vengarse. Había venido a llevarme con ella y con su bebé cadáver. Todavía quería formar una familia, aunque fuese en el mundo de los muertos.

Tiré de la manilla. La puerta se abrió. La vi, tal y como la imaginaba.

—Eric. Cariño...

Recibí sus palabras con total frialdad. Me acerqué a ella, la cogí del cuello y la atraje hacia mí al mismo tiempo que, con la otra mano, lanzaba una certera cuchillada en su vientre.

Escuché un gemido de dolor. Sentí su aliento cálido en mi mejilla. Y una frase susurrada en una especie de extraña risa que reverberó en mi cabeza.

Le vrai amour c'est pour toujours.

«El amor verdadero es para siempre».

Apreté su cabeza contra mi hombro. Extraje el cuchillo y, mecánicamente, volví a lanzarlo contra aquel cuerpo mullido. Sentí toda su tensión relajarse. Su peso cayendo sobre mí. Se deslizó por mi pecho, por mi cintura, y trató de agarrarse a mis piernas para frenar su caída. Después quedó tendida en el suelo.

Y entonces, volvió la luz.

Yo tenía un cuchillo en la mano. Había sangre por todas partes.

Y llegamos al presente.

Manel es un gran tipo. Grande en todos los sentidos. Dos metros de altura, espaldas anchas. Y tiene un sentido del humor increíble, aunque supongo que uno debe ser así cuando se dedica a su oficio. De otra manera, hay un gran riesgo de deprimirse.

Es de Marsella, pero vive en París desde hace veinte años. Dice que le gusta su trabajo y yo comprendo muy bien esa sensación. Creo que por eso nos llevamos bien.

Es la única persona con la que hablo a diario. Me trae la comida, la medicación. Se encarga de limpiar mis cosas y a veces incluso se permite charlar un poco conmigo. Fue él quien me pasó este cuadernito y una mina de lapicero, con la que escribo estas líneas. Más que suficiente para dejar escrita mi confesión.

Hasta ahora, la historia de Eric Rot es la de un hombre desgraciado. En los periódicos fui protagonista de una breve reseña en la sección de sucesos (nada comparable a los titulares que dedicaban a la desaparición de Linda).

ACCIDENTE FATAL EN LE VÉSINET

Un hombre mata a su pareja al confundirla con un ladrón

Así fue. Desempeñé mi papel hasta el final. Incluso en el juicio, donde mis capacidades mentales y orales estaban seriamente afectadas (tuvieron que sedarme en un par de ocasiones), tuve los arrestos de contar aquella historia. Porque esa era la única historia que se podía contar.

Nadie se creería jamás la verdad: que después de matar a Laura volví a mi habitación y la encontré vacía, con las ventanas cerradas y sin rastro de Riffle. Que corrí al jardín y descubrí el parterre tal y como siempre había estado. Y que el coche, el viejo cuatro latas del detective, se había esfumado como todo lo demás.

El juez me preguntó por Riffle. Cuando llegaron los policías aquella noche debí de mencionar su nombre mientras me cerraban las heridas de las muñecas, medio muerto. «¿Se refería a Jean-Claude Riffle, de profesión investigador, sito en París, con quien había mantenido una relación profesional a raíz del caso de Linda Fitzwilliam?».

El magistrado me hizo saber que se había intentado llamar a Riffle para testificar, pero que llevaba muerto ocho meses. Un ataque al corazón lo mató de golpe pocas semanas después de hablar conmigo aquella última vez. Por tanto, era materialmente imposible que hubiese estado en mi casa aquella noche. «Su intruso tuvo que ser otra persona, señor Rot».

Me mantuve en mi teoría hasta el final. Los abogados de John hicieron el resto. Casi redactaron toda mi confesión. Defensa propia. Homicidio involuntario. Y el jurado me creyó. Mi crimen perfecto quedó nuevamente sellado.

No obstante, no fui tan perfecto tratando de cortarme las venas. Y de eso me arrepiento. Mi postrero intento de suicidio convenció al juez de que, culpable involuntario o no, debía ser protegido de mí mismo. El médico que me reconoció dijo que había sufrido una catástrofe psicológica. El veredicto: pasar el resto de mis días en un manicomio.

Así que estas líneas son mi última confesión. Encerrado en esta celda y condenado de por vida, he llegado a la conclusión de que este castigo no es suficiente. Podría seguir viviendo. Leer los periódicos financieros que Manel me trae por la mañana, darle consejos de bolsa y mirar los pájaros que se posan en mi ventana. Pero he decidido no hacerlo.

Porque he comprendido que mi vida ha sido inútil. He trabajado desde niño para llegar a un lugar que no existía. Fui un hombre de hierro, una máquina perfecta, pero vacía. Y por el camino, a las dos personas que me abrieron los ojos y me hicieron ver el único sentido de mi existencia les pagué con sangre. Mi vida ha sido más que inútil. Mi vida ha pasado del vacío a la destrucción.

Ahora es el momento de saldar mis deudas. Con Linda, con Laura. Contigo, John, a quien haré llegar este cuaderno en cuanto me haya ido, con Constantine, con el mundo... y conmigo mismo. Los médicos creen que estoy mejorando. Soy un hombre bien educado y sé muy bien lo que quieren ver y oír. Pronto habrá un informe positivo sobre mí. Me sacarán de está celda y entonces habrá muchas oportunidades de terminar limpiamente.

Hasta que llegue ese momento, cada noche, los arañazos de la puerta me recuerdan a quién me debo. Cada noche me reclaman y yo les grito que sean pacientes. Porque sé que no estoy tan loco como los médicos se imaginan. Sé que Riffle estuvo allí esa noche. Y que Linda, y no Laura, fue la que llamó a la puerta del dormitorio. La vi con mis propios ojos antes de clavarle el cuchillo.

Más que temor, eso me da esperanza. Porque cuando las voces de pesadilla me visitan por la noche, cuando los pájaros negros vienen a cantar extrañas canciones a mis oídos, yo cierro los ojos y recuerdo el rostro de Laura, sonriéndome, esperándome.

Y me duermo soñando con volver a sus brazos, en un día de primavera, y pasar el resto de la eternidad en nuestro jardín.

Aunque en mis sueños siempre hay alguien más. Una sombra, quieta bajo la higuera, que nos mira en silencio y extiende sus manos hacia mí.

Arañazos, arañazos, arañazos...

Noche de almas

1

La casa apareció al fin cuando ya estábamos a punto de perder las esperanzas, cuando incluso, en lo más hondo de nuestros corazones, habíamos contemplado la idea de morir allí, en medio de la nada.

Pía había intentado utilizar el móvil para llamar a El Merchero y pedir ayuda, o un taxi —aunque nos costara una fortuna—, pero ni siquiera el teléfono funcionaba. No había cobertura. «Acamparemos, en todo caso acamparemos», nos decíamos. Pero allí, en aquel desierto, en el corazón de ninguna parte, ¿duraríamos mucho más?, pensaba yo. Ya habíamos acampado la noche anterior y el agua se había acabado a media tarde. Los cálculos habían sido demasiado optimistas y el pozo de la Negrera, justo a mitad de camino, estaba cerrado, o no supimos hacerlo funcionar. Teníamos la boca llena de arena, los pies cansados, los zapatos cubiertos de polvo rojo. El sudor de la espalda se había secado, vuelto a fluir, secado otra vez. El peso de las mochilas era ya parte de nosotros. Pensaba que cuando por fin lográsemos quitárnoslas de encima, saldríamos volando como dos globos en aquel azul y ardiente cielo del desierto.

Pero entonces la casa apareció en el horizonte como una extraña joya incrustada en la llanura. Una pieza de jade verde rodeada de desierto.

Pía la vio primero y su voz, después de varias horas de silencio, sonó desesperada, casi envuelta en lágrimas.

—¡Allí!

Estaba todavía a un par de kilómetros, pero estaba. La esperanza reactivó las piernas y los corazones. Detrás del pequeño, casi minúsculo, edificio se recortaban las montañas, la cordillera del Peratil, donde pensábamos llegar en una semana. Y ahora parecía que lo conseguiríamos, al fin y al cabo.

Dos horas antes no lo teníamos nada claro. De hecho, y esto era algo que no iba a confesar a Pía hasta que estuviéramos a salvo, bajo un techo, en una sombra fresca y con algo de beber a mano, yo había llegado a sentir ese hormigueo de cuando tienes la muerte cerca. Había pensado que alguien nos echaría de menos, pero que ya sería muy tarde. Quizá al cabo de diez o quince días mi hermano Javi, allá en Madrid, comenzara a extrañarse de no tener el habitual e-mail de cada semana. Bien, pensé, suponte que te saltas dos e-mails seguidos, no respondes a los suyos y empieza a preocuparse. Entonces llama a nuestro último punto conocido en el mapa, en El Merchero, y tal vez alguien se acuerde de esa pareja de «gallegos» locos que se disponían a cruzar a pie el Desiertito del Umbral hacia la cordillera del Peratil, algo que todo el mundo nos había desaconsejado («cojan un *pickup*, por Dios»), pero que habíamos insistido en que para nosotros era «algo espiritual» hacerlo así, como en los libros de viajes que habíamos leído. Y también le dirían que sabíamos (por una vieja guía) de una fonda perdida en ese desierto, una casa colonial, antiguo rancho de caballos, que ofrecía alojamiento por esa zona. Y que para allí habíamos marchado la mañana del 27 de febrero, justo la primera de cuatro noches de luna llena, y que nunca se volvió a saber de nosotros. Para cuando mandaran un coche a investigar, quizá Pía y yo seríamos un par de bonitos cadáveres de veintisiete y treinta y un años respectivamente, resecos y sonrientes bajo un sol de justicia.

—¡Gracias a Dios! —dije, y mis palabras lucharon por hacerse camino entre mi garganta seca—. ¿Crees que puedes llegar? Puedo ir yo y volver con ayuda.

Pía iba cojeando desde media mañana. Había comenzado a dolerle el tobillo otra vez y no nos quedaban antiinflamatorios. Lo tenía hinchado como una pelota desde la noche anterior, cuando se lo torció entre dos rocas mientras buscábamos leña para hacer una hoguera. Suponíamos que sería un esguince, no parecía nada mucho más grave. Dos días de hielo y reposo, tres a lo sumo, y estaría en perfecto estado.

—No. Lo intentaré —dijo sonriendo—. No creo que me lo rompa más. Y ahora ya es cuestión de orgullo. —Extendió la mano hacia mí y yo se la cogí. Nuestros dedos se entrelazaron en el aire—. Llegaremos juntos.

Tardamos otra hora más en recorrer aquel trecho del desierto, pero fue una hora buena en la que nos permitimos incluso tirar las mochilas diez minutos, beber el último sorbo de agua y descansar. Ahora nos sabíamos salvados, y cuando el sol por fin empezó a caer hacia las cumbres del Peratil y el cielo enrojecía, ya habíamos andado ese trecho y nos acercábamos a los tocones que delimitaban el terreno de Villa Augusta, que ese era el nombre de la propiedad. AUGUSTA DE DUARTE, según rezaba una inscripción en piedra.

La casa esperaba en silencio, sin movimiento a su alrededor, tan solo el que provocaba una brisa vespertina que movía algunos arbustos y matorrales y empujaba algo de arena de aquí para allá. No vimos ganado ni oímos voces, y la zona del rancho parecía desierta, con los tejados medio caídos y pocos signos de orden o limpieza. Distinguí un Jeep 4×4 aparcado junto a uno de esos establos y solo eso me quitó de encima la idea que venía haciéndome de que la propiedad quizá estuviera abandonada.

Solo cuando estuvimos más cerca, a unos cientos de metros, distinguimos mejor la casa, sus verdes fachadas de construcción colonial antigua, polvorienta, construida con un gusto extraño, quizá cuando en aquellos lares todavía existían pozos de agua solventes y puede que con la ambición de liderar un terreno que resultó no tener valor. Una gran dama en su declive, perdida en el desierto inmortal.

Todas las contraventanas, de color blanco, estaban echadas y eso le confería un aire de fósil, de calavera reseca. En lo alto se veía un larguísimo pararrayos atado a algo que me pareció una antena de radio. Y no se distinguía una sola luz en el interior. Todo aquello nos podría haber resultado chocante, pero a esas horas estábamos tan cansados que nada llegó a causarnos la más mínima alarma. Ni siquiera aquel llamativo círculo de piedras que nos encontramos ya a pocos metros del edificio. Piedras del tamaño de un cráneo infantil rodeando la casa como un muro invisible. A Pía le pareció el entretenimiento de algún huésped aburrido, igual que los montones de piedras que los turistas levantan en las playas de Menorca. Entonces me dejé convencer, pero reconozco que pensé que aquello debía de tratarse de un ritual, algo religioso, místico, aunque no necesariamente peligroso. Estábamos reventados, a punto de dejarnos caer. Imaginamos que aquello tendría una explicación lógica y que no era ese el momento de buscarla.

Una arcada guarecía la entrada principal y la sombra, por primera vez en el día, nos sentó como una fresca bendición. La puerta no tenía timbre, y alguien había retirado el aldabón del centro de la madera (¿por qué razón? Se me escapaba), así que golpeé con el puño y aguardamos. La casa respondió con un perfecto silencio.

Pasaron dos minutos y llamé otras dos veces con idéntico resultado. Pía se había quitado la mochila y estaba sentada sobre ella. Yo hice lo mismo. Me senté, descansé un poco, y después me puse en pie y le dije que esperara un segundo, que iría a ver.

—Quizá hayan salido —opinó ella.

—Pero he visto un coche aparcado junto a un establo. Alguien debe haber.

—O no... Puede que tengan dos coches.

Esa forma de pensar, un paso o dos más allá de mis ideas, era muy propia de Pía.

—De todas maneras aquí se está bien, solo necesitamos encontrar agua.

Caminé por el lateral de la casa tratando de localizar vida o al menos una fuente. Intenté ver a través de las rendijas de alguna de esas contraventanas, pero solo captaba una uniforme negrura, como si hubiera un cortinón negro al otro lado del cristal. Al llegar a la esquina, me alejé del edificio en dirección a los viejos establos donde el Jeep estaba aparcado a la sombra, bajo un techado de madera que parecía a punto de venirse abajo. «Definitivamente», pensé, «llevan muchos años sin tener ganado por aquí. Pero ¿tendrán un pozo?».

El Jeep estaba abierto. Se me ocurrió que, en el

peor de los casos, podríamos cogerlo, dejar una nota y pagar el precio que fuera por un alquiler un tanto forzado. «Sentimos haberles cogido el Jeep, pero estábamos desesperados. Se lo devolveremos en cuanto lleguemos a El Merchero...». Todo eso si el tobillo de Pía no mejoraba. Claro, ese sería el final del intento. Tendríamos que recuperar fuerzas y quizá lo volviéramos a intentar, pero esta vez con un Jeep equipado, nada de andar como profetas por el desierto. Habíamos aprendido la lección como se aprenden muchas cosas: a través de una dolorosa experiencia.

La llave de contacto no estaba a la vista y tuve la tentación de registrar el coche, pero no lo hice. Miré hacia atrás, hacia la casa. De pronto me había sentido observado.

Escruté la fachada contra la que a esas horas refulgía la luz del sol del atardecer. Entonces lo vi, algo que se movía rápidamente en la primera planta. Algo que el sol había señalado, sobre lo que había reflejado su luz por unos instantes y que después se había movido para desaparecer en la negrura. Estaba seguro. Había alguien ahí adentro y por alguna razón no quería abrirnos la puerta.

Pero ¿por qué?

Me apresuré hacia la entrada, donde Pía esperaba hecha un ovillo.

—¿Has encontrado algo?

—En la casa hay alguien —dije al pasar frente a ella. Y me dirigí al portón y volví a golpear la madera—: ¡Oigan! ¡Abran, por favor! ¡Necesitamos agua!

—¿Cómo lo sabes? —preguntó ella.

—He visto algo que se movía en la primera planta. Alguien me estaba observando.

Cruzamos una mirada en silencio. Más que un temor, era una pregunta: ¿por qué esconderse de nosotros? Debían de habernos visto llegar: un hombre y una mujer con dos mochilas a cuestas, ella arrastrando una leve cojera. ¿Qué peligro podríamos representar para nadie?

—¿Estás seguro? —me preguntó Pía.

—Completamente.

Alcé la voz otras dos veces en los siguientes minutos. «¿Hay alguien ahí? ¡Necesitamos ayuda, por favor!». Pero fuera quien fuese el que estaba dentro de esa casa había tomado la determinación de ignorarnos. Le dije a Pía que no se preocupara, no nos moveríamos de allí. Bien pensado, había muchas razones que podrían explicar aquella situación tan absurda. Quizá se tratase de alguien enfermo, o un niño a quien se había dejado solo a la espera de que sus padres regresaran. Esas y otras ideas me pasaron por la cabeza mientras volvía a rodear la casa.

En esta ocasión caminé por el lado contrario al de los establos, describiendo un círculo concéntrico al de esas piedras que rodeaban la casa. Caminando junto a ellas me percaté de que estaban bastante limpias de polvo, como si alguien las hubiera cepillado hacía poco. Eran piedras normales, sin ninguna inscripción, pero estaban dispuestas a una distancia de en torno a un metro y medio unas de otras en un círculo casi perfecto, tan preciso que resultaba llamativo, al menos para ser la obra de un artista aficionado tal y como Pía había pensado.

Encontré un pozo en la parte trasera de la casa, donde había otro par de edificios de menor tamaño posiblemente utilizados como almacenes o despensas, o puede que viviendas del servicio, pero que ahora parecían estar abandonados. También reconocí un pequeño cementerio más allá de las casas y la imagen de una virgen de piedra blanca con la mirada perdida en el vasto sistema de cordilleras que se abría en el horizonte encarnado.

El pozo permanecía sellado con una tapa metálica en uno de cuyos bordes relucía un candado de bronce. Aquello era bueno y malo a la vez; bueno porque eso significaba que el pozo estaba vivo, malo porque abrirlo no iba a ser tan fácil. Pero un candado se puede destrozar, y yo estaba dispuesto a ello si es que quien se hallaba dentro de la casa seguía sin querer abrirnos. Les compraría un candado o un pozo nuevo si hacía falta, pero ahora necesitábamos beber, así que no me lo pensé mucho más.

Me dirigí al círculo de piedras y cogí una. Regresé con ella entre las manos y la alcé sobre la cabeza, para después dejarla caer encima del candado. Esquirlas de piedra y polvo saltaron por los aires, pero el candado parecía intacto. En fin, no había muchas más alternativas que insistir, así que volví a golpearlo, tres, cuatro, cinco veces. Hasta que escuché una voz a mi espalda. Era Pía.

—¡Jorge! ¡Espera!

Me giré y vi que un hombre la acompañaba. Alguien había abierto la puerta al fin.

Dejé la piedra en el suelo y me preparé para disculparme. Llevaba unos cien dólares en efectivo en uno de los bolsillos del pantalón. Se los daría como compensación si era preciso, pero él debía entender que había actuado por pura desesperación. Y ellos, maldita sea, se lo habían pensado bastante antes de ayudarnos.

El hombre caminó hacia mí y yo hice lo propio. Distinguí sus rasgos indígenas. Era un hombre fuerte, menudo y de andares tranquilos pero firmes. Cuando ya estaba lo bastante cerca de mí aprecié su rostro de cejas pobladas, boca pequeña y ojos muy juntos alrededor de una nariz ganchuda.

Empecé a decir algo en voz alta, disculpándome, pero él no pareció interesado en eso, no por el momento al menos. Pasó junto a mí y continuó hasta el pozo. Pensé que iría a comprobar los daños, pero en vez de eso se agachó, cogió la piedra que yo había abandonado sobre la tierra y caminó con ella hasta el hueco que había dejado en el círculo, donde la depositó de nuevo con cuidado.

2

El hombre se llamaba Manuel y, para mi sorpresa, no estaba demasiado enfadado por mi primitivo intento de forzar el pozo. Se presentó, nos preguntó de dónde veníamos y nos hizo un gesto para que lo siguiéramos a la casa. Un par de moscas revoloteaban sobre sus hombros, y Pía y yo coincidimos más tarde en que tenía algo raro, o más bien, que le faltaba un hervor, como suele decirse. Era su mirada, tal vez. Era ligeramente estrábico, pero además parecía que siempre estuviera mirando a otra parte, nunca a tus ojos. En fin, en aquel momento fue para nosotros como un ángel.

Nos pidió que dejáramos las botas fuera y nos hizo entrar al vestíbulo de la casa, un espacio fresco y rectangular de techos altos, decorado con largos cuadros y espejos, que conectaba hacia arriba y a los lados con otras estancias, que al principio fueron solo sombras indistinguibles, pues nuestros ojos tardaban en acostumbrarse a aquella repentina penumbra. Manuel se perdió por una de esas oscuras gargantas y volvió más tarde con una botella de cristal y dos trapos.

—Beban primero del trapo, no vaya a reventarles el corazón —dijo.

Yo no creía mucho en esas supercherías, pero no quise discutirle. Rociamos agua en los trapos y nos los pasamos por la frente y el cuello. Después bebimos y bebimos por turnos de la botella, muy poco a poco, sintiendo cómo aquel líquido refrescaba nuestras recalentadas entrañas.

Le contamos nuestro viaje desde El Merchero, cómo nos habíamos encontrado el pozo de la Negrera pero que no habíamos podido sacar ni una gota de agua, y el resto de la pequeña aventura hasta aquí. Él nos miraba, supongo que sin comprender por qué alguien decide voluntariamente cruzar andando un desierto cuando puede utilizar el coche.

—El pozo de la Negrera está seco desde hace meses —dijo Manuel con su voz tranquila y rítmica—. ¿Nadie en El Merchero se lo dijo? Aunque ellos tampoco deben de saberlo: desde que está la carretera, ya nadie cruza el desierto. Y tampoco hay ganado.

Eso era cierto. En la villa de El Merchero, orgulloso de su reciente desarrollo gracias a la nueva carretera, ya muy pocos se adentraban en el Desiertito. Ahora tenían coches, bebían Coca-Cola y cerveza y no necesitaban asomarse a ningún pozo, ni cruzar ningún mar de arena. Lo vadeaban, a cien kilómetros por hora, en sus *pickups* japonesas o norteamericanas para ir a trabajar a las minas en el sur o a la refinería en el norte. Cuando les hablamos de la antigua ruta, solo un viejo parroquiano recordó el pozo, pero nos advirtió que lleváramos una buena cantidad de agua. Sobre la fonda de los Duarte nadie nos dijo gran cosa. Solo una guía de montañismo de páginas amarillentas que encontramos en otra pensión, días atrás, la mencionaba de pasada como único punto de descanso en la ruta del Desiertito.

—En la guía decían que la casa daba alojamiento a viajeros... —empecé a responderle a Manuel cuando, casi atravesando mi frase como una flecha, se oyó otra que provenía de lo alto.

—La fonda está cerrada en esta época del año.

Manuel, que se había relajado sobre una cómoda de madera, se puso firme al oír aquella voz procedente del rellano superior. Recogió los dos trapos y la botella mientras la recién llegada descendía por las escaleras.

No era una mujer muy mayor, aunque la primera impresión podría engañarlo a uno. De mediana estatura, gruesa, con una larga coleta a la espalda. Vestía con pantalones y camisa. Tenía un rostro esencialmente varonil, de cejas muy gruesas, como cepillos, y ojos verdes. La nariz, redondeada en la punta. Vetas canosas en su cabello, una cara joven pero avejentada al mismo tiempo.

Llegó junto a nosotros. Por su forma de vestir y andar, y viendo la reacción de Manuel, adiviné que nos encontrábamos ante la señora de la casa.

—¿Cerrada? —pregunté—. No lo sabíamos. En la guía donde lo leímos no decía nada.

—Muy vieja debe ser esa guía —replicó ella, altisonante— porque hace años que esta casa no sale en ninguna.

La miré a los ojos. En aquellos instantes me importaba muy poco que alguien tratase de ser soberbio o de imponer su ego y sus malditos complejos sobre mí y mi novia. Habíamos escapado del desierto, eso era suficiente. Sería capaz de dormir en un establo o de acampar fuera con tal de que nos dieran agua y nos llevaran, al día siguiente, de vuelta a El Merchero.

—Puede que tenga razón —Pía no se arredraba con la altanería de aquella mujer—, y no queremos molestarlos, pero hemos llegado por los pelos hasta aquí. Se nos acabó el agua y yo... bueno, tengo el tobillo hecho una pena.

—Eso... —apoyé mínimamente.

La señora, que después supimos que se llamaba Elena Duarte, miró a través de la puerta donde el atardecer ya había finalizado su espectacular declive sobre el desierto.

—Ustedes debieron chequear mejor su ruta antes de partir a través de un desierto —contestó sin aflojar su tono—. En cualquier caso, ya se ha echado la noche encima y no los vamos a dejar ahí fuera.

—Gracias —dijimos Pía y yo al mismo tiempo.

—Se lo agradecemos de veras —añadí.

Ella observó el tobillo de Pía. Sin el calzado puesto, su hinchazón era bastante evidente.

—Manuel, mira a ver si queda algo de hielo para ese pie. Y después prepárales una habitación. Arriba. Atrás.

Aquellas dos últimas palabras, «Arriba. Atrás», sonaron extrañas. Como indicaciones cifradas con un significado especial. Manuel asintió.

—Llevamos sacos —dijo Pía—, no hará falta que preparen camas. No queremos causar ninguna molestia

Elena Duarte hizo como que no había oído esa frase. A cambio, informó:

—La casa se cierra por la noche. Es la única regla. Las ventanas incluidas. En esta época del año vienen tormentas repentinas y destrozan los cristales. Nada de abrir las contraventanas ni salir fuera hasta que amanezca.

Nos pareció una regla extraña, y tampoco habíamos oído hablar de esas tormentas repentinas (de hecho, la noche anterior la habíamos pasado a la intemperie y en una paz absoluta), no obstante asentimos en silencio. Elena Duarte nos dijo que podríamos comer algo en la cocina una vez que estuviéramos instalados, y eso volvió a suscitar nuestro agradecimiento. Pensé que podría dejarles unos cuantos dólares cuando nos marcháramos. Calculé el precio que solían pedir en las fondas y pensiones del camino y lo dupliqué. Lo dejaría sin más, sin decir nada. Aunque rara, aquella pareja perdida en el desierto nos había salvado la vida.

Nos entró un ataque de risa cuando Manuel nos dejó a solas en la habitación, escaleras arriba.

—¿Es esta nuestra mejor anécdota hasta el momento? —dijo Pía dejándose caer sobre la cama.

Pese a que todavía estábamos mareados y confusos por la jornada de marcha, no podíamos contener la risa. Después de un día terrible, terminar conociendo a aquellos dos personajes, en aquella casa extraña con sus extrañas reglas, resultaba ciertamente irreal, y supongo que la risa era la manera más eficiente de ordenar ese rompecabezas.

—Creo que merece un largo apunte en el diario de viaje —opiné antes de besarla.

La habitación era, ¿cómo describirla?, la mejor en la que habíamos dormido en los últimos dos meses de viaje por el continente americano. Una cama con dosel, un viejo armario ropero vacío por completo, un buró de madera y una puertecita que conectaba con un pequeño servicio. Una araña, que había disfrutado de su particular mansión en el plato de la ducha, salió nadando por las tuberías cuando probamos el grifo. ¡Funcionaba!

—¿Crees que habrá alguien más en la casa? —pregunté mientras me aproximaba a la ventana—. ¿O solo ellos dos?

—Me parece que solo son ellos dos: la señora y su criado. Igual que en una novela de vampiros.

—¿Y quién es ella? ¿La vampira? —susurré.

—¡Oh, Dios! —exclamó Pía mientras se colocaba la bolsa de hielos que Manuel nos había dado antes de subir.

—Espera, te ayudo a ponértela bien. —Me acerqué y le coloqué la bolsa en equilibrio sobre su tobillo—. Esto te vendrá de maravilla.

Pía dejó escapar un murmullo de dolor. El hielo comenzaba a hacer sus efectos sobre la hinchazón.

—¿Nos iremos mañana? No parece que a esa señora le haga mucha gracia nuestra visita.

—Ya lo veremos —respondí—, depende de tu tobillo. En cualquier caso, si nos quieren echar, volveremos a El Merchero. Manuel podría llevarnos con el coche. Aunque creo que podríamos pasar un par de días aquí y continuar el camino. Intentaré negociar con ella.

El siguiente pueblo, a los pies de la cordillera, se llamaba San Miguel de Hyzes. Podíamos llegar a él en un par de días de marcha, siempre y cuando Pía estuviera perfectamente curada.

—Ojalá... —dijo ella—, porque, o sucede un milagro, o no creo que pueda caminar mañana.

En la habitación hacía calor. El aire estaba estancado y desde las tuberías del baño se elevaba un leve tufo. Me dirigí a las ventanas, dos largas hojas de madera y cristal, y las abrí. Tras ellas descubrí dos portezuelas también de madera. Intenté empujarlas o abrirlas, pero parecían cerradas a conciencia. Distinguí entonces una cadenita y un candado en el exterior. A través de sus rendijas pude adivinar una gran luna llena que comenzaba a asomarse por el este.

Hablé sin volver la cabeza hacia Pía:

—Iba en serio con lo de las ventanas. No se pueden abrir las contraventanas.

—Bueno, déjalas. Por lo menos ahora corre el aire. Además, es la regla número uno de la casa, ¿recuerdas? —Y poniendo voz de monstruo dijo—: La casa se cierra por la nocheeeeee.

Seguí mirando por la rendija. La habitación daba al cementerio y se distinguían algunas cosas con la luz de la luna. La estatua de la virgen. El pozo. Ese extraño círculo de piedras.

—¿No te parece raro lo de que todo esté cerrado? —pregunté—. No tiene mucha pinta de que vaya a venir ninguna tormenta.

—Bueno... con una casa tan grande y solo dos

personas, quizá prefieran tenerlo todo cerrado por si acaso. Ella dijo que las tormentas llegan sin avisar.

—Pero ¿qué tormentas son esas? —empecé a preguntar, y en ese momento alguien llamó a la puerta.

Era Manuel. Dijo que había preparado algo de comida en la cocina y que bajáramos cuando nos apeteciese. Pía anunció que prefería quedarse en la cama y me preguntó si podría subirle algo.

Dejé a Pía con un plato de embutido, frutas y más agua. Quería escribir en su diario y estar sola, así que me bajé a cenar a la cocina.

Allí estaba Manuel, con sus dos eternas moscas alrededor del cuello, su capa de sudor brillante y sus ojos medio idos. «La señorita Elena se ha acostado», me dijo, y yo volví a darle las gracias por su acogida y a pedirle disculpas por golpear el candado del pozo. «Pensé que se lo pagaría más tarde», dije. Evité comentar que había visto a alguien observándonos desde la ventana cuando yo escrutaba los alrededores de la casa, como si se hubieran debatido entre dejarnos a la intemperie o abrirnos la puerta. De todas formas, después de conocer a la señora Duarte, tenía la sensación de que había sido más cosa de ella que de aquel hombre callado y obediente.

Sacó una botella de vino y algo de queso y se sentó frente a mí, en una mesa de conglomerado, en aquella cocina de piedra donde todavía había un viejo fogón de chapa y un lavadero bien grande, que debía de tener más de cien años.

Me fijé en las contraventanas. También estaban echadas.

—¿Y hace mucho que no reciben viajeros? —pregunté.

—Tres años por lo menos, señor —respondió Manuel mientras partía el queso con un certero golpe de cuchillo—. Eso de la fonda fue una idea de Ariadna Duarte, una de las hermanas de la señora. Pero ella ya no vive aquí. Se marchó a Norteamérica hace años. A California. Y el negocio tampoco funcionaba demasiado bien desde que construyeron la carretera nueva.

Sirvió dos vasos de vino justo hasta el borde. Alzamos la copa amigablemente y bebí un sorbo. Por su parte, cuando el vaso de Manuel aterrizó en la mesa estaba vacío. Y no solo eso, sino que volvió a llenarlo, esta vez un poco menos. Y siguió comiendo queso y bebiendo largos tragos.

—Ahora ya ni siquiera hay ganado. Es una pena, pero la señorita Elena no quiere ni oír hablar de eso. Y yo le digo que la casa necesita reparaciones, que se está cayendo a pedazos, pero me parece que ella lo prefiere así. Al final, es la última Duarte. Porque no creo que la señora Ariadna vaya a volver por aquí. ¿Más vino? —Señaló mi vaso, que solo estaba por la mitad.

«Vaya nochecita me espera», pensé mientras asentía.

Llevaba una buena temporada sin beber alcohol y al segundo vaso ya notaba que me ardían las mejillas y la lengua me bailaba dentro de la boca. Pero Manuel, pese a su aspecto poco lúcido y a su forma de hablar seca y cortante, era un buen compañero de copas. Me contó mucho sobre la finca de los Duarte, de cómo cien años atrás había sido uno de los mejores ranchos de toda la provincia, y que era una de las familias más importantes del país. Y que en esa casa se había celebrado la boda de un príncipe europeo a principios de siglo. Y que allí se habían cerrado acuerdos importantes para la patria. Pero después, con las nuevas industrias, el señor (Gervasio Duarte) había invertido grandes sumas de dinero en cosas que no habían salido bien y, a causa de varias enfermedades y dos guerras por medio, la familia había perdido muchos miembros. Tíos, hermanos... Y que al final quedaron las dos hijas, Ariadna y Elena, y ahora solo estaba Elena, la menor, que nunca se había casado y no tenía descendencia, y que aparte de ella no quedaba un solo Duarte en aquella patria. Solo Ariadna, y que, lejos como estaba, era como si no estuviera.

Hablaba alto, cada vez más alto, tal vez impulsado por el vino, y tuve miedo de que la señora pudiera oírle, pero Manuel no se mostraba temeroso. Hablaba conmigo como con un camarada, quizá porque me veía joven, vestido con unos vaqueros cortados y una camiseta sucia.

Acabamos con la botella y se levantó a rellenarla. En una despensita anexa a la cocina había dos grandes barriles de vino.

—Es algo que no debe faltar en esta casa —bromeó cuando hice mención de aquella generosa reserva de vino que parecía inacabable.

«De eso estoy seguro», pensé, «si todas las noches bebe a este ritmo».

Manuel llevaba solo un lustro trabajando en la casa. Antes había sido campesino en unas tierras al norte, pero sufrió la expropiación (no indicó cuál, pero debía ser algo lo suficientemente importante) y tuvo que dejar su trabajo y buscarse la vida. El último «mayordomo» de las Duarte se había marchado por enfermedad ese mismo año, y a través de un pariente suyo consiguió el empleo. No pagaban muy bien, pero se ofrecía vivienda y pensión completa, y el trabajo no era demasiado farragoso. Mantener la fontanería y la electricidad a punto, viajar a El Merchero para hacer la compra una vez por semana, limpiar las habitaciones y hacer la colada para la señorita Elena. Poco más. Ella tampoco necesitaba mucho. Salía de cuando en cuando a visitar a unos amigos en San Miguel de Hyzes, y en cinco años la había llevado tres veces al aeropuerto. Esa era su vida. Se pasaba el día enfrascada en sus lecturas, escribiendo cartas y mirando el horizonte, soñando con algo o con alguien, seguramente.

—Vaya, debe ser una vida solitaria. Pero, y disculpe la indiscreción, ¿de qué viven aquí? Ya me ha dicho que no hay ganado ni nada por el estilo.

—La señora tiene rentas y alguna asignación de su hermana, que es la que lo heredó todo. Yo creo que lleva años intentando vender la casa y el terreno, esperando a que un inversor se interese por el sitio, quizá para crear un hotel en condiciones, y ella poder marcharse. Y entre tanto mantiene la finca como

Dios le da a entender, tirando del pobre Manuel como el que tira de un burro.

Noté el tono de rencor en su voz y preferí no sonsacarle, que fuera él quien siguiera hablando si quería. Sin embargo, no quiso.

—Pero cuénteme, compadre. ¿Qué les trae a ustedes tan lejos de su casa? —Dejó escapar una pequeña carcajada—. ¿En qué hora se les ocurrió andar por ese desierto, jugándose la vida usted y su linda señora? Lindísima, si me permite que le diga.

Esa era una buena pregunta que no acostumbraba a responder del todo. Pero ya había bebido un poco y Manuel me había relatado media vida suya, y quizá en el fondo me apetecía contárselo a alguien de vez en cuando.

—Empezamos a viajar hace cinco meses, en México. Siempre nos ha gustado caminar y acampar, así que nos propusimos hacer muchas rutas a pie, tantas como fuera posible. Lejos de las carreteras es donde se encuentran las cosas bellas, ¿no cree? Así cruzamos América Central, eligiendo un camino y tirando por ahí. Pasamos la frontera entre Guatemala y Honduras una medianoche, por la jungla. Igual que una ruta de dos semanas en el Amazonas, solo a canoa y a pie. Ahora queremos llegar hasta Tierra de

Fuego, sin prisa. Mientras tanto deseábamos pasar una noche en el desierto. Elegimos este, de camino a la costa, a la cordillera. Y bueno, lo describen como pequeño, y menos mal que lo es porque casi no lo contamos.

—Usted que lo diga, compadre —asintió Manuel—, ¡bonito viaje! Yo nunca he salido de la provincia excepto una vez, que fui a una boda de un primo mío en Asunción. ¿Y cómo van viviendo? ¿Trabajando de camino?

Le dije que no, que íbamos gastando los ahorros poco a poco.

—¡Carajo! Deben ser ustedes muy ricos para vivir como trotamundos así de bien.

Sonreí, aunque en el fondo me hirió el comentario, quizá porque era cierto. Supongo que los hombres de manos callosas de este mundo tienen derecho a decir la verdad.

—Bueno, sí, no muy ricos, pero tenemos lo suficiente para unos meses más. Después volveremos a Madrid, qué remedio, y habrá que trabajar otra vez —dije aquello resoplando, como para colocarme al nivel proletario de Manuel (aunque compararme a mí escribiendo informes en una cómoda silla de gomaespuma con Manuel arreglando un tejado en mitad del desierto, entre escorpiones y serpientes, resultaba un tanto grotesco).

—¿Usted y su esposa son de allí, de Madrid?

—Sí —dije sin ganas de corregirle puesto que Pía y yo en realidad no estábamos casados.

—Tengo unos primos que marcharon allí hace años, a trabajar en la construcción. Ahora no debe ir muy bien la cosa. La economía parece estar muy mal por allá.

—Desde luego. La crisis... ya se sabe.

—¿Ustedes también se marcharon por lo mismo? —A Manuel se le había empezado a trabar un poquito la lengua.

—No, lo nuestro... es solo un viaje. Un viaje que siempre habíamos querido hacer.

—Ah... comprendo. ¿Más vino, compadre? —Sin esperar mi respuesta, me llenó el vaso hasta el borde—. Pero no quiero interrumpirle: un viaje que siempre...

—... habíamos querido hacer —repetí—. Dejar el trabajo, coger las mochilas y partir. Ya sabe, esa idea tan romántica. Dar la vuelta al mundo, o quizá solo la media vuelta. Pero pasaban los años y no éramos capaces de decidirnos. A lo mejor teníamos miedo a perder el empleo, nuestras cómodas vidas...

Me vino a la mente ese apartamento «cómodo» del barrio de Salamanca. Con ese cómodo Volkswagen Beetle y la casa de alquiler frente a la playa de Cádiz. Y esa oficina cómoda llena de personajes cómodos bien vestidos, perfumados, que pasaban sus vidas como yo, haciendo declaraciones de IVA millonarias para empresas de zapatos y moda, saliendo los viernes a tomar una cerveza y a intentar llevarse a la cama a algún compañero, hablando de sus hipotecas, de sus hijos recién nacidos y de los problemas de los que pasan la línea de los treinta. Todo bien cómodo, bien predecible. La zona de confort, el lugar donde nunca ocurre nada.

—Y al final se decidieron... —Manuel espoleó la historia sacándome de mis reflexiones.

—Bueno. No sé si nos hubiéramos animado por nosotros mismos, pero entonces sucedió algo terrible. Un accidente que nos cambió la vida. Que nos impulsó a decidirnos.

Bajé la voz: no quería que Pía me escuchara, bajo ningún concepto. Si por cualquier razón se le ocurriera bajar en ese momento... Miré a través de la puerta. Se veía un tramo de las escaleras y todo estaba oscuro y en silencio. Bebí un trago. No sé ni cómo había empezado a hablar de aquello. Acostumbraba a evitar el tema, pero esa noche, después del desierto, de sentir la muerte bastante cerca, tal vez tuviese los nervios a flor de piel, y el vino había terminado por rematarme.

—Los padres de Pía murieron en un accidente. Fue algo terrible: un avión que se perdió en el mar.

—Madre de... —comenzó a decir Manuel, pero se calló. Cogió el vaso de vino y lo apuró.

—Ese vuelo entre Río de Janeiro y París de 2009, ¿lo recuerda?, el que nunca llegó a su destino. Fue un golpe tan duro, tan cruel, tan repentino... que nos hizo reflexionar sobre la vida. Sobre lo corta que es y sobre lo idiota que supone esperar a que las cosas sucedan por sí solas. Y por eso no nos costó nada lanzarnos a hacer nuestro viaje. Si todo el mundo mirase a la vida desde esa perspectiva, seguro que se acabarían muchos problemas.

—Seguro, señor.

A Manuel le había cambiado el humor de pronto, y me arrepentí de haber dado ese toque fúnebre a nuestra pequeña fiesta. Traté de cambiar de tema, pero a él ya se le había borrado la sonrisa del rostro y su cabeza colgaba ahora como un péndulo sobre el vaso. Sus dos moscas debían estar borrachas también, pues ya no las veía revoloteando por ahí. Estaba como ido.

—Manuel, ¿se encuentra bien? Siento haber...

—No, amigo mío. —Levantó la cabeza y soltó una especie de carcajada—. No se preocupe. Las cosas pasan porque tienen que pasar. ¿Sabe? Como el hecho de que ustedes hayan llegado aquí. Y que yo también lo hiciera... Ya lo dijo ella. Que vendría más gente. Que nunca lo podríamos parar.

Clavó la vista en mí y sus ojos, inyectados en sangre, ya no estaban idos. Era como si, después de un largo día de sueño, por fin hubiera despertado.

Y yo, cada vez más borracho, cansado después de aquella jornada de viaje, apenas le entendía.

—¿A qué se refiere, Manuel? No... no creo que le esté siguiendo.

Cerró la boca y apretó los dientes, como si algo luchase por salir. Después resopló largamente y terminó dibujando una sonrisa con los labios.

—No, olvídese. A veces servidor dice cosas sin sentido. El vino este, cabrón. Creo que me disuelve el *celebro* poco a poco.

Alzó su vaso y brindamos otra vez. Yo acabé primero, dejé mi copa en la mesa y observé cómo él daba cuenta de su vino en dos largos tragos. Pensé en esa frase que acababa de decir, esa frase que —según él— era producto del alcohol y sus efectos sobre su cerebro: «Las cosas pasan porque tienen que pasar. ¿Sabe? Como el hecho de que ustedes hayan llegado aquí. Y que yo también lo hiciera... Ya lo dijo ella. Que vendría más gente. Que nunca lo podríamos parar».

Por alguna razón, aquella frase no me pareció un sinsentido.

Cuando regresé escaleras arriba, tambaleándome, Pía ya se había dormido. Estaba hecha un ovillo en la cama, con el diario de viaje abierto por la mitad y el lapicero a pocos centímetros de sus manos. La luz de su mesilla de noche le iluminaba el rostro, y también la última anotación que había escrito en el diario:

> ¡Salvados! Cruzamos el Desiertito del Umbral con gran dificultad. Una noche de acampada maravillosa bajo las estrellas, pero con el tobillo dolorido. Hoy, durante el día, toda una odisea. El agua se acabó y el Desiertito parecía interminable. Las últimas horas iba pensando en lo peor. ¿Es así como se siente cuando la muerte le atrapa a uno? Siempre he imaginado que papá y mamá aparecerían cuando llegara el momento, pero no ha querido ser hoy.

Al final hemos llegado a la fonda. Una mansión perdida en la nada. Momentos extraños, irreales en un principio. Recibimiento incómodo. Personajes sacados de una película barata de terror (el sirviente atontado, la señora vampírica), pero después la habitación era puro lujo. Un hotel de cinco estrellas no lo podría mejorar. Espero que mi tobillo mejore entre hoy y mañana, aunque quizá eso sea demasiado optimista. Jorge ha demostrado que puede sacar su instinto cavernícola si hace falta (roca, candado).

Me reí con esta última frase. Cerré el diario y lo coloqué sobre la mesita de noche antes de desvestirme y meterme en la cama con cuidado. Ni siquiera alcancé a apagar la luz de la mesilla. En cuanto tuve a Pía entre mis brazos, caí absolutamente dormido.

Todo lo que ocurrió esa noche me pareció un sueño, y quizá lo fue o quizá no. El terrible cansancio, que me había hecho desmayarme sobre la cama, el vino que disolvía el cerebro, todos los ingredientes se mezclaron para diluir la frontera entre el sueño y la vigilia.

Primero tuve una pesadilla horrible. Algo que me

sacudió de veras, porque era un recuerdo que no me había asaltado en muchos años y esa noche, de pronto, regresó con toda su crudeza. Era Marta. Otra vez Marta.

Retornó a mí desde aquella habitación oscura donde la vi por última vez, de entre las sombras. Y estaba, como entonces, enfadada, terriblemente enfadada. Y yo volvía a tener veinte años y volvía a decir las mismas palabras. «Marta, lo siento, pero esto no cambia nada. Tu enfermedad es terrible, pero yo debo atender a mi corazón. No voy a volver contigo».

Ella me escuchaba desde su silla de ruedas con el cabello caído hacia delante, despeinado. Tal vez ya había empezado a perder un poco el juicio, o a lo mejor estaba perfectamente serena cuando me dijo aquello. Levantó la mano, aquella larga y huesuda mano, y me señaló. «Podías haber esperado un poco más, ¿no? ¿Tienes que dejarme justo ahora?».

En el sueño todo ocurría de una forma amplificada. Su voz era un rugido, su mano, una garra como una rama de un árbol seco que trataba de alcanzarme. Y entonces, de alguna manera, conseguía ponerse en pie... «Hubieras podido demostrar un poco más de HUMANIDAD».

Yo me zafaba de su mano y echaba a correr por

los pasillos abandonados de nuestra facultad (cosas de los sueños), pero Marta volaba a mi espalda, como un fantasma. Con la cara hinchada y los labios llenos de pupas, dejando caer una baba verdosa y con los ojos cargados de ira. «¡No fue culpa mía que enfermaras!», le gritaba.

Pero era tarde para entonces.

Después creo que me desperté, aunque eso nunca lo tendré claro del todo. Recuerdo sentir todo el vello de mi cuerpo erizado. Recuerdo estar temblando bajo las sábanas, todavía asustado por aquella pesadilla. Desorientado, sediento. Me hallaba en la habitación de aquella extraña casa, la luz de la mesilla continuaba encendida, pero en la cama solo estaba yo. ¿Y Pía? Miré alrededor y la encontré junto a la ventana. Y creo (creo) que la llamé en voz alta, pero no me respondió. Permanecía de pie, en bragas, mirando algo por la ventana. Me levanté, me acerqué a ella y vi que tenía las manos incrustadas en los huecos de las persianas.

—Vamos, vuelve a la cama —le dije.

Pero no escuchaba. Estaba como sonámbula. Y recordé que a los sonámbulos no había que despertarlos. ¿Era cierto que se podían morir? Me asusté. Jamás la había visto así. Con mucho cuidado retiré sus manos de la contraventana. Ella dejó que lo hiciera, se mostró dócil a mis órdenes y la dirigí de nuevo a la cama. La ayudé a tumbarse y la besé muy suave.

—Duérmete, cariño, ahora duérmete.

Acto seguido regresé a la ventana. Me había parecido ver algo entre las finas rendijas de la persiana. Afuera la luna estaba llena y su luz regaba el suelo del desierto creando sombras alargadas. El pozo. Las casas de aperos. La virgen del cementerio. Pero más allá, detrás de las casas, había otra cosa. Primero pensé que serían cactus, plantas del desierto. Pero no, no era nada de eso.

Eran personas quietas, sin hacer el menor movimiento. Miraban hacia la casa.

Decidí que aquello debía ser otro sueño. Volví a la cama, me apreté contra Pía y cerré los ojos con fuerza para olvidarme de las pesadillas.

3

—¡Por fin! —dijo Pía sonriente al verme aparecer al día siguiente—. La marmota sale de su guarida.

Ella estaba sentada en los escalones del porche, con los restos de una manzana y unas galletas a su lado. A la sombra, protegiéndose de aquel sol aplastante de la mañana. El pie metido en un cubo de agua con algunos hielos.

—¿Y los otros? —pregunté al salir por la puerta. Me recibió aquel aire seco y caliente del desierto. El horizonte era una pequeña línea de arena bordeando un radiante y vasto cielo azul.

—Han salido, creo que fueron a El Merchero —dijo ella—, dejaron una nota. Hay comida en la cocina. ¿Has descansado?

—Dios —rugí mientras me estiraba—, no sé ni cuánto he dormido. Ayer bebimos un poco más de la cuenta.

—¿Manuel y tú?

—Sí, un mano a mano. El tipo tiene dos barriles de vino en la despensa. Creo que nos bebimos uno. Madre mía, qué aguante. Es un milagro que se haya podido levantar hoy.

—Yo caí en picado. Ni siquiera te oí cuando volviste a la cama.

—Sí, de eso me acuerdo. Te dejaste la luz encendida y el diario sobre la almohada. —De pronto, como un fogonazo, recordé también las pesadillas de la noche. Me estremecí por un instante, pero no quise hablar de ello. «En otro momento», pensé.

Bajé los escalones hasta el caminito de grava que se iniciaba en el frontal de la casa. Salí de la protección del techado y sentí el sol que me caía a plomo sobre la cabeza y los hombros. El coche ya no estaba aparcado en los establos de la izquierda.

—¿Qué tal va? —Señalé el cubo de metal en el que Pía había sumergido el tobillo.

—Algo menos hinchado, pero todavía dolorido. He tenido que bajar las escaleras casi a la pata coja. Diría que me duele más que ayer.

—Es lógico. Tienes los músculos fríos. Pero supongo que es todo lo que podemos hacer. Hielo y reposo. Quizá para la tarde estés mucho mejor.

—¿Crees que les hará gracia vernos aquí a la vuelta?

—No nos queda otra: tú no puedes dar ni diez pasos. Pero si acceden a llevarnos, les pagaré encantado. Ese Manuel parece un buen hombre... Bueno, iré a preparar algo caliente.

Regresé al cabo de diez minutos con un mate. Lo llevábamos (junto a la yerba) en la mochila, como parte fundamental del equipo de viaje. Cuando salimos de Madrid era un adicto al café, pero lentamente me había acostumbrado a este otro sabor agrio, y a su efecto más sutil y duradero.

Me senté junto a Pía, en las escaleras, y mateamos tranquilamente mirando el horizonte infinito. Arriba, en la suave colina que había frente a la casa, el aire estaba tan caliente que parecía aceite en ebullición.

Desvié la mirada al círculo de piedras que rodeaba la casa. Eso me hizo recordar las siluetas que habían aparecido en mi pesadilla.

—Esta noche he tenido unos sueños extrañísimos —dije al fin como si fuera un tema incómodo pero inevitable. Sin embargo, antes de que pudiera continuar, Pía me miró y dijo:

—Yo he soñado con mis padres.

El corazón me dio un brinco al oírlo. Estaba a punto de hablar de muertos que volvían del pasado y, vaya, qué casualidad.

Me quedé en silencio, esperando a que ella continuara. La psicóloga que trató a Pía después del accidente me aconsejó hacerlo así: «Que hable cuando quiera y cuanto quiera, nunca le fuerces demasiado».

—Estaban... aquí mismo. Era todo muy raro. Me sonreían felices, me decían que me acercara, que querían decirme una cosa, pero yo no podía. Había algo que no me dejaba avanzar hacia ellos.

La imagen de Pía agarrando las persianas de la casa volvió a mí con maléfica nitidez. ¿Lo había soñado o era real? Pero entonces, ¿las siluetas que miraban hacia la casa? ¿Aquello también había sido real?

—Tenían algo que decirme, pero no podía acercarme más. —Su voz se ahogó en un pequeño sollozo. Se incorporó y me miró sonriendo, con los ojos brillantes—. ¿Sabes? Es la primera vez que sueño con los dos a la vez... siempre era uno u otro.

Cuando Pía soñaba con sus padres (algo que seguía ocurriendo una o dos veces al mes), ellos siempre aparecían en escenarios familiares: preparando una barbacoa en su casa de la sierra, almorzando en un restaurante o pasando un aburrida tarde de domingo de invierno en el salón de su apartamento. Se despertaba, a veces llorando, y decía que, por un momento, creía que no habían muerto y que seguían todos juntos como la feliz familia que habían sido. Esos sueños eran dulces y terribles al mismo tiempo. Como pequeñas jugarretas que su cerebro quería gastarle.

—¿Raro? Esto es... curioso cuando menos —repliqué.

—¿Por qué lo dices?

—Tú has soñado con tus padres y yo... yo también he tenido un sueño terrible. He soñado con Marta.

—¿Marta... tu ex? —dijo Pía (yo noté que le temblaba la voz).

—Sí. Llevaba años sin acordarme de ella. Y de pronto, anoche, apareció otra vez.

—¿Quieres hablar de ello?

Resoplé, como si realmente no quisiera. A continuación, de manera escueta, hice un relato de la pesadilla. Porque no había sido un sueño melancólico ni mucho menos. Sino una espeluznante y monstruosa pesadilla.

—Dios..., es... terrible. Pero nunca me dijiste que te había culpado de nada.

—Nunca como en el sueño, claro. Pero me dejó una carta escrita.

—Joder, nunca me hablaste de eso.

—Lo sé. Es un tema que he intentado olvidar... y lo nuestro estaba empezando y no quise estropearlo con algo así. Lo demás es como te lo conté. Le diagnosticaron la enfermedad casi cuando tú y yo nos conocimos. Fue algo muy doloroso, injusto de veras. Pero yo me había enamorado de ti... así que hice lo que tenía que hacer.

—Dejarla.

—Con las mejores palabras. Pero bueno... ella rompió a llorar. Fue algo horrible. Y luego, su tratamiento no funcionó. Llegaron todas aquellas operaciones tan duras. La redujeron a nada... —Cerré los ojos tratando de espantar una horrible imagen de aquella sábana que no cubría nada donde debería haber dos piernas—. En determinado momento, ella debió perder la cabeza. Poco después llegó el final. Creo que fue un alivio para todo el mundo.

—Recuerdo ese día. Yo estaba contigo cuando te llamaron.

—Sí, yo también lo recuerdo. Menuda llorera que me eché. Aunque era lo mejor.

—Pero ¿y la carta?

—Eso fue más tarde, en el funeral...

—Al que preferiste ir solo.

—Por respeto a la familia de Marta y por evitarnos una situación desagradable, Pía. Su hermano me entregó la carta. Dijo que la había escrito hacia el final. Y bueno, la caligrafía ya daba una idea de cómo se encontraba... temblorosa, desviada... Había frases inacabadas, palabras que no entendí...

—¿Qué decía?

—Al principio era tan solo una despedida cariñosa. Un agradecimiento por los años que habíamos pasado juntos (desde los quince ni más ni menos), pero al final se ponía un poco más... dura y acusatoria.

Dije que no recordaba bien aquella carta, aunque no era cierto. La recordaba palabra por palabra.

—Bueno, cualquier psicólogo te diría que es normal sentir una culpabilidad muy grande —comentó Pía—. Entiendo que no quisieras hablarme de esa carta.

—Gracias. De verdad que lo hice para no abrumarte. Pero se ve que mi subconsciente no lo ha pasado por alto. ¿No te parece extraño que ambos soñemos con esos viejos fantasmas la misma noche?

—No lo sé... puede que vernos al borde de la muerte haya sacado esos temas de alguna parte, ¿no?

—Puede... En fin.

Terminamos el mate y tratamos de cambiar de tema, hablar de otras cosas más positivas como nuestros planes de viaje una vez que hubiéramos cruzado el Peratil. Había un par de buenas rutas hacia la costa, y la guía hablaba de una zona de cabañas en la playa y de un pequeño archipiélago donde había una increíble fauna salvaje y al que planeamos llegar alquilando una canoa.

Pía empezó a darme unos besitos muy tentadores en la mejilla, el cuello. En El Merchero habíamos dormido en una pensión con otras dos personas al lado, y la noche en el desierto habíamos estado demasiado cansados para...

—Tenemos toda la casa para jugar. —Me acarició la pierna.

—Pero ¿y tu pie? —le pregunté.

Ella me miró con ojitos de gata.

—Te dejaré que lo hagas todo.

Pasamos un par de horas en la cama, haciéndolo en silencio, como si alguien, un habitante desconocido de la casa, pudiera estar escuchando. Nos reíamos de todo aquello y de vez en cuando yo me levantaba para mirar por la ventana, pero el Jeep seguía sin aparecer.

Después nos entró hambre. Bajamos a la cocina y comimos lo que Manuel nos había dejado en la nevera. Patasca, un plato del que habíamos oído hablar. Maíz pelado y una contundente mezcla de carnes. Lo acompañamos con unos vasos de vino que nos subieron el ánimo y nos hicieron volver a reírnos de todo aquello. La mansión encantada que se cierra por la noche.

Nos pusimos a investigar la casa, abriendo y cerrando puertas. Había varios salones, casi todos medio vacíos, con los muebles cubiertos por sábanas o plastificados. Le hablé a Pía de lo que Manuel me había dicho: que la señora Duarte llevaba años intentando vender la propiedad y que ya nadie vivía allí desde hacía mucho tiempo.

Destapamos algunos cuadros y muebles. Encontramos la pista del gran patriarca, Gervasio Duarte, en un gran cuadro sobre una chimenea de mármol italiano. En ese mismo salón también dimos con un viejísimo gramófono de marca Polyphon, con su gran trompeta de madera y un disco que todavía olía a cera colocado sobre él. «Papaveri e papere», decía en su pequeña etiqueta central. «Fonodisco Italiano». Todo decrépito, antiguo, sin uso. Como aquella casa.

Había una puerta debajo de las escaleras que resultó ser la habitación de Manuel. Un catre revuelto, paquetes de tabaco y olor a vino. En una de las paredes había un colgador en el que vimos copias de las llaves de la casa y de un coche. Me apunté aquel descubrimiento como una nota mental.

Más intrigante fue el que hicimos en la planta de arriba, en el mismo corredor que nuestra habitación. El resto de los dormitorios de invitados (contamos hasta cuatro incluyendo el nuestro) estaban situados, dos a dos, en el tramo del pasillo más próximo a las escaleras. Pero después, doblando la esquina y subiendo otra escalerita, se accedía a otro tramo en el que solo había tres puertas.

Una estaba abierta, daba a una habitación vacía. Otra conducía a unas escaleras que, calculamos, subían a lo que debía de ser el desván de la casa. La última, la que cerraba el pasillo, tenía un pasador instalado por fuera. Como un calabozo. Entre risas, Pía dijo que debíamos abrirlo. Le dije que se olvidara de la idea.

—¿Y si tienen a alguien encerrado? —insistió.

Pía era esa clase de persona con la que ningún viaje resulta aburrido.

—Si lo tienen encerrado, será por algo —respondí yo.

No hubo manera de quitarle aquella locura de la cabeza, así que después de golpear en la puerta un par de veces, terminamos abriendo el pasador. En el interior descubrimos un gran dormitorio, con las contraventanas echadas como en el nuestro. Este, a diferencia de los otros en los que habíamos curioseado hasta entonces, parecía en uso. Las sábanas estaban revueltas y el aire no olía a polvo, sino a cera de velas y a perfume.

No tardamos en concluir que aquella era la habitación de Elena Duarte, y aunque nos sentimos mal por haber violado aquel espacio personal, la curiosidad por varios objetos que allí vimos fue más poderosa.

En la mesilla de noche había un frasco ámbar con un cuentagotas y unos trozos de algodón redondeados como bolitas. Al acercarme el frasco a la nariz lo aparté rápidamente.

—Cloroformo.

—¿Tendrá problemas para dormir?

—Joder, pero esto es demasiado, ¿no crees?

Había un escritorio junto a la ventana que estaba repleto de papeles, cartas y libros. Una fotografía familiar de dos mujeres, una de ellas la versión joven y más alegre de la señora Duarte. También había un radiotransmisor en una mesita (recordé la antena que había visto junto al pararrayos, en lo alto de la casa).

—Pero ¿por qué tendrá ese pasador por fuera? —se preguntó Pía, que parecía estar disfrutando mucho con aquel misterio.

—Quizá la castigaban de pequeña —teoricé sin perder de vista la puerta, temiendo que la dueña de la casa apareciese por el fondo del pasillo en ese instante—. Aunque podría haberlo retirado. Parece que está nuevo, bien lubricado.

—¡Y mira esto! ¿Qué es?

—Vamos, Pía —le urgí—. Hay que salir de aquí. Esto está mal.

Pero ella ya había cruzado la habitación hasta un gran armario ropero, abierto de par en par, que dejaba ver un largo espejo acoplado a la cara interior de una de sus puertas. En la otra, colgado de un pequeño clavo, había una especie de calendario.

—Un calendario de lunas. Mira.

—Sí, sí —dije sin perder la concentración en el pasillo—, ¿y qué?

—¿No te parece raro?

—Joder, pues sí, un poco. Pero aquí todo es raro, ¿no? Esta señora es la foto que aparece en el diccionario al lado de la palabra «raro».

—¡Mira! Ayer, hoy y mañana están marcados en rojo.

—Es por la luna llena.

—No —respondió Pía—. Hay otras lunas llenas en el calendario, en otros meses. Pero ninguna marcada en rojo. Solo esta.

—Bueno, hay que irse. Después lo pensaremos. ¡Vamos, Pía!

La tuve que coger del brazo para obligarla a abandonar su exploración. Salimos de allí con cuidado de dejar el pasador echado tal y como lo habíamos encontrado.

A eso de las seis de la tarde, oímos el motor del Jeep aproximándose por el norte. Estábamos dando una vuelta por los alrededores de la mansión, investigando el cementerio, los cobertizos abandonados... Pía se había hecho con un bastón de madera con el que se apoyaba al caminar.

El Jeep aparcó junto a la entrada principal y de él salieron Manuel y la señora Duarte, vestida con una falda de piel y unas botas de caña, como preparada para la ciudad. El coche venía cargado de bolsas, que Manuel comenzó a descargar de cuatro en cuatro, y entrar en la casa.

Nos acercamos a saludarla y ella nos recibió con frialdad.

—¿Todavía están por aquí? Pensé que habrían retomado el viaje. —Miró mejor a Pía, su bastón improvisado—. Ya debí imaginar que su tobillo no sanaría tan rápido.

—No está para caminar —asentí—, pero no queremos ser una molestia para usted. Habíamos pensado que quizá Manuel nos podría acercar a El Merchero. Le pagaríamos por la gasolina y el transporte, por descontado.

—Es tarde para eso. —Elena Duarte habló mirando al cielo—. Anochece. Pronto saldrá la luna y el desierto no es para viajar de noche. Pero tal vez puedan hacerlo mañana temprano.

—Claro —respondimos Pía y yo. Y volvimos a darle las gracias.

La señora Duarte se dirigió entonces a la casa, sin hacer ningún ademán de invitarnos a seguirla. Pía y yo nos quedamos donde estábamos, un poco incómodos con la situación. Pero entonces, en cuanto llegó al porche, Elena Duarte se giró hacia nosotros y nos dijo:

—Entren, vamos a cerrar la casa antes de que anochezca.

Esa noche, la señora Duarte nos invitó a cenar con ella en un comedor anexo a la cocina. Manuel hacía las funciones de lacayo, entrando viandas y sacando platos. Todo muy frugal: una ensalada de mango y tomate y un plato de fiambres y quesos. De postre, chocolate negro y pasas. Todo regado con vinos blanco y tinto, a nuestro gusto, y un vasito de oporto para acompañar el postre.

Nuestra anfitriona era una conversadora correcta. Primero hablamos de España, de Madrid y de Barcelona, donde ella había pasado unos días años atrás durante una *tournée* por Europa junto a su hermana. Recordó las maravillas de Gaudí, el Barrio Gótico y las calles estrechas, los balcones iluminados con flores, las persianas para defenderse del sol y las sábanas blancas secándose al aire.

Con el vino y los estómagos llenos, la conversación poco a poco fue encendiéndose. Pasamos a hablar de libros, algo en lo que Elena Duarte se reveló como una verdadera entendida. De Borges a Bolaño, de Capote a Faulkner. Pía solo leía best sellers históricos, pero yo era asiduo a los títulos de Anagrama de bolsillo (los compactos de colores). En las horas del almuerzo, mientras los colegas se reunían para criticar y odiar a la directiva, yo me entregaba a leer Auster, Bukowski, Amis o Cassany, lo que cayera en mis manos, así que le pude seguir un poco el hilo a Elena Duarte, que al parecer leía más que comía. Finalmente nos confesó que era una poeta aspirante, lo cual me pareció que encajaba bastante con el personaje. Recordé su escritorio, repleto de papeles y libros, y me la imaginé en sus solitarias y esforzadas horas frente al papel. Le pregunté si no había publicado nada y me respondió que tenía una carpeta con miles de versos acumulados, pegándose tinta con tinta, pero que no valían el árbol que habría que cortar para imprimirlos. Me pareció un signo de modestia loable, sobre todo tratándose de una escritora novel y, ya metidos en conversación, le pedí que me dejara leer alguno de sus versos antes de marchar. Ella se negó en un principio. Yo insistí y al final prometió dejarme leer sus poemas como se hacen las promesas que uno pretende olvidar.

En el segundo vaso de oporto se mostró interesada en nuestro viaje, en las rutas que habíamos hecho hasta entonces. Una cosa llevó a la otra y nos preguntó cómo habíamos elegido cruzar el Desiertito del Umbral.

—Hay otras rutas mucho más bellas hacia el Peratil —opinó ella.

Le respondimos la verdad. Que fue una decisión al azar. Que aquella vieja guía llegó a nuestras manos por casualidad una tarde rebuscando en las polvorientas estanterías de una pensión en Olanchito, y que nos pareció un lugar solitario donde no nos cruzaríamos con ningún otro turista, y eso era justo lo que íbamos buscando allí: la soledad absoluta.

Ella quedó pensativa al oírlo, como si tratara de encajar alguna pieza en su cabeza. Entonces descubrí (por el reflejo de un largo espejo situado sobre la cómoda) que la mujer no tenía la mirada perdida, sino fija más allá de mi espalda. Manuel se había quedado quieto, de pie, y ambos se observaban en silencio, como si se intentaran transmitir un pensamiento. ¿Cuál?

Duarte sacó una pitillera, se encendió un cigarrillo de tabaco Pueblo, lo acompañó con el tercer vasito de oporto y al terminarlo anunció que se iba a dormir.

Pía dijo que también estaba cansada y que debía

ponerse los hielos en el tobillo, pero yo tenía mi vaso a la mitad y además ya había comenzado a departir con Manuel, que iba y venía recogiendo los platos, los vasos y limpiando las migas.

Le hablaba de cómo organizarnos al día siguiente (algo dentro de mí empezaba a tener prisa por largarse de aquel lugar).

—¿Le vendría bien salir pronto a la mañana? ¿Cuánta distancia hay hasta San Miguel de Hyzes? Lo digo porque sería tonto volver a El Merchero si solo nos cuesta veinte kilómetros más llegar a San Miguel.

Allí había pensiones, según creía. Manuel me lo confirmó: un par de fondas y un hotel caro. Bueno, eso parecía un buen plan. Marchar temprano hasta San Miguel, al pie de las montañas, y descansar allí unos días hasta que el tobillo de Pía estuviera sano y duro como una roca. Y después cruzaríamos esos valles hasta el océano.

Terminé el oporto y me levanté a ayudar a Manuel con el resto de la mesa. El hombre insistió en que me sentara y bebiese otra copa, pero le dije que aquello era lo mínimo que podíamos hacer. Si no éramos huéspedes, entonces ayudaríamos. Él no me quería dejar, pero en ese momento sonó un timbrecito junto a la puerta de la cocina —una llamada de la señora Elena, supuse—, y Manuel salió escaleras arriba, cosa que aproveché para retomar el fregado.

Cuando el hombre regresó, yo ya había enjabonado todos los platos y vasos y los iba aclarando sin prisas. Él me dio las gracias y dijo que ahora tendría que aceptarle un vasito de vino. «Por supuesto», respondí. Y vi cómo se dirigía a la despensa a iniciar el mismo ritual de la noche pasada. «El de cada noche seguramente», pensé.

Una vez secas las manos, me senté en la mesita de aglomerado y tomé el vaso de vino, lleno hasta el mismo borde, que Manuel me había servido. Fuera, a través de las finas rendijas de la contraventana, se adivinaba un sol rojizo y moribundo. Alcé la copa, bebí, y me sentí con fuerzas para entrar a matar.

—Óigame, Manuel, una pregunta que le quise hacer ayer pero se me pasó: ¿para qué son esas piedras que tienen ustedes ahí fuera?

Él estaba bebiendo y, al oír aquella pregunta, todavía dio dos o tres tragos más, como si no quisiera apartar los labios de ese cristal. Después posó el vaso en la mesa y se limpió la boca con la manga de la camisa.

—¿El círculo, dice? —preguntó.

—Sí —respondí.

—No es nada —barrió el aire con la mano, como si la pregunta fuese una de esas moscas que lo acompañaban—, una antigua tradición de la casa.

—¿Una tradición?

—Viene de los indígenas que vivían aquí hace siglos. Está todo relacionado con el pozo.

—Un pozo... ¿El que está fuera, cerrado con la tapa?

—Claro. La casa se construyó en torno a ese pozo. Antes aquí había un poblado, pero se dice que el primer Duarte los echó a patadas, y...

Otra voz surgió entonces a nuestra espalda. «¡Jorge!». Era Pía llamándome desde las escaleras.

Me disculpé con Manuel y fui hacia ella.

—Dime.

—Sube.

—¿Que suba?

—Sí, un segundo, por favor.

Subí a la planta de arriba y ella me hizo un gesto para que entrase en la habitación. Tenía una extraña mueca en la cara.

—¿Qué pasa? —dije al entrar.

Cerró la puerta tras de mí.

—Lo acabo de ver. —Sonreía de oreja a oreja,

como una niña traviesa—. Manuel ha encerrado a la señora Duarte.

—¿Qué?

Pía se rio de puros nervios.

—Después de la cena hemos subido juntas la señora Duarte y yo. Nos hemos despedido hasta mañana y me he sentado en la cama a leer. He dejado la puerta entreabierta, pensando que vendrías en unos minutos. Vale, pues al cabo de cinco minutos he oído cómo subía alguien. He supuesto que eras tú, pero no. Era Manuel.

—Lo sé —dije—, le llamó por un timbrecito cuando estábamos abajo en la cocina.

—¡Un timbrecito! Claro. Debía de estar preparada.

—¿Preparada?

—Para que la encerrara. Con el pasador. ¿No te acuerdas? Me he asomado al pasillo y le he oído caminar por la alfombra. Ha llamado a la puerta, ha dicho no sé qué, y entonces he escuchado como algo metálico deslizándose y después un golpe.

—Podría ser cualquier cosa.

—No —se apresuró a responder Pía—. Porque me aseguré.

—¿Qué quieres decir con que te aseguraste?

—Pues que lo acabo de ver. He salido, una vez que Manuel ha vuelto escaleras abajo, y lo he mirado. El pasador está echado. La ha cerrado, ¡por fuera! Esto es lo más raro que he visto nunca, Jorge, en serio. Esa mujer se hace encerrar por la noche.

—Es sonámbula —dije casi sin pensarlo demasiado—. Seguramente esa es la razón.

—¿Qué?

—Y quizá, si me apuras, a eso se debe que las contraventanas también estén cerradas. La señora Duarte es sonámbula. Me apuesto todo el oro del mundo, que no tengo.

—¿Para que no salte por las ventanas? Bueno, podría ser... Es una buena teoría. Claro que...

—Es eso, Pía —interrumpí sus cábalas—. No le des más vueltas. Si quieres se lo preguntaré a Manuel y así desvelamos el misterio.

—¿Vas a quedarte a beber con él otra vez?

Pía lo preguntó con ese tono de voz que en realidad quería decir: «Me gustaría que te quedaras aquí conmigo».

—Solo un rato —respondí—. Ya sabes que no me viene nada bien acostarme nada más cenar. Y como no se puede pasear fuera de la casa...

Aunque en verdad había más razones para querer bajar a beber con Manuel. Una de ellas era que me siguiese hablando del pozo. Y quizá, si llegábamos a beber lo suficiente, podría preguntarle por la puerta de la señora Duarte y redondear esa historia que ya se estaba convirtiendo en la mejor de nuestro viaje.

De cualquier forma, al día siguiente nos habríamos ido. Y no pensaba volver allí nunca más.

El vaso de vino seguía esperándome sobre la mesa, pero saltaba a la vista que Manuel había bebido dos o tres más en mi corta ausencia. Estaba recostado en su silla, en la misma pose que debía tener cada noche, cortando queso con un pequeño cuchillo y mirando a la nada mientras se emborrachaba lentamente.

—La mujer le reclama —bromeó al verme regresar a la cocina—, no la debe usted hacer esperar. A las mujeres hay que tenerlas contentas, sobre todo si son lindas como la suya. O se buscan otro.

Me reí.

—¿Tiene usted esposa?

—Tuve, pero Dios la llamó a su seno. Y a mi hija también.

Dijo esto sin dejar de manejar su pequeño cuchillo. Sin pestañear.

—Oh Dios... Cuánto lo siento —dije yo.

—Fue hace mucho tiempo. —Cortes precisos al queso, cuñas perfectas—. Ya no duele tanto.

—¿Un accidente?

Manuel encajó la pregunta como el puñetazo de un niño.

—Algo parecido.

Se llenó el vaso y lo bebió entero, rápido. De nuevo se limpió la boca con la manga. Y también los ojos. Respiré hondo y nos quedamos en silencio. «Algo parecido». Las palabras repiquetearon en mi mente.

Pensé en cambiar de tema. Iba a pedirle que siguiera contándome eso del círculo de piedras y el pozo de los indígenas, pero Manuel se me adelantó.

—Es bueno tener esposa —continuó como reflexionando en voz alta—. El hombre no ha nacido para estar solo. Y yo llevo mucho tiempo solo, aquí, en esta casa.

—¿Y no tiene ninguna novia?

Otro vaso entero. Una risa y unos ojos perdidos en un pensamiento.

—Hay una mocita en la gasolinera de El Merchero. Consuelo creo que es su nombre, pero todos la llaman Dulce. No muy linda, pero simpática y con un par de buenas... —Se llevó las manos a los pechos y dibujó dos grandes senos en el aire—. Ya sabe. Ideal para un hombre como yo. Y ella también está sola, atada a la pata de su padre y con unas ganas locas de casarse. Pero cuando se enteró de que trabajaba aquí en la finca de Duarte se le cambió la cara. Bueno, por ahí piensan que aquí estamos todos locos. Y no les falta razón. Pero a Dulce le voy a decir algo un día de estos. Y puede que me marche con ella.

—¡Hágalo! —exclamé palmeando la mesa.

—Quizá lo haga. Me da pena la señora, pero quizá lo haga. En este sitio se le pasa a uno la vida sin darse cuenta, ¿sabe? Siempre rodeado de ese desierto, tan grande que te ahoga. Tanto espacio libre y sin un sitio donde ir, es como una jaula. Pero necesito un trabajo, un sueldo, para casarme. Y en esas nuevas fábricas ya no cogen a nadie. Y en la mina... —resopló al tiempo que negaba con la cabeza—, ahí se le pudren a uno los pulmones.

Después de esta declaración de intenciones, Manuel pareció pensarse mejor su idea de dejar la casa. Comenzó a hablar de lo bien que le trataba la señora.

—Me da una buena paga y duermo en una habitación de la casa, no del servicio. Y además me deja hacer y deshacer a mi antojo. —Señaló el vino, rellenó ambos vasos y volvimos a beber—. Es porque sabe lo difícil que es encontrar un criado. En El Merchero ya no quedan muchos mozos, y de los pocos que quedan casi ninguno está dispuesto a venir aquí a servir.

La casa no era tan mala opción a fin de cuentas. O eso, o Manuel se iba emborrachando y solo hablaba para oírse a sí mismo y sentirse mejor. Yo quería volver a hablarle del círculo de piedras. Quería volver a preguntarle para qué era, pero no encontraba un hueco para formular la pregunta.

Por fortuna para mí, la cosa salió sola un poco más tarde. Para ese entonces ya estaba realmente tocado. Se había bebido una botella y media de vino él solo (conté que, más o menos, bebía dos vasos y medio por cada uno mío) y seguía hablando de su relación con la casa, que comenzaba a sonar como una obsesión.

—No me queda otro sitio en el mundo más que esta casa, ¿sabe? Aquí me tratan bien, y para un hombre de mi edad ya es suficiente ¡Hay tanto miserable! Y aunque tenga malas cosas, ¿sabe? Porque tiene sus malas cosas. La gente murmura, cuenta historias sobre la casa, pero nadie sabe lo que ocurre aquí de verdad...

Tenía la mirada extraviada. Yo posé el vaso sobre la mesa y no dije nada. Esperé. Sabía que aquello estaba a punto de salir.

—Por las noches, algunas noches, hay que cerrar bien los ojos y taparse los oídos —prosiguió Manuel—. Porque se oyen cosas aquí. ¿Sabe? Se oyen cosas. Por eso nunca debe faltar el vino en las noches de almas. Mejor darse una buena azotada con el vino y caer redondo, como una mosca. Porque las piedras, el círculo, no logran callarlos. Solo los mantienen a distancia.

—¿El círculo de piedras? —me apresuré a preguntar—. ¿Las noches de almas?

—Son unas pocas al año. Noches de luna llena y los astros en determinada posición. Las noches de almas. La vieja tradición de los mapuche dice que por ese pozo se cuelan.

—¿Se cuelan quiénes?

—Las almas —dijo Manuel como si aquella fuera la pregunta más estúpida del mundo—. Las almas, claro. Y se quieren llevar a los de aquí.

Yo me quedé callado, envuelto en un escalofrío.

Vinieron a mi mente esos dos sueños de la noche pasada. Los padres de Pía. Marta.

—Por eso se ponen las piedras —continuó como si nada—. Viejas piedras bendecidas para que no se acerquen. Y ayer usted me contó lo del accidente de los padres de su doña y todo encaja. Porque la tradición también dice que este lugar atrae a gente que tiene cuentas pendientes con los muertos. —Y, abalanzándose sobre la mesa, casi derribando la botella, acercó su cara a la mía y habló entre susurros—: Por eso —dijo—, por eso la señora no quiso dejarles pasar ayer. ¿Lo entiende? No sería la primera vez que tenemos una tragedia.

—Pero ¿qué dice, Manuel? —pregunté histérico elevando la voz casi en un grito—. ¿De qué tragedia habla?

El hombre estaba ya bastante borracho, pero debió notar mi alarma. Se llevó el dedo a los labios e hizo «pssssss» mientras sonreía.

—Nada... que Manuel quería darle a usted un pequeño susto, compa.

Me alegré de estar un poco bebido en ese momento. En otras circunstancias, creo que hubiera subido corriendo a por Pía, cogido el Jeep sin permiso y escapado de aquel lugar saltando sobre el desierto a cien kilómetros por hora. El vapor del alcohol me atemperó los nervios.

—Es solo una historia de miedo, ¿verdad, Manuel? Una superstición...

—Sssí... sí, compa. Puede que solo sean los vientos del desierto, que suenan como voces, o los aullidos de los coyotes. Duerma esta noche a fondo, abrace fuerte a su doña y no hagan caso a sus oídos. No hay nada de qué preocuparse mientras todos sus muertos estén en paz. Mañana temprano se irán a San Miguel y nunca volverán por aquí.

Y diciendo esto se levantó. Llevó el casco de la botella a la despensa y oí cómo la rellenaba del barril, pero a la vuelta, en vez de sentarse, anunció que se iría a dormir.

Yo tenía muchas más preguntas, aunque supongo que Manuel ya había terminado de hablar por esa noche. Nos despedimos y me quedé un segundo solo en la cocina, intentando ordenar todo eso que Manuel me había revelado. ¿Qué significaba? ¿Era una advertencia?

«Duerma esta noche a fondo, abrace fuerte a su doña y no hagan caso a sus oídos».

Una superstición, pensé, que los había llevado a rodear la casa de piedras. A no permitir que se mueva ni una sola de ellas. A encerrarse por las noches...

Corrí escaleras arriba.

Encontré a Pía profundamente dormida y quise despertarla para contarle todo aquello, pero lo pensé mejor. ¿De qué serviría irle con aquella historia de terror?

Quizá necesitaba quitármela de encima, porque a pesar de lo imposible e improbable de la historia, Manuel había conseguido ponerme los pelos de punta, la piel de gallina, los calzoncillos de corbata. Pero mi chica era como un ángel cuando dormía, y su rostro apacible y su respiración lograron contagiarme algo de sobriedad. Me senté a su lado y la observé mientras pensaba: «Es todo una maldita leyenda, Jorge».

Ya se sabe cómo son los sitios pequeños, los lugares apartados. La gente es supersticiosa, cree en la magia, en los muertos.

Casi sin quererlo me levanté y caminé hasta la ventana. Los cristales llevaban todo el día abiertos y por las rendijas de la contraventana se colaba una suave brisa. Y sí: sonaba como un silbido. ¿Eran esas las voces de los muertos que se escuchaban durante la noche de las almas?

El calendario de lunas. Solo algunas de ellas en rojo...

«Noches de luna llena y los astros en determinada posición».

Acerqué mi rostro y miré a través de una de esas rendijas. La luna ya había salido y la noche era clara. Los mismos cobertizos, el pozo y el cementerio con la estatua de la virgen. Me heló la sangre por un segundo porque pensé que era otra cosa. Pero solo era una estatua de piedra. «Los muertos no se levantan de sus tumbas. Y las almas no caminan por la tierra», me repetí. Eso solo son deseos de los vivos. Deseos que nacen para terminar con el dolor de la pérdida, con el desgarro, y que se acaban convirtiendo en leyendas, en cuentos para asustar a los niños.

Me dije todo eso y logré atemperar el pulso, pero había frases que Manuel había dicho esa noche y que todavía daban vueltas en mi cabeza.

«Este lugar atrae a gente que tiene cuentas pendientes con los muertos».

No tenía ninguna duda de que Manuel no había dejado escapar la historia por casualidad: había sido un consejo, una advertencia. El accidente fatal de los padres de Pía que yo le había relatado la noche anterior le habría puesto en guardia. ¿Quizá también a la señora Duarte? Esa noche, durante la cena, ella se había interesado mucho en cómo habíamos terminado recorriendo el Desiertito del Umbral. «Hay otras rutas mucho más bellas hacia el Peratil... ¿Cómo es que eligieron esta?».

Y esa mirada entre Manuel y ella.

«No sería la primera vez que tenemos una tragedia».

En cualquier caso, eso solo demostraría lo que ya era evidente viendo aquel círculo de piedras: que Manuel y Elena Duarte creían a ciegas en su superstición. «¿Tanto como para encerrarse por las noches?», pensé al recordar el pasador en la puerta de la Duarte. ¿Por qué no? ¿Acaso la gente no ayuna, camina descalza, recorre kilómetros o se fustiga por un santo de su devoción? ¿No era algo parecido, a fin de cuentas? Un ritual, como rezar un rosario a las seis de la tarde, que los mantenía protegidos de las sombras, de lo desconocido, en aquel vasto y solitario desierto.

Volví a la cama y traté de reírme de mi propio miedo. Pía se medio despertó, me abrazó y volvió a dormirse, y yo también fui cayendo, lentamente, tratando de apartar de mi cabeza aquellos pensamientos, que se resistían a abandonarme: «No hay nada de qué preocuparse mientras todos sus muertos estén en paz».

«Mientras todos sus muertos estén en paz».

Pero entonces la imagen de Marta persiguiéndome en su silla de ruedas apareció de pronto desde las tinieblas.

Abracé a Pía con fuerza.

Tuve un sueño muy inquieto y no dejé de dar vueltas en la cama. No soñé nada, pero tenía los nervios metidos en el estómago y no descansé bien. Me dormía, me despertaba. Serían cerca de dos horas más tarde cuando, en una de esas vueltas que di sobre el colchón, busqué a Pía para abrazarla y solo abracé aire. La cama estaba vacía.

Abrí los ojos y me incorporé sobre un codo, sorprendido. Franjas de luz plateada se proyectaban sobre la habitación frente a mí, iluminaban los muebles y las paredes de la habitación. La llamé con un susurro; pensé que habría ido al lavabo, pero no se oía tras la puerta y tampoco había luz. Me levanté de un salto y lo comprobé: el lavabo estaba vacío. La garganta se me cerró un poco. ¿Habría bajado a buscar un vaso de agua?

Sin encender la luz y sin vestirme, me calcé mis chancletas y caminé hasta la puerta, que descubrí entornada y no cerrada tal y como yo la había dejado.

En el pasillo. La casa a oscuras y en silencio. La luna se colaba por las otras persianas, proyectando franjas aquí y allá, cruzándose en algunos puntos. La luna estaba en todas partes, rodeaba la casa, tratando de engullirla con su luz, pero la casa se obcecaba en su penumbra.

Nada en el corredor. Miré en las únicas dos direcciones posibles. Escaleras abajo o escaleras arriba. ¿Habría ido Pía a mirar la puerta de Elena Duarte? No la creía tan loca. De cualquier forma, esa mañana habíamos descubierto otro lavabo en el pasillo, así que me dirigí a comprobar ese, que encontré vacío, y después seguí caminando hasta la esquina. La doblé, subí los cuatro escalones y encaré el otro tramo del corredor. Traté de ver algo al fondo, pero no se distinguía nada en la oscuridad. La puerta de la Duarte parecía cerrada y no pensaba acercarme más de la cuenta. Aquello era estúpido. Allí no había nadie.

Regresé a las escaleras.

Las bajé con cuidado al principio porque algunos peldaños crujían y no quería despertar a Manuel. Pero al llegar al primer giro y encarar el vestíbulo vi algo que me hizo olvidarme de todas las precauciones. La puerta principal se hallaba abierta, abierta de par en par, y la luz de la luna se colaba dibujando un largo camino de plata sobre la alfombra y la madera del piso.

«Pía», pensé.

No sabía lo que pasaba, pero estaba seguro de que esa puerta abierta tenía relación con nosotros, y que Pía debía estar en peligro. Salté los escalones de dos en dos y llegué al vestíbulo. Las llaves continuaban puestas en la cerradura. «Las llaves», recordé, «que colgaban junto a la puerta del dormitorio de Manuel».

Sin perder un minuto, atravesé el umbral como una bala y salté sobre la tierra.

No necesité mirar hacia los lados puesto que ella estaba frente a la casa.

—¡Pía! —grité.

Estaba de espaldas a mí, mirando al horizonte. Quieta, con los brazos caídos pero la cabeza recta, fija en algún punto. Corrí hasta ella, y solo cuando me estaba acercando me percaté de que se hallaba justo en el mismo límite que marcaba el círculo de piedras.

—Pía —la llamé al llegar a su altura—. ¿Qué haces aquí? ¿Qué ocurre?

Ella no pareció oírme, por imposible que fuera no oír mi voz en aquella noche silenciosa. Cuando me acerqué a ella y la miré supe que el sueño de la noche anterior, en el que la encontré catatónica con los dedos incrustados en la persiana, no había sido un sueño.

Igual que entonces, ahora Pía estaba despierta y dormida al mismo tiempo. Los ojos abiertos, pero abiertos a otro mundo. Un mundo que estaba delante de nosotros pero que solo ella veía.

—¡Pía! —La sacudí con cierto temor a despertarla, pero con un temor mayor aún a que no despertase jamás—. ¡Despierta, Pía!

Se agitó como un muñeco al principio y al cabo algo pareció traspasar aquella membrana del sueño que la envolvía. Giró muy despacio la cabeza hacia mí y me sonrió, como si acabara de reconocer a un amigo al que no veía desde hacía tiempo.

—¡Pía! Por favor, tenemos que volver ahora mismo a la casa.

Abrió la boca y oí su voz, pero hasta que pasaron unos segundos no acabé de entender lo que había dicho.

—Han venido, Jorge. Están allí.

Alzó el brazo muy lentamente, como un puente levadizo, y su dedo apuntó a la nada. Enseguida miré hacia allí tratando de ver algo. La luna, al este, regaba la tierra con su deslumbrante luz de plata. Veía arbustos, sombras, los viejos tocones en lo alto de la colina, pero nada más. Decidí que Pía estaba inmersa en un sueño.

—Vamos, te llevaré a la casa.

La cogí de la mano con intención de arrastrarla, pero en ese mismo instante oí algo a mi espalda: un portazo.

Me giré y vi que alguien había cerrado la puerta de la casa. Pude incluso escuchar las vueltas de la llave, apresuradas, en la cerradura.

—¡No!

Dejé a Pía un segundo y corrí hacia la puerta. Según llegué le solté un puñetazo y no me hubiera importado romper aquella madera por la mitad, pero lo que casi estuve a punto de romperme fueron los dedos de la mano.

—¡Manuel! —grité enfurecido—. Abra la puerta

ahora mismo. O le juro que reventaré las ventanas a golpes.

No hubo mucho más que uno o dos segundos de silencio.

Luego su voz me llegó nítida desde el otro lado de la puerta.

—No puedo, señor. Se lo dije. La señora se lo avisó. La puerta debe estar cerrada. Coja a su esposa primero, vengan hasta aquí, pero la puerta debe estar cerrada.

—Maldita sea, Manuel. Mi novia está sonámbula, está...

Miré hacia atrás y mis palabras se ahogaron en un gemido de terror.

Pía había desaparecido. Se había desintegrado.

—Es imposible... ¡Ya no está! ¿Dónde...?

—Cruzó, señor, cruzó el círculo. Apresúrese. Tráigala antes de que sea tarde.

—Manuel, por favor, abra la puerta... ayúdeme. —Mi voz sonó rota, desesperada.

—Lo siento, compa. Lo siento de veras.

Bajé las escaleras de nuevo, una a una, desconcertado. Eché a correr y luego me detuve. ¿Hacia dónde ir? Solo me había separado durante unos segundos de Pía. Era prácticamente imposible que hubiera desaparecido de mi vista, a menos que fuera capaz de volar. No había un lugar donde esconderse. Era como… magia.

«Cruzó el círculo», había dicho Manuel.

Así que yo también lo haría.

4

Avancé hasta las piedras. Había casi medio metro de distancia entre cada una de ellas. Di tres pasos a través de esa frontera invisible y de golpe sentí algo. Seguía siendo el desierto, pero era otro desierto. Todo aparecía envuelto en un extraño color azulado. Y de pronto también soplaba viento. Un viento que empujaba la arena y sonaba como mil voces entonando un profundo acorde coral.

Cerré los ojos. Los protegí de la arena con las palmas de mis manos. Miré hacia atrás un instante. La casa seguía allí, pero era como si estuviera borrosa, ligeramente desenfocada.

Supongo que hice un cálculo bastante sencillo. Deshice los tres pasos que había dado y crucé las piedras en dirección a la casa otra vez. Y sin más el huracán se había desvanecido. El ruido atronador del viento había dejado paso al silencio. La luna era blanca otra vez, el cielo estaba despejado de estrellas. El desierto regado de plata aparecía manso e inmóvil.

Lo primero que pensé es que todo tenía que ser un sueño. Supongo que es una reacción normal de tu cerebro cuando los sentidos se desvirtúan. Aquello no tenía sentido. Era una locura, de modo que debía de ser un sueño. Y de alguna manera, mi cordura sobrevivió a ese primer impacto gracias a esa certeza.

«Estoy soñando».

Pero incluso en mis sueños, la urgencia era encontrar a Pía, que se había desvanecido en la noche.

Volví a cruzar la barrera. Esta vez, prevenido de esa especie de cristal que separaba ambos mundos, percibí el cambio con mayor claridad. El viento. El extraño tono azulado del aire. El sonido de un millón de voces siseantes entonando esa suerte de acorde enloquecedor...

Volví a gritar su nombre. «¡Pía!». Mi voz sonó pequeña y aturdida entre el ruido de ese coro.

«Vamos, usa la cabeza, no entres en pánico. Tiene que estar en algún lado. Las personas no desaparecen así como así».

El único punto por el que alguien podría haberse

perdido de vista era detrás de la casa, o quizá en los establos que estaban más allá. Algo así debía de haber ocurrido. Aunque mi cerebro y mis cinco sentidos me dijeran que era imposible, que Pía nunca hubiera podido alcanzar los establos en aquellos pocos segundos. Sin embargo, ella no estaba allí y las personas no desaparecen por arte de magia.

Me acerqué a los establos, que en la noche parecían negras gargantas. Uno de sus grandes portones estaba abierto y me colé por él. El viento cesó sus cantos tan pronto como crucé el umbral. La arena dejó de clavarse en mis ojos y eso fue un alivio. Algo de luz se abría camino a través de las grietas del techo, pero por lo demás todo era una densa penumbra. Avancé en silencio, notando la tierra y la paja bajo los pies. Las cuadras olían a amoniaco o lejía. De cuando en cuando, mis pies se topaban con algún objeto pequeño, una piedra, una barra de hierro, pero era incapaz de ver mucho en aquella oscuridad. Tan solo repetía su nombre una y otra vez: «¿Pía? ¿Estás ahí?», mientras avanzaba con las manos extendidas por miedo a golpearme con alguna viga.

Al fondo, sobre la última corraleta del establo, el techo tenía una rotura que permitía que un leve resplandor se colara. ¿O era otra cosa?

Me acerqué. Había una luz al fondo, una luz como de un candil. Al llegar allí descubrí aquello en el suelo. La luz provenía de unas velas de reducido tamaño, trenzadas, de color azul cielo. Estaban dispuestas en círculo, clavadas en la crema de una tarta redonda en cuyo centro se leía: FELIZ CUMPLEAÑOS.

Me costó un poco entender aquello. ¿Una tarta de cumpleaños? Pero entonces entre las sombras de la corraleta intuí algo. ¿Era una persona? Estaba como agachada, o eso me pareció, y tampoco era capaz de distinguir mucho más desde allí, a metros de distancia.

—¿Pía? —tartamudeé, aunque estaba casi seguro de que no era ella.

La silueta no estaba agachada, sino sentada. Sentada en una silla de ruedas. Todo lo que podía ver de ella era su espalda, una espalda deforme que respiraba despacio, emitiendo un leve gruñido en cada inhalación. Una mano pálida se agarraba con fuerza en el borde del reposabrazos. El largo cabello moreno le caía hacia delante, ocultando su rostro. Mostrando un cuello de color pálido, amoratado. Olía a medicinas, a desinfectantes. Ese olor a enfermedad y a muerte.

Retrocedí un paso, después otro, me tropecé con algo. Caí al suelo.

La forma gruñó como si me hubiera oído.

Su voz sonaba extrañamente parecida al viento. Se fusionaba con ese coro de sonidos que me rodeaban. Pero estoy casi seguro de que dijo mi nombre.

—Jorrrgggggge.

Entonces vi que sus manos se movían en el aire hasta alcanzar las ruedas de la silla. Vi esos largos dedos blancos, coronados con unas uñas amarillentas, mal cuidadas, aferrarse a la goma del neumático y empezar a tirar de él.

Yo estaba tan asustado que ni siquiera intenté levantarme. Comencé a arrastrarme hacia atrás como quien ha visto un tiburón y solo desea alejarse de cualquier manera, dando patadas, hiriéndome las manos con las piedras y los maderos del suelo. Llegué al exterior y el viento me envolvió de nuevo. Entonces escuché un ruido que me hizo girar la cabeza en dirección a la casa. Unos bocinazos. Unas luces parpadeantes. ¡¡Era el Jeep!!

Me levanté y salí corriendo hacia él.

—¡Manuel!

El hombre miraba a un lado y al otro, asustado. Había abierto la puerta del Jeep y se dedicaba a tocar la bocina y a dar luces, buscándonos.

—¡¡Compa!! —gritó al verme.

Ver a Manuel fue todo un alivio, pero también un golpe para mi cordura. Manuel, el Jeep, todo eso era real. De modo que no estaba dormido, ni aquello era una pesadilla. Acababa de ver algo... algo que ya comenzaba a desvanecerse en mi memoria, pero era algo que podría ser... ¿Marta?

Quería gritar, pero mi mente se resistió a hacerlo, como si gritar fuera el umbral de la locura, el sucumbir a aquella pesadilla.

Llegué corriendo.

—No sé dónde está Pía —dije casi gimoteando.

—Vamos, monte. —Hizo un gesto hacia el asiento del copiloto—. Quizá aún no sea tarde.

Salté dentro y Manuel ni esperó a que cerrase la puerta. Hundió el pie en el acelerador y salimos propulsados hacia delante. Al hacerlo golpeamos algunos maderos y piedras del suelo, que arañaron los bajos del coche.

—Hacia los establos no —dije mirando la negra boca del cobertizo, donde no se veía nada en realidad—. Ahí no hay... nada.

—Entonces ¿dónde? —gritó Manuel, que estaba claramente en pánico—. ¿Adónde vamos?

—Detrás de la casa —indiqué—. Solo puede estar allí.

Manuel empezó a girar, casi derrapando. Después tuvo cuidado de no pasar por encima de las piedras, las rodeó en curva mientras seguíamos el lateral de la casa. En ese momento, con la luna a nuestra espalda regando el desierto con aquella luz de plata, pudimos ver al resto. A los demás. Venían desde lejos y sus siluetas podían distinguirse a kilómetros de distancia. Cientos de ellas acercándose a la casa. Era la noche de las almas. La noche en la que Elena Duarte se encerraba en su habitación. La noche en la que Manuel se emborrachaba para no escuchar sus voces. La noche en la que no había que atravesar el círculo. Y nosotros lo habíamos hecho.

—¡Allí! —grité—. ¡Allí!

Manuel giró el volante con fuerza y el coche se levantó un poco de un costado. Me di cuenta de que el tipo tenía que seguir borracho. Quizá esa era la única razón de que se hubiera atrevido a salir de allí.

Llegamos a la parte trasera de la casa a bastante velocidad, demasiada, pero yo no era capaz de decir nada. Esquivamos la estatua de una virgen y el coche pasó rozando la verja del cementerio, donde las lápidas proyectaban sus largas sombras en el suelo. Entonces vimos aquello.

Estaba un poco más allá de la entrada de Villa

Augusta. Allí, en la planicie había algo que incluso después de todo lo que había visto y oído aquella noche, medio enloquecido, borracho de terror, todavía logró sorprenderme.

Había un avión. Un gigantesco avión comercial de pasajeros.

—Virgen santísima —profirió Manuel incapaz de dejar de mirarlo.

—¡Vamos! —le apremié sin apartar la vista del aparato—. ¡Tiene que ser eso! ¡Los padres de Pía murieron en ese avión!

Pero Manuel había dejado de mirar hacia delante justo cuando íbamos a demasiada velocidad. El Jeep trotó por encima de unos matorrales bastante descuidados y chocó contra una especie de brasero macizo. Íbamos los dos sin cinturón y nos golpeamos a la vez contra el volante y el salpicadero.

—¡Dios!

Alcé la vista. Manuel tenía una herida en la frente, pero parecía estar bien. Sin embargo, el motor del Jeep sonaba ahogado y acabó parándose. Intentó arrancar el coche otra vez, pero no hubo manera.

—Vamos. ¡Corra! —Me dio un golpecito en el brazo como para espolearme—. Yo trataré de arrancar esto.

Salí del coche mareado por el golpe y miré hacia el avión, que se encontraba a escasos cien metros de nosotros. Entonces distinguí tres siluetas frente a aquella magnífica aparición. Se dirigían a las escalerillas.

Pía era la que iba en el centro.

Al parecer el avión estaba a punto de partir.

Siempre he pensado que de no ser por aquel grito, no habría podido moverme. Habría sucumbido a la locura. Pero Manuel me ayudó a despertar dentro de la pesadilla.

—¡¡Vamos!! —aulló—. ¡Debe usted salvarla o se la llevarán para siempre!

Aquello me hizo creer que podía hacer frente a la situación. Y así lo hice. Llegué corriendo, gritando de puro terror hasta Pía, que estaba ya casi junto a la escalerilla, flanqueada por aquellas dos figuras.

—¡Pía! —voceé saltando sobre la escalera—. ¡Pía!

Ella no reaccionó, seguía en estado catatónico, sordo. Pero uno de sus acompañantes debió de oírme y se giró hacia mí. Era Berta, su madre, o mejor dicho, lo que quedaba de ella. Su piel ennegrecida, su cabeza, en la que la mitad del cráneo se había desprendido, no tenía nariz. Llevaba a Pía de un brazo. Me sonrió.

—Nos necesita, Jorge. Debe venir con nosotros.

—¡No sois sus padres! —respondí a gritos—. Sus padres han muerto.

—Claro. Nadie ha dicho lo contrario —repuso Samuel, su padre. En la frente llevaba incrustada una pieza de plástico derretida y su cabello, la mitad del cual se había caramelizado, humeaba.

Me lancé sobre Pía evitando tocar a los otros dos. La cogí por los hombros y la agité con fuerza.

—¡Despierta, cariño!

Samuel me agarró por la garganta con una fuerza bestial. Su cuello estaba completamente quebrado y la cabeza le colgaba como un miembro tonto, muerto, pero sus brazos tenían la potencia de unos tentáculos.

Solo me quedaban las manos libres, así que comencé a golpear en el estómago a aquella horrible aparición que no era etérea, ni mucho menos, sino una criatura auténtica, terrenal, pero no hecha de carne sino de otra materia húmeda, viscosa, que recibía mis golpes con un sonido acuoso, parecido al que hace un pescado muerto al caer sobre las tablas de un barco.

Finalmente conseguí soltarme de él. Pero Berta estaba a mi espalda. De pronto noté las palmas de sus manos sobre mis ojos.

—Te los sacaré de una vez por todas —dijo apretando los dedos hacia dentro.

El dolor de sus uñas clavándose en mis ojos me atravesó y chillé con todas mis fuerzas mientras intentaba defenderme a codazos. Pero entonces escuché un golpe y el dolor se esfumó. Los dedos. Todo.

Manuel acababa de aparecer con una pala. La madre estaba en el suelo, con su cabeza bamboleante, desencajada de una forma terrible.

—Cójala —ordenó Manuel mientras se interponía entre nosotros y el padre—. Vuelva a la casa. Las llaves están en el Jeep.

Cogí a Pía por las axilas y la arrastré hacia atrás. Era un peso muerto y me costaba avanzar con ella en brazos.

—¡Devuélvela! —gritó la madre con un chillido aterrador.

Yo seguí tirando de mi chica mientras Manuel soltaba otro palazo en la cabeza de Samuel. El desierto estaba literalmente poblado de aquellas siluetas y algunas ya habían alcanzado los contornos de la finca. No sé de dónde saqué las fuerzas para tirar de Pía a la velocidad en que lo hice, pero logré llegar al Jeep. Una vez allí, la solté un segundo y la dejé sentada contra una de las ruedas. Las llaves estaban colgando del mismo llavero que la del contacto. Las saqué y me las metí en el bolsillo.

En ese momento escuché un alarido. Manuel había conseguido derribar a Samuel, pero unas nuevas siluetas habían aparecido a un lado. Una mujer. Una niña... El hombre había bajado la pala. Vi cómo se le caía de las manos y se quedaba mirándolas fijamente.

«Dios mío», pensé recordando que me había contado algo sobre su mujer y su hija.

Volví a coger a Pía y, de nuevo, saqué las fuerzas de alguna parte. Tiré de ella hasta cruzar la barrera y allí, casi sin aliento, me dejé caer. Al otro lado de las piedras el viento amainaba, el sonido de aquellas voces daba paso al silencio de la noche. Todo había desaparecido. El avión. Las siluetas... pero también Manuel.

Pía empezó a gemir como si estuviera despertando de una pesadilla.

—¡Pía! ¿Me oyes?

—Jorge... ¿Dónde estamos? ¿Qué pasa?

—Corre. ¡Corre!

La cogí de la mano y salimos corriendo. Solo pensaba en protegernos, y lo reconozco: me olvidé de Manuel. Subimos las escaleras y llegamos a la puerta. Saqué las llaves. Abrí. Entramos en la casa y volví a cerrar.

—Subamos. Te encerraré como a Duarte. Después volveré donde está Manuel y...

—¿Qué dices, Jorge?

Yo estaba enloquecido. Hablaba casi tartamudeando.

—¿Manuel está fuera? ¿Qué es lo que ha pasado?

En un latido, decidí que Pía no tenía por qué saberlo. De nuevo, como con la carta que Marta me había dejado escrita, opté por protegerla del horror, del abismo oscuro de la existencia. ¿No es lo que se hace cuando se ama a alguien? Subimos a la habitación. Le dije que había tenido un episodio de sonambulismo... que me sentiría más seguro si la ataba de una muñeca al cuerpo de acero de aquella cama.

—¿Atarme? —Pía me miraba absorta—. Jorge, ¿has bebido mucho esta noche?

Me di cuenta de que aquello no tenía sentido alguno.

—Escucha. Vuelve a la cama y cierra la puerta. Yo me quedaré abajo esperando a Manuel, ¿vale?

—Vale —dijo ella—, pero después me explicarás todo esto, ¿de acuerdo?

—Claro. No te preocupes por nada. Subo ahora mismo. En cuanto llegue Manuel.

Bajé escalera y me apoyé junto a la puerta principal, que tenía las llaves echadas. Si Manuel volvía, le oiría y le abriría. Eso era cuanto podía hacer. Eso... y tratar de olvidarme de todo.

Después, en algún momento, cerré los ojos.

La noche era silenciosa a pesar de todo.

Me despertó el sonido de un timbre. Un sonido insistente que se entremezcló con unos sueños horribles que estaba teniendo en ese instante. Abrí los ojos y miré a mi alrededor. Estaba sentado en el suelo del vestíbulo, con la espalda apoyada en la puerta. La luz de la mañana se colaba por las ventanas.

Era de día.

El timbre sonaba en la cocina. Recordé aquel timbrecito que habíamos oído un par de veces, el avisador de la señora Duarte. Después escuché ruido arriba, en el pasillo. Alguien daba golpes en una puerta.

Aquel bullicio terminó de espabilarme. Me puse en pie y fui hasta la cocina. El timbre sonaba una y otra vez al tiempo que los golpes en la puerta. Pero ¿dónde estaba Manuel?

Entonces recordé mi sueño. El terrible sueño que había tenido.

Manuel estaba fuera, en el camposanto, frente a esas dos siluetas que acababan de aparecer a su lado. Quietas, estáticas: una mujer y una niña le miraban cogidas de la mano.

Una gruesa soga trenzada alrededor de sus cuellos.

La mujer era como un muñeco sin fondo. Una larga sonrisa, como si alguien se la hubiera hecho a navaja, le atravesaba el rostro. Su niña, de la mano, avanzaba como si sus piernas fuesen estacas que fuera clavando y arrancando de la tierra a cada paso.

Manuel ni se movía. Se había quedado quieto, entre dos viejas cruces del cementerio, mirando a esas dos mujeres embobado.

Yo le gritaba:

—¡No las mire, Manuel! ¡Son una fantasía!

Pero él no decía nada. Solo lloraba y lloraba.

La espectral pareja llegaba a su altura. La mujer con su cara de muñeco. La niña esbozando una sonrisa hueca, sin ojos, sin aliento. Entonces comprendí todo como se comprenden las cosas en los sueños.

¡Su mujer y su hija! ¡Ella debía estar trastornada! ¡Mató a la niña y después se suicidó!

El hombre se había derrumbado, como si todo su peso y su fuerza se hubieran desvanecido por un hechizo. Se llevó las manos a la boca, como si quisiera rezar una oración que hubiera olvidado.

Ella había comenzado a desenredar su soga. Sus ojos sin fondo, su sonrisa de papel. Se la colocó a Manuel alrededor del cuello y...

—¡Jorge!

Me despertó la voz de Pía. Yo estaba apoyado en la mesa porque había estado a punto de desmayarme. Porque de pronto me había dado cuenta de que todos mis sueños habían ocurrido en realidad. La noche, el Jeep.

Salí corriendo al vestíbulo. Di dos vueltas a la llave y abrí la puerta. Pero todo lo que había al otro lado era el desierto resplandeciente, eterno, y el círculo de piedras polvorientas. Después corrí a uno de los laterales de la casa y a lo lejos vi el color rojizo de su chapa metálica. El Jeep accidentado.

—¡Jorge! ¿Estás ahí?

El corazón me latía a mil por hora cuando regresé a la casa. Era demasiado joven para sufrir un infarto, pero quién sabe.

—Sí —grité, y mi voz sonó quebrada—. Subo.

Yo le había dejado atrás la noche pasada. Lo hice por salvar a Pía... pero ahora me daba cuenta de que aquello no había sido ninguna pesadilla. Esas cosas que se hacían pasar por nuestros muertos habían atrapado a Manuel. Y algo me decía que jamás volveríamos a verle.

Pía estaba junto a la puerta de nuestra habitación con cara de haberse despertado de pronto. Al fondo del pasillo se oían los golpes en la puerta. La señora Duarte llamando a Manuel.

—¿Qué pasa?

—Nada, ahora te digo —respondí con unas tremendas ganas de llorar.

Fui hasta el final del pasillo, llegué hasta la puerta y tiré del pasador. La puerta se abrió y al otro lado estaba la señora Duarte, vestida y peinada pero con una expresión de puro agobio y ansiedad.

—¿Dónde está Manuel?

—No lo sé.

—¿Qué sucedió anoche?

Pía se acercaba por el pasillo.

—¿Qué ha pasado, Jorge?

Se me nubló la vista.

—Creo que se han llevado a Manuel —dije entre lágrimas.

—¿Quienes? —preguntó Pía.

Entonces la señora Duarte hizo algo inesperado.

Golpeó con un puño en el marco de la puerta, muy fuerte.

—Lo sabía. Sabía que no debíamos dejarles pasar.

Yo me apoyé contra la pared y lloré como un niño, ocultando el rostro. Sentí el abrazo de Pía en mi espalda. Durante un rato no pude articular palabra.

Después, un poco más calmado, Elena Duarte dijo que fuésemos a ver. Bajamos a la planta baja. Salimos al calor del desierto. Nuestra anfitriona me pidió que la llevara donde recordaba haber visto a Manuel por última vez y así lo hice, las guie a las dos (Pía cojeando un poco, callada) por un costado de la casa hasta el cementerio. Unos metros más abajo, el Jeep yacía incrustado a ese brasero de hierro con el que nos habíamos chocado la noche anterior.

—Fue aquí.

Duarte miró al infinito que se extendía ante nosotros.

—¿Y el coche?

—Manuel lo arrancó para ayudarme... pero chocamos con algo.

La señora echó a caminar. Se montó en el Jeep y trató de ponerlo en marcha, pero el motor sonaba ahogado.

—¿Qué demonios ha pasado, Jorge? —insistió Pía en ese instante.

—Te lo contaré todo. Te lo juro. Pero lo importante ahora es que ese coche funcione. Tenemos que salir de aquí.

Duarte estuvo unos cinco minutos dándole a la llave de contacto y probando con los pedales con cierta maestría, pero el motor se negaba. Yo caminé un tanto más allá hasta la entrada del rancho donde hallé la pala con la que Manuel había golpeado al padre de Pía en la cabeza. Estaba apoyada en el suelo, en el punto exacto en el que le había visto la otra noche, al encontrarse con su mujer y su hija.

La recogí. En ese momento, la señora Duarte había empezado a llamarnos.

—Parece que hay algo roto. Intentemos empujarlo hasta el establo. Allí hay herramientas.

Pía todavía cojeaba, así que le dije que no hiciera nada. Entre Duarte y yo sacamos el Jeep de esa parte del terreno y lo llevamos hasta la barrera de piedras primero. Al pasar por allí, una de las ruedas empujó una de las piedras redondas y la mujer se detuvo un instante para volver a colocarla en su sitio.

Dejamos el coche aparcado frente a los establos y me alegré de no tener que entrar. Recordaba aquella primera imagen borrosa de anoche en el fondo de uno de ellos. ¿Marta en su silla de ruedas?

Ya dentro de la casa, Pía se puso a calentar agua para hacer mate. La señora Duarte, con los ojos enrojecidos no sé si por la cólera o por la tristeza, me ofreció sentarme en el salón comedor.

—De acuerdo. Ahora, por favor, cuénteme exactamente cómo pasó todo.

—Sí. —Pía entraba en ese instante con el mate en la mano—. Por favor.

Miré a mi novia. Su pelo recogido en un moño. Su cara de sueño. Un gesto de preocupación, pero nada más. No podía ni imaginarse lo que yo estaba a punto de relatar.

—No estoy muy seguro de nada —dije.

—Eso me lo imagino —respondió Duarte—. ¿Por qué salió de la casa?

—Por ella. —Señalé a Pía.

—¿Qué?

Le expliqué que seguramente no recordaba nada porque estaba sonámbula. Le conté que, de algún modo, se las había ingeniado para coger la llave de la despensa y abrir la puerta. Y que estaba fuera, en el desierto, cuando la vi.

Pía se empezó a reír.

—Jorge, por favor. ¿Te has vuelto loco? Yo no hice nada de eso. No soy sonámbula. Lo sabría.

Pero Duarte, que había permanecido sumergida en un grave silencio, habló y calló las risas:

—Así que es ella. Ella es vulnerable a los cantos.

—¿A los qué?

—Cantos. Esos seres cantan como las sirenas que atrajeron a Ulises. Por eso me hago encerrar. Por eso tomo drogas para dormir. Yo también soy vulnerable, como lo fue mi abuela.

—Pero ¿de qué hablan?

—Esta noche —respondió Elena Duarte—, usted deberá permanecer atada. Quizá sería bueno que tomase dos gotas de cloroformo. Para mayor seguridad.

—¿Atada? ¿Qué?

—No vamos a pasar otra noche más aquí —zanjé yo—. Lo siento, pero nos vamos ahora mismo.

—No pueden —dijo Duarte—, el Jeep no funciona. Además, yo necesito que alguien me encierre por la noche. Es la última luna. Solo será una noche más.

—Lo siento mucho, señora. No es nuestro problema.

—¡Que no es su problema! —Elena Duarte elevó

la voz—. Si ustedes no hubieran aparecido, Manuel seguiría vivo. ¿Entienden? Y de alguna manera les hemos salvado la vida. A los dos.

Pía se levantó como un resorte.

—Usted, señora, con el debido respeto, no vuelva a gritarnos. Y tú, Jorge, explícame ahora mismo lo que ha pasado con Manuel.

—Yo se lo diré, señorita —dijo Duarte—, ya que su novio parece tener miedo a horrorizarla. En muy pocas palabras. Ustedes han llegado aquí atraídos por una fuerza inconmensurable, extraña, quizá cósmica. Algo que ahora mismo llamamos magia, pero que quizá dentro de mil años tenga una explicación científica.

—Vamos... ¿qué? —Pía torció el morro.

—Puede usted reírse cuanto quiera. Me imagino que alguien se rio también del primero que dijo que la Tierra era redonda. Pero es un hecho que mi familia conoce desde hace siglos: este lugar de la tierra es un punto de conexión con otro mundo. Ustedes tienen muertos que los reclaman. Que quisieron decirles algo antes del minuto final. Que tuvieron la necesidad absoluta de contactar con ustedes por última vez. Dígame, ¿ha sufrido una pérdida trágica o repentina?

—Sí. Mis padres. Murieron en un accidente de avión.

—¿Lo ve? Y le puedo decir que todo el que ha pasado por aquí trajo una historia parecida. Los Andersen. Los McAll... incluso muertos en el frente de la Gran Guerra. Hemos tenido todo tipo de visitantes. No se crean ustedes que son los primeros.

—¿Dice que han venido más?

—Una treintena desde 1982 contándolos a ustedes. Antes seguramente hubo más, pero aparecían de forma esporádica. No se viajaba tanto y, desde luego, no se venía por aquí. Mis abuelos hablaban de gente a la que permitían pasar una noche o dos. Después, mi hermana mayor montó una pensión para, por lo menos, hacer dinero. Pero a mí siempre me pareció poco ético.

Nos quedamos en absoluto silencio.

—¿Y qué les pasó? —pregunté titubeando—. A toda esa gente.

—Nada. Siguieron las normas, durmieron y se marcharon. Casi todos.

—¿Casi todos?

—Ha habido accidentes. Como el de Manuel. Como el de ustedes.

—Accidentes...

—Muertes —respondió fríamente Duarte—, o desapariciones, mejor dicho. Nunca volvimos a verlos. Supongo que cruzan a otra parte.

—A otra parte... —Pía no podía aguantarse una risa casi histérica—. Pero vamos a ver... ¿usted cree que somos idiotas? ¿A quién quiere engañar? ¿Cuánto dinero nos va a pedir ahora? ¿Acaso nos venderá un talismán o algo así?

—No, Pía —intervine entonces—. Es cierto.

—¿Qué? —Se giró hacia mí.

—Es tan cierto como que estoy aquí sentado. —Le tomé la mano y la miré serio—. Yo lo vi con mis propios ojos. Hay una especie de seres ahí fuera, al otro lado del círculo de piedras. Uno de ellos me agarró por el cuello. Y era real. Había adoptado la forma de tu padre... Te llevaban a un avión.

Pía se había quedado congelada entre la cara de satisfacción de Duarte y mi testimonio imposible. Pero entonces, algo pareció venirle a la cabeza.

—Espera —dijo Pía—. Espera.

Levantó la mano como intentando detener el tiempo.

—Yo he soñado con mis padres. Dos noches seguidas. Anoche... ellos me habían venido a buscar y... es cierto que había un avión... Ahí fuera...

—No era un sueño —traté de hacerle ver— y tampoco eran tus padres. Eran otra cosa... no sabría decir el qué, pero querían llevarte con ellos. Y Manuel nos salvó. Joder, si no hubiera sido por él... pero llegamos a las piedras. Son como una barrera.

—Lo son —asintió Duarte—. Un círculo perfecto es una forma que respetan. Es algo que se sabe desde los tiempos ancianos. Mi tatarabuelo erigió ese pararrayos que ven en la punta de la casa precisamente para poder dibujarlo con una soga. Y después colocamos las piedras. Sesenta y seis en total. Eso no me pregunten de dónde viene. Una vieja carta de mi tatarabuelo habla de un chamán mapuche.

Pía seguía en silencio.

—Pero ¿por qué no nos contó nada de esto cuando llegamos? —pregunté yo.

Duarte sonrió.

—¿Me hubiesen creído? La idea es que, en general, no ocurre nada. Somos hospitalarios, les salvamos la vida dejándoles pasar aquí la noche, después se marchan. Pero en su caso, señorita, usted es una de las que llamamos «vulnerables». Y maldita sea, lo pude percibir cuando los vi acercarse anteayer. Tuve un pálpito sobre ustedes dos. Por eso me costó tanto dejarlos entrar.

—Bueno —quise concluir la charla—, el caso es que aquí estamos. Pero no podemos quedarnos, usted tiene que comprenderlo, señora. Átese como pueda esta noche. Nosotros...

—No —respondió Duarte—. Cualquier nudo que yo pueda hacer, sabré desatarlo. Debe ser la puerta, el pasador. Y haga lo mismo por ella. Usted está sordo a las canciones. Puede salvarnos a las dos... y mañana se irán.

—He dicho que no —me cerré en banda—. Lo siento, pero no. Por favor, déjeme usar la radio. Quiero pedir ayuda. Que alguien venga a buscarnos al precio que sea. Usted vendrá con nosotros si quiere. Ha dicho que solo es una noche más, ¿no?

—También yo lo siento mucho, pero no puedo hacerlo —dijo Elena Duarte muy seria—. Hay otra regla en todo esto. El círculo debe estar habitado, ¿entiende? Debe haber alguien en la casa o ellos se instalarán aquí.

—Pues quédese entonces. Vamos, Pía. Es pronto aún. Si salimos ya...

—¿Qué? —dijo ella—. Jorge... es imposible. Con mi tobillo y sin el Jeep...

—No cuenten con el coche —zanjó Duarte poniéndose en pie—. Aunque lo pudiera arreglar a tiempo, no se lo prestaré. Ni la radio. Compréndanlo. Se trata de mi vida y de la herencia de mi familia. Mi oferta sigue en pie, si quieren pensárselo. Una noche más.

Se marchó de allí con el aplomo y la elegancia habituales en ella. La oímos salir de la casa. Seguramente iba a intentar arreglar el Jeep.

—Vamos a preparar las mochilas —insistí.

—Pero, Jorge, andando no llegaremos a ninguna parte.

Yo la miré a los ojos. Había algo más en todo aquello, claro, algo que todavía no había querido confesar en voz alta. La horrible visión del establo. Marta y su silla de ruedas. La tarta de su cumpleaños. Estuve a punto de hablar de ello... pero, de nuevo, era mejor callar.

—«Ninguna parte» ya es mejor que este sitio, Pía. Créeme.

Subimos a la habitación a hacer las mochilas. Pía no estaba del todo conforme, pero también había detectado que yo estaba absolutamente convencido de largarme de allí. Además, mi plan incluía aprovisionarnos de mucha agua y comida en la casa.

—No nos llevaremos el Jeep, pero tampoco vamos a irnos con lo puesto —le dije a Pía—. Quizá incluso podamos encontrar un pequeño carro para transportar las cosas.

Miramos el mapa. A un paso normal eran unos dos o tres días en el desierto, y el asunto principal radicaba en el agua y en la sombra. Había una especie de caseta de ganaderos a mitad del camino. Y además, según le dije a Pía, podíamos intentar encontrar algo en Villa Augusta. Algo que nos sirviera para aguantar el tirón.

—Pero ¿y mi tobillo? Todavía me duele.

—Tiene que haber antiinflamatorios en alguna parte. Búscalos. Yo subiré al desván a buscar algún trasto que nos pueda servir.

El plan era esperar al comienzo de la tarde para partir. Cuando el sol bajase un poco y nos permitiera avanzar sin demasiado castigo, pero antes de que llegara la noche con sus peligros. Alejarnos doce o quince kilómetros y luego acampar.

—Pero ¿crees que eso será suficiente? Lo digo por... esas cosas que...

—Sí. Creo que con eso será más que suficiente.

Pía aún se resistía a creerlo. Lo podía ver en sus ojos. Y por esa misma razón creo que dudaba de mi loco plan de cruzar el desierto hasta El Merchero.

Claro que ella no había estado allí en conciencia la noche anterior. Ella no había visto esas cosas moverse. No la habían tocado con sus manos heladas.

Salimos de la habitación con el corazón en un puño. El gesto sombrío. Duarte estaba abajo, arreglando el Jeep. Podíamos escuchar el motor renegando ante sus intentos. El ruido de herramientas. ¿Sabría tanto de mecánica como para solucionar aquello? Bueno, me daba igual. Le dije a Pía que aprovechásemos. Si esa mujer quería forzar nuestra estancia, entonces era legítimo actuar como víctimas de un secuestro. Robaríamos y cogeríamos lo que fuera necesario para asegurar nuestra fuga.

Pía se marchó en busca de los antiinflamatorios. Llevaba una bolsa grande y dijo que cogería toda la comida que pudiera. Necesitaríamos también muchísima agua, pero ¿cómo íbamos a transportarla? Decidí que lo primero era intentar avisar por radio. A falta de línea fija de teléfono o de cobertura de móvil, usaría la radio para llamar a algún puesto de policía o de salvamento. Explicaría que íbamos a partir de Villa Augusta esa tarde, caminando, y pediría que vinieran a buscarnos. Ofrecería una suma de dinero lo suficientemente interesante para movilizar a cualquier policía local o granjero de la zona.

Llegué a la habitación de Duarte, que estaba abierta. Entré y entorné un poco la puerta. Había dejado de oírse el motor del Jeep, pero la escalera crujía lo suficiente como para alertarme en caso de que subiera. Me senté frente al aparato de radio. Nunca había manejado uno así, pero tenía un botón de encendido, un dial y un micrófono de mano... supongo que todo era empezar. Apreté el botón pero nada se encendió en el frontal. Probé otros botones. El dial... hasta que me di cuenta de que faltaba el cable de corriente en la parte posterior del aparato.

—La muy bruja se ha llevado el cable —murmuré.

Aquello me produjo un acceso de ira. ¿Qué se había pensado esa loca egoísta? Estaba poniendo en riesgo nuestras vidas. Ni siquiera nos concedía el derecho de decidir si ayudarla o no... Sentí ese aumento de la agresividad hacia ella. Yo era de esa clase de tipos que nunca se han metido en una pelea... pero ¿y si tuviera que hacerlo para salvar mi vida? Bajar ahí abajo, coger una piedra y romperle el cráneo a esa vieja y decadente aristócrata. ¿Lo haría?

No tenía la respuesta, pero lo cierto es que, por primera vez, comenzaba a planteármelo.

Frustrados mis planes de hablar por radio, salí de

la habitación y me dirigí escaleras arriba, al desván de la casa. ¿Qué buscaba? No lo tenía claro. Material de acampada. Lo que fuera que pudiera ayudarnos en nuestra odisea.

Allí me aguardaba una extensión del estado lúgubre y fantasmagórico de las habitaciones inferiores. Telarañas, sábanas polvorientas, grandes retratos de hombres uniformados, escenas de caza inglesa entre verdores inimaginables en aquel lugar, servicios de porcelana apilados en cajas, un gran reloj de pared... Encontré una colección de espadas en un viejo paragüero. Había alguna bastante afilada. Y un florete cuya punta probé sobre un colchón que había dejado atrás sus buenos tiempos hacía mucho. ¿Llevarme una espada por el desierto?

En otra sección de la misma estancia me topé con una soga enrollada. Tendría por lo menos cincuenta metros y enseguida recordé eso que la señora Duarte había comentado sobre el pararrayos y el sistema que su tatarabuelo había inventado para poder dibujar un círculo perfecto alrededor de la casa. Junto a la soga había una escalerilla que me invitó a mirar hacia arriba. Y en efecto. En lo alto había una trampilla con un pasador.

Monté la escalera por curiosidad. Subí. Abrí la

trampilla con cuidado y asomé la cabeza por la parte más alta de aquel tejado. La inmensidad del desierto era quizá un poco más vertiginosa desde allí. Miré hacia el sur, la ruta que estábamos a punto de emprender. El horizonte se reblandecía en esa especie de neblina que provocan los altos calores.

«¿Estás seguro de esto?».

Bajé de la escalera y seguí buscando, enfervorizado. Faltaban unas pocas horas para el cénit del día. Saldríamos allí, a esa inmensidad, y teníamos que ir protegidos con algo. Teníamos que...

Entonces descubrí, junto a la soga, una parte del desván tapada con una amplia sábana. Al levantarla aparecieron una docena de maletas, mochilas, bolsos... la primera impresión es que aquello era la cinta de un aeropuerto. Pero después me fijé en la extraña cronología de aquellos objetos. Había maletas de mano antiguas, bolsos de cuero un poco más modernos. Una mochila llena de parches digna de un gran viajero... Enseguida me di cuenta. Era el equipaje de los que no salieron de allí. Elena Duarte lo había guardado todo ahí arriba. ¿Por qué?

Me recorrió un escalofrío. Una visión de la muerte que quizá nos esperaba también a nosotros.

«Pero no», me dije, «eso no nos pasará a nosotros».

De todo aquello, me interesó especialmente la mochila de los parches. La saqué del montón y descubrí, debajo de ella, un carro de trekking, de esos que se pueden atar a la cintura para recorrer grandes distancias. ¡¡Perfecto!! Eso nos serviría para transportar agua y enseres. Después, con el estómago encogido, abrí la mochila. Tenía que registrarla y pensé que si su dueño había sido un viajero de verdad, no le importaría que sus cosas terminaran en manos de otros viajeros en apuros.

Encontré algunas cosas útiles, quizá pasadas de fecha. Cosas para encender hogueras, un botiquín, un toldo para crear sombra. Lo cogí todo y bajé a buscar a Pía con las buenas noticias. En ese mismo instante, escuché el ruido del motor del Jeep bramando en una potente explosión.

La maldita bruja lo había hecho funcionar.

En el exterior, Elena Duarte estaba montada en el Jeep, acelerando y decelerando el motor como para asegurarse de que respiraba. Pía estaba ahí fuera también, mirándola de lejos, con el bolso lleno de cosas.

—Funciona —dijo al verme llegar.

—Ya lo veo.

—Joder. Tenemos que convencerla, Jorge. Es la manera.

—Lo sé. Lo sé...

—Quizá con dinero... yo estoy dispuesta a pagar. Sabíamos que algo así podía pasarnos. Tengo una cantidad que...

—Espera. Déjame hablar con ella.

Me acerqué a Elena Duarte casi imaginándome lo que iba a pasar. Pero de todos modos, se lo dije. Estábamos dispuestos a pagarle una pequeña fortuna por prestarnos el coche. La dejaríamos encerrada esa noche, si quería, y al día siguiente regresaríamos para abrirle la puerta. Le daba mi palabra de que así sería.

—Lo siento, chico, pero no —replicó Duarte tuteándome por primera vez desde que llegamos a su casa—. Estamos a casi cincuenta kilómetros de cualquier forma de vida humana. Aunque me fiase de tu palabra... ¿y si tenéis un accidente? ¿Y si el coche se para en mitad de la nada y morís deshidratados? ¿U os asaltan? Podría usar mi radio... pero no siempre hay alguien al otro lado.

—Señora —dije enervándome—, se lo estoy pidiendo por las buenas.

Duarte me clavó la mirada. Apagó el motor y salió del coche. Entonces me fijé en algo nuevo que llevaba alrededor de la cintura. Una cartuchera llena de balas y un revólver. Ella se quedó quieta unos segundos, asegurándose de que lo veía.

—La casa se cierra por la noche. Elegid: dentro o fuera.

Dos horas más tarde, terminábamos de colocar todo en el carro de trekking. Agua. Mochilas. Comida. Era ya el comienzo de la tarde, pero el sol caía a plomo. Pía estaba callada, nerviosa. Yo también. Creo que era uno de los días más oscuros de nuestras vidas, sabiendo que estábamos a punto de emprender un viaje peligroso. No era moco de pavo cruzar un desierto. Y la poca experiencia que teníamos (casi la mitad de la distancia) a punto había estado de llevarnos por delante.

No nos despedimos, y Elena Duarte tampoco salió a decir adiós, o a rogarnos (creo que en el fondo de nuestro corazón teníamos esa esperanza) que negociásemos alguna salida óptima para ambas partes.

La vimos en una ventana. Mirándonos en silencio.

—Venga. No hay mucho que pensar —dije.

—Jorge... ¿Estás seguro?

—Vamos, Pía. Saldremos de esta, ¿eh? Y te invitaré a cenar un buen ceviche en El Merchero.

Eché a andar con decisión. Cruzamos el arco de entrada de Villa Augusta y aunque el temor todavía nos atenazaba, supongo que nos aferramos a nuestra decisión y decidimos tomarnos la aventura con el mejor de los espíritus.

Yo llevaba el carro atado a la cintura, con todo el equipaje. Era útil, pero no era ningún milagro. Pesaba como un maldito plomo. Pía se había tomado una ración doble de antiinflamatorios para salir de la casa. Además, había desmontado una escoba y utilizaba el palo como cayado para ayudarse con su cojera. Llevábamos dos días descansando el cuerpo, sin apenas caminar. Quizá todo esto contribuyó a que durante los primeros kilómetros avanzásemos bastante bien pese a que la fuerza del sol era terrible. Yo miraba hacia atrás de vez en cuando, viendo alejarse aquel lugar, Villa Augusta, y reprimiendo un profundo deseo infantil: que la señora Duarte apareciese con el Jeep y viniera a salvarnos. Que se arrepintiera de habernos dejado marchar en aquel desierto. Como he dicho, era un deseo infantil.

Estuvimos caminando cerca de una hora, cada uno sumido en sus propios pensamientos, o sufriendo sencillamente. El sol había bajado un tanto, pero no lo suficiente para que la sensación de estar siendo cocidos al horno disminuyera. La casa era ya un punto en el horizonte y la sensación de soledad y de muerte resultaba abrumadora. Solos en medio de aquella extensión... éramos como dos náufragos con la única ventaja de que podíamos avanzar en una dirección conocida.

Entonces me fijé en que Pía cojeaba cada vez más. Empezó a hacer pequeños ruidos. A respirar de una manera extraña. Yo iba detrás, tirando del carro, y apreté un poco el paso para mirarla.

—¡Pía! ¡Estás llorando!

—Me duele, Jorge... ¡me duele!

—Para. Para. Vamos a sentarnos un segundo.

Lo hicimos. Me desenganché la carga y le dije que se sentara sobre las mochilas. Después le saqué el zapato entre bastantes dolores. Tenía el tobillo hinchadísimo.

—Joder. ¿Por qué no me has dicho nada?

—No quería... Tú... parece que estás tan seguro de esto... Solo quería intentarlo.

Supe, al verlo, que no aguantaría esa marcha. No

podía ni debía dar un paso más. Así que hice un intento a la desesperada. Le dije que la llevaría en el carro, que tomase asiento «como una marquesa», añadí tratando de quitarle peso a un asunto que era de todo menos divertido. Pía dijo que eso no podía ser, pero yo insistí. Terminó subiéndose, agarrada a un par de cosas, medio en equilibrio. Yo me lo até... pero el carro, con el peso de Pía, era casi imposible de mover. Si en vez de desierto fuera asfalto, quizá hubiera habido una posibilidad, pero aquella tierra plagada de irregularidades enseguida hizo que una de las ruedas se atrancase.

No... estábamos varados. Sin salida. Jamás llegaríamos a El Merchero.

—¿Qué hacemos? Esto ha sido una mala idea. Quizá baste con acampar aquí, pasar la noche y volver mañana... Duarte dijo que solo era una noche más.

Yo miré hacia atrás. La casa todavía se intuía en la distancia. ¿Estábamos lo bastante lejos? Esas almas que había visto rodear la casa la noche anterior habían aparecido en el horizonte... y si nos encontraban allí...

—¿Crees que puedes aguantar hasta la casa? —dije dando la vuelta.

—¿Qué?

—Regresamos a la casa. No hay otra.

Pía me miró con alivio.

—Quizá si volvemos a insistirle…

Yo negué con la cabeza.

—Cogeremos el coche. Le sacaré la llave a hostias si hace falta.

5

Fue un regreso difícil, pero al menos la esperanza de llegar a alguna parte alimentaba a Pía. El sol estaba ya entrando en el declive y yo no perdía de vista los contornos que nos rodeaban. La posibilidad de ver alguna de esas sombras me atormentaba: la imagen monstruosa que me había topado en el establo..., esa tarta de cumpleaños y después la figura de Marta en una silla de ruedas... Lo sabía. Sabía que había regresado a por mí. A vengarse por haberla abandonado en el peor momento. ¿No decía Manuel que ese lugar atraía a los que tenían cuentas pendientes con los muertos? Porque en el fondo había algo más. ¡Claro que había algo más! Algo que ella había escrito en su carta.

Entiendo que el amor tiene su propio camino y espero que seas muy feliz con Pía. Pero ¿tanto te costaba venir a mi cumpleaños? Era todo lo que deseaba. Verte una vez más. Y ese disgusto que me llevé... al día siguiente empeoré terriblemente. Los médicos dicen que no hay conexión, pero yo lo sé... tu maldito egoísmo me ha matado. Hago esfuerzos por no odiarte, Jorge, por convencerme a mí misma de que seguramente tenías tus razones... Pero solo llego a una conclusión: ojalá, algún día, la vida te castigue por esto.

Tardamos casi el doble en hacer el camino de vuelta y, cuando llegamos a los alrededores de Villa Augusta, el sol ya estaba muy bajo, a punto de comenzar su descenso más allá de la cordillera. Alguna estrella había empezado a tintinear bien arriba y pronto aparecería la luna.

Entramos en la finca y nos apresuramos a cruzar el círculo de piedras como un primer paso. El desierto era una llanura rojiza y no se veía nada... pero algo me decía que no íbamos a tardar en verlos aparecer.

Rodeamos la casa hasta la parte frontal. ¿Y el Jeep? Entonces comprendí que Duarte había querido ser muy precavida y lo había aparcado dentro de uno de los establos. Claro, ella no podía saber si yo sería capaz de ponerlo en marcha haciendo un puente (no habría podido).

Enseguida detectamos uno de aquellos portones cruzado con una larga cadena, cerrada con un candado.

La casa, por supuesto, estaba también cerrada a cal y canto. Con todas las contraventanas echadas. Subí los escalones que había frente a la puerta y empecé a golpearla.

—¡Señora Duarte! —gritó Pía—. ¡Estamos aquí! ¡Hemos vuelto!

—¡Abra la puerta! —grité yo.

Estuve unos cinco minutos dándole golpes a aquella puerta, pero Elena Duarte no contestaba. ¿Se habría atado ya y sería incapaz de soltarse? Entonces recordé aquel frasco cuentagotas de color ámbar. El cloroformo con el que se trataba para caer profundamente dormida, lo mismo que Manuel con su vino.

—No va a venir a abrirnos... Tendremos que...

—Jorge.

Pía me cogió del brazo y me giró hacia ella. Vi sus ojos aterrorizados. Señaló temblorosa al desierto, que en ese instante era una hermosa llanura de arena roja.

En el horizonte, muy lejos todavía, se veían cosas. Sombras...

—Vienen. Hay que entrar.

—¿Cómo?

—Ayúdame a romper una ventana. ¡Vamos!

Bajamos las escaleras en busca de algo con lo que golpear las contraventanas. Duarte había colocado un candado en la puerta del cobertizo donde estaban todas las herramientas, así que opté por hacer lo mismo que el día en que llegamos a aquel lugar. Cogí una de las grandes piedras del círculo.

—La pondré en su sitio más tarde —dije al notar la mirada de Pía sobre la piedra.

Me dirigí otra vez escaleras arriba. Había una ventana junto a la puerta, protegida con uno de esos postigos de estilo francés, con pequeñas rejillas. Sabía que estaban bloqueados por dentro, pero quizá podría romperlo a golpes. Me puse a ello sin dilación. La piedra era una herramienta torpe y la madera de la contraventana, maciza. Mis golpes, por furiosos que eran, no lograban abrir ni una muesca en aquella superficie. Y de hecho, solo conseguí aplastarme un dedo. Grité de dolor, soltando la piedra en el suelo.

—Se acercan. Y hay más —dijo Pía entonces.

Me di la vuelta y observé el desierto. El sol ya se había ocultado por completo detrás de la cordillera, pero su resplandor estaba aún presente en el cielo. En el horizonte se dibujaban decenas de siluetas, algunas más avanzadas que otras, todavía lejanas pero imparables.

—Esto no va a funcionar —murmuré.

Entonces Pía recordó algo.

—¡Somos idiotas! ¡Los piolets!

Era cierto. Habíamos empaquetado dos pequeños piolets en los laterales de las mochilas. Todavía no los habíamos usado ni una vez —las montañas eran lo que venía después del desierto—, pero aquella parecía la ocasión perfecta para probarlos.

Fuimos a por ellos y regresamos a la contraventana. Comenzamos a golpear de diferentes formas, intentando partir la madera por la altura de las rejillas y abrir un boquete, pero la madera seguía siendo resistente a nuestros golpes. Tardaríamos horas en vencer el enrejado de aquellos postigos. En cambio, al tener aquel piolet entre manos, a mí se me había ocurrido algo.

—Ven, vamos. Quizá haya otra forma…

Le dije a Pía que me acompañara, de nuevo, escaleras abajo. Una vez allí, me separé un poco de la casa y eché un vistazo al tejado, buscando un lugar en concreto, cerca del pararrayos. Después me acerqué a la fachada de la casa.

—Hay una trampilla arriba, en el tejado, junto al pararrayos.

—¿Qué?

—La encontré hoy mientras inspeccionaba el desván.

—Pero ¿cómo vas a subir?

—Bueno... para algo tenían que valer todas esas horas en el rocódromo, ¿no? Además tengo el piolet y algo de cuerda —dije—, creo que con eso podré.

—¿Y qué hago yo mientras tanto?

—En el desván hay una soga muy larga que llega hasta el suelo. Te la lanzaré. Te la atas bien a la cintura y te voy subiendo mientras trepas como puedes, ¿vale?

—Jorge... No me quiero quedar aquí sola. —Le temblaba la voz del miedo.

—Tranquila. Van a ser cinco minutos como mucho. Dame un beso.

Lo hizo. Después le pedí que me pusiera las manos en cestillo para ayudarme a alcanzar la primera contraventana. Lancé la punta del piolet contra uno de los huecos en el enrejado y escuché el ruido del cristal interior al romperse. «Lo siento, señora Duarte, pero usted se lo ha buscado».

Tiré hacia arriba y me encaramé a la primera ventana. Las sujeciones de las contraventanas, las repisas y los recercados me sirvieron de apoyo mientras me ayudaba del piolet y la cuerda para propulsarme hacia arriba. Rompí otro cristal en la primera planta. Estaba ya bastante alto y ahora llegaba lo difícil: encaramarme al tejado.

—¡Ten cuidado, Jorge! —escuché a Pía gritar desde abajo.

Lo cierto es que, sin cuerda y a cinco buenos metros del suelo, la caída sería peligrosa. Estuve tentado de mirar hacia abajo, pero ¿para qué? La cuestión era muy sencilla: o me la jugaba allí, o me las vería con esa marabunta de sombras.

Lancé el piolet y la cuerda tratando de dejarlo enganchado a uno de los canalones. Lo conseguí a la primera y tras darle un par de tirones, me preparé y conté hasta tres.

«Espero que aguantes, o lo siguiente será romperme una pierna».

Salté agarrado a mi cuerda. En ese preciso instante sucedieron dos cosas: oí el grito de Pía abajo y después un ruido metálico sobre mi cabeza. El piolet presionó en alguna parte. Hubo un quejido metálico por mi peso, pero el asunto aguantó y me quedé suspendido en el aire. Hice dos rápidos *pulls* en la cuerda y después lancé el pie al codo de una cañería. Empujé para darme algo más de impulso y en la siguiente ocasión solté una mano y la metí en el alero. Todos los músculos de mi brazo se tensionaron a punto de explotar. Pero cuando lo que te juegas es romperte la crisma, supongo que sacas las fuerzas de donde no las hay. Lancé la otra pierna al alero. Haciendo un gancho con ella me las ingenié para meter el cuerpo. Durante medio minuto estuve así, en el borde del tejado, aferrándome como podía hasta que logré girarme y caer encima.

«Lo has conseguido», pensé mientras jadeaba allí tumbado, en ese tejado que ardía como una sartén. «Eres la puta hostia, Jorge».

—¿Estás bien? —gritó Pía.

—¡Sí! —grité al cielo—, ¡pero el maldito tejado quema!

—Date prisa, por favor.

«Voy. Voy».

Me puse en pie y me concentré en pisar con cuidado aquellas viejas tejas. No quería mirar al fondo, al horizonte, porque sabía que aquello podría asustarme. Caminé con tiento aunque rompí algunas tejas, pero no perdí el equilibrio y llegué hasta el lucernario donde estaba la trampilla por la que había salido horas atrás. Bueno, claro que estaba cerrada, pero había visto el cierre por dentro, un pequeño pasador, y yo tenía un piolet. Empecé a golpear aquello con todas mis fuerzas y en esta ocasión sí que funcionó. La trampilla se abrió por fin y cayó hacia dentro.

Salté al interior del desván y me apresuré a por la soga... pero entonces pensé una cosa. ¿Para qué demonios iba a lanzarle la soga a Pía? Perderíamos un montón de tiempo y, en realidad, yo ya estaba en la casa. Solo tenía que ir a la habitación de Duarte, coger las llaves del Jeep y salir de ese maldito lugar de una vez por todas.

Subí a la escalera.

—¡Pía! —grité.

—¿Qué? —dijo ella desde alguna parte.

—Escúchame bien. Voy a intentar encontrar las llaves, ¿vale? Espérame solo cinco minutos. Si no lo consigo en cinco minutos, te lanzo la cuerda, ¿me oyes?

Hubo un corto silencio, después Pía dijo:

—¡Date prisa!

Volví abajo. El corazón me iba a mil por hora y de nuevo me pregunté si quizá podía llegar a sufrir un infarto solo por ese terror. Bajé las escalerillas hasta la primera planta. Miré a un lado y a otro. Nada... aunque la puerta de Duarte estaba cerrada al fondo del pasillo. Me acerqué hasta allí y comprobé que el pasador estaba echado. Había anudado un trozo de hilo grueso y había conseguido cerrarlo desde dentro. Pero ¿cómo pretendía abrirlo al día siguiente? Recordé el revólver que llevaba esa tarde, quizá pensaba agujerear la madera de un disparo y llevarse el pasador por delante.

Di dos golpes en la puerta.

—Señora, soy Jorge. No sé si me escucha pero voy a entrar, ¿de acuerdo? Le pido por favor que no me dispare.

Corrí el pasador a un lado y entré. La habitación se hallaba en penumbras. Todo en el mismo sitio que lo recordaba. Y Duarte estaba tumbada en la cama. Me miraba.

Yo sentí que me faltaba el aire.

La mujer no se movía. La boca entreabierta, igual que su ojo derecho. El otro estaba cerrado. Unas gruesas hebras de algodón le asomaban por las orejas. El bote cuentagotas abierto a su lado. Me acerqué lentamente, con un oscuro temor, y le palpé el cuello en busca de pulso.

Estaba muerta.

—Joder…

¿Un suicidio? O quizá no se fiaba de que su dosis habitual funcionase y la había incrementado cometiendo un error fatal. Pero no había tiempo para pensar. Me puse a buscar las llaves. Su ropa estaba doblada en la silla. La cartuchera y la pistola también estaban allí. Cogí sus pantalones y registré ambos bolsillos. Nada. Seguí mirando por el resto de la habitación. En el escritorio tampoco había rastro de nada, y entonces me topé con el aparato de radio. Rápidamente recordé el cable de alimentación que Duarte había hecho desaparecer por la mañana. Miré y allí estaba.

Vale, pensé, solo tardaría un poco más, pero aquello merecía la pena. Dejar un mensaje de auxilio. Pasara lo que pasara. Que alguien supiera de nuestra existencia.

Apreté el botón de encendido y en aquella ocasión vi una luz verde en el lateral del panel. La radio comenzó a emitir un zumbido, lo que llaman «nieve». Claro, pensé, esa tarde mientras intentaba encenderla había movido el dial en todas direcciones y probablemente la habría desintonizado. Tomé el dial y empecé a rotarlo suavemente en busca de algún tipo de voz humana. «Venga. Solo un minuto. Dejaré el mensaje en alguna parte y les hablaré del dinero. Tres mil euros harán parpadear a cualquiera, aunque esté a doscientos kilómetros de aquí». Pero la radio seguía emitiendo nieve y más nieve. Entonces, llegué a una frecuencia en la que se oía a dos hombres comunicarse. El canal estaba muy sucio y apenas podía entender lo que decían. Sonaban zumbidos, oscilaciones electromagnéticas dignas de la banda sonora de una película de marcianos. En cualquier caso, apreté el botón de hablar en el micrófono.

—¡Oigan! Les hablo desde Villa Augusta, en el Desiertito del Umbral. Necesitamos ayuda... Estoy dispuesto a pagar tres mil euros. ¿Me oyen?

Solté el botón de hablar. Las voces seguían a lo suyo, como si no hubieran oído nada.

—¿Me oyen? Necesito ayuda. Por favor, díganme si me oyen.

Ahora, todo lo que se oía era un zumbido, nieve y esas ondas que subían y bajaban como la música de un theremín.

—¡Oiga, por favor!

Entonces escuché algo parecido a una voz que

surgía de entre las ondas. Una voz extraña, deformada quizá por efecto de las largas distancias.

—Disrgek SJsdi... fffffsssss... ¿Ayuda?

—¡Sí! —grité—. Eso es. ¡Ayuda!

Sonaba como a un hombre con la voz muy grave.

—Grr... Redrummssffhszzz... ¿Dónde está?

—En Villa Augusta, ¿lo conoce? En el Desiertito del Umbral.

Pero entonces aquella voz cavernosa dijo algo que me hizo pararme en seco:

—Pía... ¿Dónde está Pía?

Noté que se me helaba la sangre. Solté el micrófono y lo dejé caer sobre la mesa al tiempo que me apartaba de aquella radio. De pronto, en ese nuevo silencio, me di cuenta de otra cosa. Se podían escuchar esas voces, esa especie de coros entremezclados con el sonido del viento que había oído la noche anterior. Pero entonces solo los había oído después de cruzar el círculo de piedras.

«Las piedras...».

Presa de un horrible presentimiento, me puse en pie y fui a la ventana. El dormitorio de Duarte daba al frontal de la casa. Miré a través del enrejado, pero no conseguía ver nada más. Así que solté los pasadores y abrí la contraventana. Me asomé.

—¡¡Pía!! ¡¡Pía!!

El cielo estaba ya tomado por la noche, las estrellas y la luna, aunque todavía quedaba algo de resplandor del sol moribundo. Miré a las piedras y vi lo que me temía.

Faltaba una. La que yo había usado para intentar romper los postigos. Con los nervios, se me había olvidado devolverla a su sitio.

El círculo estaba roto y los cantos sonaban a través de él... Directos a mi cabeza.

—¡Pía! —grité por última vez.

Nadie respondió y no necesité demasiado tiempo para imaginarme el porqué. Los cantos habían comenzado y esta vez Pía ni siquiera había contado con la protección de las piedras. Pensé en ese avión. En esos falsos padres que habrían venido a buscarla...

En aquel momento volví a acordarme del Jeep. Necesitaba la llave. Sacarlo del establo, arrancarlo y aplastar a los monstruos con él. Después huiríamos de allí para siempre. Pero ¿dónde demonios estaba la llave?

«En el llavero de Manuel. Están todas juntas. En la puerta, ¡idiota!».

Me lancé a toda velocidad a la puerta de la habitación. En el pasillo, el resplandor de la luna iluminaba la larga alfombra carmesí. La puerta del dormitorio que habíamos ocupado estaba abierta. Al pasar, detecté algo con el rabillo del ojo. Pero iba tan rápido que tuve que frenar y echar dos pasos atrás.

Había luz. Luz de unas velas.

Había una preciosa tarta de cumpleaños encima de la cama en la que Pía y yo habíamos dormido ese par de noches. Un círculo de velas azules, trenzadas, iluminaba la habitación. Sus llamas danzantes se apagaron de pronto, como si algo las hubiera soplado.

Yo me había quedado sin aire. Sin saliva en la boca.

El coro nocturno elevó un poco su volumen, o quizá era yo, que lo empezaba a escuchar con nitidez. Vi mis manos temblar, agitarse.

Salí de allí. Mi cabeza era como un buque que se estuviera hundiendo. Mi alma y su cordura se ahogaban en la negrura más absoluta, pero todavía quedaba una voz, pequeña, remota, que me decía: «Consigue la llave». Así que seguí como pude hasta las escaleras y comencé a bajarlas. Pero me tuve que detener.

Había alguien ahí abajo. Parado a los pies de las escaleras. En su silla de ruedas, con sus manos blancas aferradas a los pequeños reposabrazos acolchados, su cabello negro, lacio, cayendo en patéticas vetas sobre su rostro.

No decía nada. Solo respiraba con ese sonido bronco. Cada vez más rápido.

—Jorrrgeeeeee.

Su voz sonó desde alguna parte al otro lado de las paredes. Sonó bajo mis pies y sobre mi cabeza. Era un tremendo y ronco gruñido.

Entonces el cuerpo saltó de la silla al suelo. Aquel cuerpo desmigajado, reducido a una terrible serie de muñones, envuelto en un sucio camisón. Se plantó en el suelo como una araña gigante y levantó la cabeza.

Me eché hacia atrás, pero sentí que mis piernas no me podrían sostener por mucho más tiempo, me rasqué la cabeza y noté hebras de mi pelo cayendo y enredándoseme en los dedos.

—Te quedarás conmigo.

—Tú no eres Marta —le respondí tartamudeando aunque con total convicción—. No sé lo que eres, pero no eres Marta. Solo eres un recuerdo. Una mentira. Has mirado dentro de mí, en mis sueños. Pero no eres ella.

El gruñido, el ronco rumor, hizo temblar el suelo y las paredes otra vez. ¿Estaba riéndose? Su boca hambrienta, repleta de dientecillos, comenzó a dilatarse. Se hizo demasiado grande.

—Tú me mataste —dijo emitiendo las palabras con la voz quejumbrosa de Marta—, ahora te comeré.

Entonces apareció un brazo de entre los pliegues de ese camisón. Después otro. Brazos desnudos y blancos, acabados en manos con forma de garra que empezaron a aferrarse a los peldaños y a tirar del resto de aquel cuerpo monstruoso.

Yo lo observaba paralizado, como un ratón al que la serpiente ha mordido e inoculado su veneno. Dispuesto a ser devorado. Mis piernas eran incapaces de moverse. Pensé en Pía, en mi familia, y pensé en ellos como el pasado. Estaba agotado, dispuesto a rendirme, a dejarme comer.

El espectro seguía subiendo, escalón a escalón, cuando mis ojos, quizá en un último y desesperado lance, miraron a la puerta. Vi colgado el abultado llavero de Manuel, que incluía la llave del coche. Pero además, vi algo apoyado en el marco de la puerta. La pala. La pala con la que había golpeado a los padres de Pía... la pala con la que nos había liberado.

Fue como un revulsivo que logró iluminar mi mente con un halo de esperanza. «Puedes luchar», me dije, «como hizo Manuel: lucha».

Sin embargo, la pala se encontraba demasiado lejos, y Marta ya estaba a punto de alcanzarme. Me di la vuelta y salté los tres escalones hasta el pasillo de la primera planta. Corrí hasta el fondo. De regreso a la habitación de Elena Duarte. Allí, en el umbral, miré por encima del hombro y vi a aquel monstruo ganando ya el pasillo. Despacio... iba despacio. Y eso me hizo sacar una conclusión. Quizá ese era su punto débil: la velocidad. Ellos, fuera lo que fueran, utilizaban sus poderes mentales como un veneno paralizante... porque eran demasiado lentos.

Entré en la habitación. Elena Duarte, muerta, me miraba desde su cama. Fui a la silla, saqué el revólver de su cartuchera y miré en el tambor. Estaba cargado de balas.

Salí al pasillo otra vez. Marta se hallaba en el centro exacto, pegada al suelo.

—Jorrrrrrrgeeee.

—No eres ella —dije—. Ella era una chica estupenda. Una chica que tuvo la peor de las suertes, pero que nunca mataría a nadie... Y yo era un crío asustado. Marta, yo solo tenía miedo de la muerte... No quería verla. Cerré los ojos y te abandoné. Perdóname.

Dije esto y disparé. Nunca lo había hecho antes y fallé, pese a no haber mucha distancia. Tras el primer disparo, cogí el revólver con las dos manos y apunté bien, al suelo. Y descerrajé cinco tiros sobre aquella figura que se empezó a agitar terriblemente.

Entonces aquello se transformó ante mis ojos. Los haces de luna actuaron como los focos de un escenario de magia, creando una confusión de luces y sombras en las que veía producirse alteraciones. El patético cuerpo de Marta, su cabello y sus manos dejaron de serlo. Ahora era otra cosa. Una presencia con aspecto de batracio alargado, de piel brillante y viscosa por la que se deslizaba un líquido gelatinoso, con una gran cabeza que parecía tan solo diseñada para albergar una boca absurda. Recordé el sonido a pescado muerto cuando golpeaba en el estómago del falso padre de Pía.

Por alguna razón, vino a mi mente ese pozo. El pozo con el candado. ¿Quizá provenían de él? ¿O era eso lo que anhelaban de la casa?

La criatura se revolvió durante un largo minuto antes de quedarse inmóvil en el suelo. ¿Había muerto? El revólver estaba ya vacío, lo lancé contra esa forma en busca de una reacción. Pero no se movió.

Salté por encima y seguí por el pasillo, escaleras abajo. La silla de ruedas había dado paso a un charco maloliente, pero el resto de las cosas estaban allí. La pala. Las llaves.

Cogí una y otras. Abrí la puerta principal. Salí al exterior. No había ni rastro de Pía, aunque confiaba en encontrarla al otro lado de la casa. Y lo primero era conseguir el Jeep.

Las sombras estaban ya por todas partes, avanzando en diferentes distancias. Pero habían dejado de producirme ese horrible terror paralizante. Ahora sabía que podía luchar y vencerlas. Corrí al establo. De camino, golpeé a dos de ellas que aparecieron peligrosamente cerca. Tuve que probar cinco llaves hasta que di con la del candado. Abrí los portones y allí estaba el coche. Salté dentro y lo puse en marcha. Algunas sombras habían comenzado a apilarse en la entrada. Apreté el acelerador llevándome dos o tres cosas de aquellas por delante, que dejaron un rastro viscoso en el parabrisas, como si hubiera golpeado unas esponjas gigantes.

«Por favor, Pía, por favor».

Giré quizá demasiado bruscamente al llegar a uno de los vértices de la casa, y al cabo tuve que volver a girar para evitar la verja del cementerio. Pensaba que vería el avión, pero no había avión. No había nada. Otra silueta borrosa, como hecha de viento y arena, se lanzó sobre el lateral del coche y tuve que hacer una maniobra muy agresiva para terminar de aplastarlo. ¿Dónde estaba Pía?

Salí por la carretera de la finca hasta la entrada trasera, donde había visto a Manuel por última vez. Las sombras me eran bastante indiferentes. Su objetivo parecía ser, primordialmente, la casa. Recordé aquello que había dicho Elena la tarde anterior. «Debe haber alguien en la casa o ellos se instalarán aquí».

Puse las luces largas y di un gran rodeo a la casa. Pía no estaba por ninguna parte. Ellos se la habían llevado como se llevaron a Manuel... Grité su nombre hasta quedarme afónico. Y solo en la segunda vuelta, cuando paré junto a la estatua de la virgen, me pareció distinguir una solitaria silueta a lo lejos, en el desierto. Avanzando por ese mismo camino que habíamos emprendido por la tarde. En mi absoluta desesperación, a punto de perder la poca cordura que me quedaba, aquello fue como un pequeño aliento.

Aceleré a fondo por encima de aquel rugoso suelo del desierto. El aire me ondeó el cabello, que noté que se iba desprendiendo con suavidad de mi cabeza. Llegué donde estaba ella y frené. Pía avanzaba en silencio bajo aquella fantástica noche estrellada. Más guapa que nunca. Resplandeciente. Yo bajé del coche y me abracé a ella entre lágrimas.

—Pensaba que te había perdido —gimoteé—, ha sido horrible.

Ella me abrazó con calidez. Después nos separamos y nos dimos un largo beso. Un beso mágico. Cuando la volví a mirar, su rostro estaba salpicado de unas pequeñas pecas plateadas, singulares y bellas.

—Qué guapa eres, Pía.

Ella se limitó a sonreírme. Estaba rara, extraña, pero pensé que sería efecto de esos cánticos... que pronto se le pasaría.

Pía me acarició la mejilla. Me tomó de la mano. Yo miré al cielo estrellado, a la fantástica luna gigante. Y bajo ella, Villa Augusta, cuyas luces se habían encendido y parecía una preciosa casa de muñecas. Había sido horrible lo sucedido allí, pero después de todo, si esa casa no hubiera aparecido, Pía y yo habríamos muerto en el desierto. ¿O quizá siempre estuvimos muertos?

—Hace una noche maravillosa, ¿eh? —bromeé—. Ojalá no termine nunca.

Y ella dijo:

—Deseo concedido.

Montamos en el coche, arranqué y nos perdimos en la noche.

Sycamore Avenue

Padecía de insomnio y por eso lo vi, durante una noche horrible, casi de madrugada. Vi a aquel viejo entrar en la casa abandonada de Sycamore Avenue y así empezó todo.

Era junio. Es fácil recordarlo. El verano estaba a las puertas y llevábamos cinco días sin lluvia. La ciudad hervía en un extraño y desconocido calor. Las hojas de los árboles se retorcían, amarillentas, y el polvo de las calles empañaba el aire.

Las noches también eran más cortas, aunque para mí eran como siglos de oscuridad. Me dormía y volvía a despertarme, en mitad de la noche, y ya no lograba conciliar el sueño. Era algo que llevaba arrastrando todo el invierno, desde que ella se marchó de la ciudad y me dejó solo, hundido en la melancolía, quizá haciendo más patente el fracaso al que había condenado mi existencia. Pero esa es otra historia.

Lo importante es que vivía como un murciélago, intentando tratar aquella enfermedad de alguna forma, improvisando. Había empezado a llevar una especie de contabilidad de mi sueño. Una noche bien dormida era un triunfo, un círculo VERDE en mi calendario del sueño; NARANJA significaba «Conseguí dormirme un poco de madrugada»; ROJO, el color predominante, significaba «Noche en blanco. Cuerpo jodido. Mente jodida. ¿Por qué?».

Como digo, era ya muy tarde y la ciudad dormía. Me había levantado, llenado una copa de brandy e ido a sentarme frente al mirador de mi habitación. «Ya nadie bebe brandy», me había dicho un viejo amigo. Pero brandy era todo lo que sobraba en la vieja casa de Vinnie.

A veces trataba de leer, pero otras, como aquella noche, mi única compañía eran las estrellas. Bajo los rayos polares de la luna, las negras chimeneas observaban en silencio el girar del firmamento. En la calle danzaba un remolino de hojas secas y basura movida por una fresca brisa que aliviaba un poco aquel insoportable calor.

El hombre apareció desde el fondo de la avenida,

caminando con cierta prisa por la acera de enfrente. La luz mortecina de las farolas iba y venía sobre el ala de su sombrero y sobre los pliegues de una larga gabardina de color negro. Dejó atrás el número 156, después el 158... Pero ¿adónde se dirigía entonces? Mi casa era el último número. Después no había nada: el muro de la iglesia de St. Luke, que daba a un antiguo cementerio monástico donde ya solo reposaban cenizas de otros siglos y momias de los antiguos priores. Bueno, también estaba aquella casa. La vieja casa abandonada del final de la avenida, el número 160 de Sycamore Avenue, un monstruo destartalado de ventanas condenadas con maderos que llevaba deshabitada, según Vinnie, desde por lo menos los años de la guerra.

La casa de Sullivan, así se la conocía, aunque nada se sabía de sus dueños. Se rumoreaba que pertenecía a un banco y que esperaban una licencia para demolerla y construir otra encima. Igual que pasaba con la de Vinnie. También había escuchado que sus propietarios vivían en Canadá y que tal vez ya hubieran muerto. Había todo tipo de leyendas sobre ella. En el pub del barrio me contaron una historia horrible. Una familia entera desapareció durante una noche de 1916, dejando tan solo un charco de sangre en el lecho de cada uno de sus miembros. Pero esto quizá fuese una invención para asustar a los niños y que no se colasen dentro. Otro parroquiano me contó que, durante los años noventa, la casa fue refugio nocturno de drogadictos y que la policía tuvo que desalojarla en varias ocasiones. Las ancianas de Sycamore Avenue decían que por las noches se podía escuchar el correteo de las ratas por las entrañas de sus muros de ladrillo. A veces veía gatos gigantescos, casi tigres en miniatura, campando por su pequeño y salvaje jardín frontal, tan lleno de hierba como de basura. En su puerta, una insigne antigüedad de la misma época de la casa, alguien había dibujado un grafiti de color blanco.

Todas estas historias me vinieron a la cabeza mientras observaba a aquel personaje acercarse a la casa. Fue ralentizando su marcha hasta detenerse frente al jardín. Echó un par de vistazos a los lados, adelante, atrás, y, confirmado ya que nadie lo miraba, empujó la cancela oxidada y se adentró en el sendero de gravilla. La luz de la farola iluminó una larga coleta que surgía de las entrañas de su sombrero y le colgaba en una trenza blanca hasta la mitad de la espalda.

¿Quién era?

Le vi cruzar el jardín repleto de basura, latas y bolsas de plástico, mirando a su alrededor con curiosidad, como si conociera el lugar o lo hubiera conocido antaño. En una de las manos portaba un maletín de tamaño reducido, uno de esos que los doctores de pueblo solían llevar en tiempos pasados (y quizá en la actualidad, en alguna remota coordenada) y cuando llegó al tramo de escaleras que conectaba el sendero con el porche, vi que lo abría y sacaba algo de él. Un juego de llaves, supuse, aunque era incapaz de distinguirlo. Me dije que si tenía las llaves de la casa al menos no podía tratarse de un ladrón, así que esperé acontecimientos. No era cuestión de llamar a la policía y levantar a media vecindad si aquel hombre era el legítimo propietario. Y realmente esa era la única idea verosímil que se me ocurría. Su extraña vestimenta insinuaba que se trataba de un extranjero, quizá recién llegado a la ciudad en un vuelo nocturno... ¿No se decía que sus dueños vivían en Canadá? Aun así, se me escapaba la razón de aquella visita tan intempestiva a una propiedad casi en ruinas. ¿Quizá no tenía otro sitio donde dormir? ¿Y acaso portaba todo su equipaje en aquel maletín?

Su silueta se disolvió en las penumbras del porche, pero en menos de un minuto escuché el ruido inconfundible de unos viejos goznes que giran sobre sí mismos y el sonido seco de un portazo. Y después de eso, nada. El silencio de la noche. El remolino de hojas se disolvió contra la cancela de la casa, y yo me quedé quieto frente a mi ventana esperando a algo, no sabía muy bien el qué.

Había tomado unas pastillas para dormir y comenzaba a sentir su efecto mezclado con el del brandy. No obstante, aquel acontecimiento me había llenado de tanta intriga y excitación que mis ojos se resistían a cerrarse. Coloqué la silla más cerca de la ventana y volví a sentarme. Creo que aguanté despierto un buen rato, aunque en ese tiempo no vi encenderse una sola luz en aquella negra fachada ni oí el más mínimo ruido. Quizá los maderos de las ventanas me impidieran ver una luz o los gruesos muros de ladrillo escuchar sus pasos, pero si me preguntaran yo diría que aquel hombre se desvaneció como el polvo nada más pisar el interior de la casa.

Desperté un par de horas más tarde cuando ya era de madrugada y las primeras luces del alba comenzaban a tintar el cielo de un color rojizo. Me arrastré hasta la cama y recordé lo que acababa de ver desde mi ventana, aunque en aquellos momentos me pareció algo propio de un sueño.

Yo vivía en el número 159, que era en realidad la casa de mi amigo Vincent. Vinnie me la había prestado durante un año. Él se había marchado a África, a un viaje en el que esperaba abrir algunos negocios, y dijo que volvería al cabo de doce meses, aunque dejó claro que podría tardar más. Mientras tanto, necesitaba a alguien que se hiciera cargo de la casa y me ofreció el trabajo.

La había comprado un año antes, con la idea de restaurarla y venderla o ponerla en alquiler, pero un problema de licencias en el ayuntamiento había paralizado sus planes y ahora la propiedad estaba en terreno de nadie. Ni habitable, ni arreglable. De modo que ese era el trato: yo cuidaría la ruina mientras aguardaba el permiso de remodelación. Viviría en ella. Abriría las ventanas, pagaría las facturas, cortaría el césped de vez en cuando y retiraría las cartas del buzón. A la llegada de esa notificación oficial debía ponerme en contacto con Vincent y, seguidamente, hablar con la empresa de construcción para que comenzase la fiesta. Abrir la puerta, comprobar que todo se fuera haciendo según lo convenido... e informar al dueño una vez por semana. Mientras tanto, podía vivir allí sin pagar ninguna renta o impuesto.

Acepté el trato sin dudar un instante. Ni Vincent ni ninguno de mis amigos hubiese esperado lo contrario, pues todos sabían que mi vida no estaba pasando una etapa deliciosa, que se diga. Jeanette se había largado (también a un largo viaje, Sudamérica en este caso) y yo me había visto obligado a salir de su casa. En ese entonces, en contraste con mi cómoda existencia en una casita junto al mar en Sandymount, vivía en un pisucho al norte de la ciudad, con dos polacos alcohólicos que se pasaban el día desnudos de cintura para arriba, bebiendo vodka y levantando un juego de pesas que ocupaba todo el salón. Era lo mejor que podía pagar con mi subsidio de paro y mis nulos ahorros. Así que en cuanto Vincent me ofreció velar por su casa junto al cementerio ni lo dudé. Además, aquel lugar tenía el alma de una vieja mansión y decidí que ese sería el lugar perfecto para concebir y dar a luz una novela.

Era un edificio georgiano, en cuyo dintel se leía una inscripción con fecha de 1843, que debía de ser la misma de todas las de aquel barrio. Altos techos, una bonita escalera de madera y una larga chimenea que en otros tiempos tuvo que atravesar las plantas de la casa con su calor rojo. En la actualidad una buena estufa de gas, convenientemente atrincherada en mi cuarto de invitados, era el único foco de calor en las entrañas de aquella fría y penumbrosa dama. A la espera de ese permiso oficial para comenzar los trabajos, la casa seguía suspendida en un estado fantasmal. Cubierta de sábanas para proteger los muebles del polvo y la humedad, y repleta de cajas sin desembalar. Mi pequeña habitación en la primera planta era como el refugio de un farero en las tripas de un gigante vacío y oscuro. Allí pasaba mi vida, leyendo, almorzando, escribiendo...

No tenía más ocupación y tampoco ambicionaba tenerla. Había desfilado por muchos trabajos insatisfactorios y ahora solo deseaba consagrarme a las letras. Leer un libro al día, como los escritores residentes de la Shakespeare & Company de París, y dedicar cuatro o cinco horas nocturnas a vivir en un mundo de fantasía sobre el papel.

Las noches en blanco me dejaban destrozado, el sueño nunca me atrapaba antes del alba, así que solía levantarme muy tarde, sobre las once como mínimo. Si el día salía soleado, como aquella mañana, bajaba al jardín trasero con un libro, café y tabaco y me pasaba varias horas leyendo en una tumbona. A veces coincidía con la señora O'Rourke, una agradable cincuentañera a quien tenía por vecina. Nuestros jardines estaban separados por un murete bajo, lo que daba pie a saludarse y conversar. Llevaba meses pensando en incluirla en alguna de mis historias, como una especie de Miss Marple irlandesa, aunque un poco más frágil y definitivamente menos curiosa y entrometida. Me sorprendía que Vincent la hubiese descrito como una «vieja cotilla». Conociendo a Vinnie, supongo que nunca llegó a tener una conversación con ella: solo habla con mujeres que pretende conquistar.

Aquella mañana, Amelia O'Rourke se dedicaba a podar sus rosales. También estaba allí su hermano Finn, un hombre hecho y derecho algo menor que ella, a quien Dios había tocado con su dedo y convertido en un niño eterno... Lo vi sentado, tarareando una canción absurda y hablando con las moscas.

—Una vez me dijiste que llamaban a esa vieja casa abandonada al otro lado de la calle «la casa de Sullivan». ¿Llegaste a conocer a ese Sullivan?

Los pómulos rojizos y algo velludos de la señora O'Rourke se alzaron por efecto de su sonrisa. Como si llevara tiempo esperando aquella pregunta o aquel tema de conversación.

—Es solo un nombre que alguien se inventó, supongo, como todo lo relativo a esa casa. De niños la llamábamos «la puerta de los muertos», por eso de que está al lado del cementerio. Corría la leyenda de que los muertos entraban y salían por ella. Después alguien comenzó a llamarla «la casa de Sullivan». Supongo que un tal Sullivan debió de vivir en ella, aunque yo no lo conocí.

—Pero tú me contaste que siempre habías vivido aquí, ¿no es cierto?

Por lo que sabía, la familia O'Rourke eran tres hermanos: Finn, Amelia y Britney. Britney se casó y ahora vivía en Estados Unidos. Amelia se quedó soltera, con la casa familiar y a cargo de Finn.

—Sí... cuando yo era muy niña había una familia —recordó—, creo que se apellidaban Donovan... Y antes supongo que habría otras. Pero la casa debe de tener algún defecto, puesto que todo el mundo termina yéndose. Yo creo que se trata de humedades. Además, está el cementerio... —Señaló con sus tijeras hacia el alto muro de piedra que pasaba junto a mi jardín—. Hay muchas personas supersticiosas que no quieren vivir cerca de «los que duermen».

El cementerio de St. Luke no era ni tan grande ni tan importante como el de Glasnevin, pero seguramente era de la misma época. Un antiguo camposanto monástico lleno de lápidas con nombres ya borrados. Vincent me explicó que la congregación de San Lucas lo mantenía cerrado al público para evitar actos de vandalismo. Su alto muro pasaba rozando bajo las ventanas de la fachada oeste de mi casa, desde las que se podía contemplar la iglesia y un bello jardín de tumbas y árboles... y con suerte algún fantasma vagando entre las viejas piedras. (Vincent creía sinceramente que la habitación oeste debería tener el alquiler más elevado en base al privilegio de poder contemplar ese tétrico paisaje).

—... aunque estoy segura de que es por las humedades —continuó la señora O'Rourke—. Provocan hongos y muchas enfermedades, ¿lo sabías? Me dijiste que tú también sufrías algún problema del estilo.

Hablamos un rato sobre algunas humedades que habían aparecido en la pared oeste, y a las que debía aplicar determinados productos periódicamente, pero volví al tema de la casa en cuanto pude.

—¿Se sabe quién es el dueño actual?

—Ha pasado por muchas manos, según he oído decir —respondió Amelia O'Rourke—. Pero ahora está en terreno de nadie, porque el ayuntamiento no permite derruirla y nadie quiere hacerse cargo de su restauración. Sinceramente, creo que un día se derrumbará sola y asunto arreglado. Hoy día solo da cobijo a gatos... y gracias a Dios que solo es eso.

Supuse que se refería a los vagabundos y drogadictos que habían hecho de ese lugar su morada durante los últimos años.

—Pero ¿qué mosca te ha picado ahora con la casa? Nunca te había visto tan interesado en el tema.

—¿Puedo confiarte un secreto? —Di un sorbo a mi taza de café, en busca de cierta pausa—. ¿Y si te dijera que anoche vi entrar a alguien en la casa?

La tijera de podar hizo clic casi en el mismo instante en que lancé la pregunta. Entonces la señora O'Rourke levantó la vista. Su rostro había adquirido una expresión preocupada. Miró hacia un lado, para asegurarse de que Finn no hubiera oído aquello. A veces Finn se ponía nervioso. Gritaba, se echaba a llorar o pataleaba por todo el piso... Muchas noches me llegaba el eco de sus aullidos. Tenía alguna especie de psicosis o manía persecutoria... No había querido preguntárselo a mi vecina. Por suerte, parecía que Finn no había oído nada. Se entretenía soplando uno de los molinillos de viento de colores con los que su hermana decoraba su jardín.

—¿Que viste a alguien...? —preguntó.

—Ayer por la noche, de madrugada.

—¿Cómo era?

Desde mi tumbona, podía notar que le temblaba la barbilla.

—No tenía pinta de drogadicto ni de indigente. Me pareció un hombre de lo más normal. Bien vestido, quizá un poco a la antigua si me entiendes: con un sombrero, una maleta, una gabardina. Parecía un viajero. Le vi desde mi ventana. Debían de ser las cuatro de la mañana y no podía pegar ojo. El hombre subió andando por la acera, empujó la cancela y entró.

El rostro de la señora O'Rourke había palidecido de repente.

—¿Llamaste a la Garda?

—No —respondí—. El hombre parecía tener la llave de la casa. Entró por la puerta principal, como si fuera el dueño.

Amelia se quedó callada durante unos eternos diez o doce segundos, sin decir nada, sumida en sus cavilaciones.

—Vaya... es de lo más extraño —dijo—. Muy extraño —añadió, como murmurando para sus adentros. Y su mirada quedó suspendida en un pensamiento que, desde luego, la paralizó de los pies a la cabeza.

Pero entonces, de pronto, se recompuso.

—Ojalá no volvamos a tener problemas de drogadictos —suspiró—. La próxima vez que le veas, llama a la Garda. No les costará nada echar un vistazo y aclararlo. Esa es su labor.

—Lo haré, sin duda. Aunque a fin de cuentas, quizá se trate del famoso Sullivan y así se esclarezca el misterio, ¿no crees?

Ella se limitó a sonreír y a seguir podando el rosal, aunque me había quedado claro que algo había en ese enigmático visitante que había conseguido erizarle la piel a la buena Amelia O'Rourke.

Sin que ninguno de los dos nos diéramos cuenta, Finn había caminado hasta el murete y se había quedado allí, apoyado en silencio.

—¡La casa de Sullivan! ¡No debes entrar! —dijo de pronto, elevando el tono de voz.

—Vamos, Finn... a casa. —Forzó una sonrisa—. ¿Lo ves? Hasta él lo sabe.

—¡No entrar! ¡No entrar! —gritó Finn mientras golpeaba el muro con ambas manos, como si quisiera dejar sus palmas impresas en el cemento. Su voz iba tan cargada de violencia que me recorrió un escalofrío.

La señora O'Rourke dejó las tijeras de podar en el suelo y se le acercó lentamente, hasta tomarlo por un codo.

—Lo siento, Amelia —le dije mientras la mujer guiaba a su hermano hacia el interior de la vivienda—. Quizá...

—No importa —respondió ella—, no es culpa tuya.

Finn me lanzó una última mirada antes de que Amelia lo hiciera entrar por la puerta de la cocina. Tenía los ojos muy abiertos y las pupilas dilatadas, como si algo le hubiera asustado terriblemente.

—¡No entrar! —aulló antes de desaparecer dentro de la casa.

Era domingo y, tras la charla con Amelia, había pasado el día tumbado en mi habitación, leyendo y bebiendo té helado. Todas las ventanas de la primera planta estaban abiertas, esperando que corriera un poco de aire, pero por increíble que pareciese, por séptimo día consecutivo no soplaba ni una brizna de aire en Dublín.

Almorcé los restos endurecidos de una pizza GoodFellas y después de otro té (el quinto) acabé con otro par de capítulos. A eso de las siete mis ojos pedían un descanso y además la nevera estaba vacía. Pensé que no me vendría nada mal dar un pequeño paseo hasta el supermercado y aprovisionarme de algo más de comida basura con la que destrozar mi salud.

El Spar se hallaba al final de la avenida, en el mismo Village que aglutinaba el pub, el *take away*, la casa de apuestas y un restaurante caro para salir con la parienta los viernes. Siempre había algo de acción por allí: niños haciendo trastadas; Miros, el guarda de seguridad esloveno, tratando de mantener el orden; las viejitas del barrio leyéndose las revistas sin pagarlas… y también el bueno de Gaurav, el encargado de la tienda, sacando humo a su caja registradora u ordenando las estanterías.

—¿A por la cena, Tom? —me saludó al verme entrar.

Gaurav era licenciado en Historia por la Universidad de Bombay, su ciudad natal, pero trabajaba como gerente del supermercado desde que llegó a Dublín a la espera de encontrar una oportunidad como profesor en algún instituto. Era un tipo con un buena estampa. Esbelto, con un perfil aguileño y un largo y brillante cabello color azabache. Hacía gala de una educación exquisita y tenía un punto de aristócrata. Nunca se lo había preguntado, aunque adivinaba que su familia debía de tener cierto rango allí en la India.

—¿Qué tal va la novela? —preguntó—. ¿Has escrito mucho hoy?

—Seiscientas palabras esta noche. Nada mal.

—Enhorabuena, Stephen King.

—King llegaba a tres mil al día cuando escribía *El resplandor*. Eso es ser un genio.

—Quizá tomaba drogas.

—Puede... y hablando de eso, ¿alguna oferta especial? ¿Comida caducada a mitad de precio?

—Tengo una caja entera de latas de almeja picante —respondió—. Los del Long-Po me las devolvieron ayer porque estaban caducadas desde hace tres días. Si quieres, puedes jugarte la vida con eso.

—Jamás pruebo nada que un cocinero chino haya descartado antes. Creo que iré a por mi GoodFellas sabor cartón.

—También hay una oferta de Budvar 3×2.

—¿Qué clase de oferta es un 3×2? ¿Dónde quedaron los 2×1?

Me deslicé por los pasillos del Spar. Miros estaba por allí, recogiendo un montón de paquetes de galletas TUC que algún crío habría tirado para distraerlo y así poder robar otra cosa. Miros era un buen tipo, tan honrado como grande. Había trabajado mucho tiempo como gorila de discoteca, pero ya no quería aguantar a más borrachos. Ahora aguantaba a los gamberros del barrio, aunque eso parecía más llevadero, sobre todo porque era un trabajo de día. Otra de las razones de que hubiese dejado la noche era para poder jugar en un equipo semiprofesional de hockey sobre hielo.

—¿Cómo fue el partido de ayer, Miros?

—Bien. Bien. Ganar —respondió con su parco inglés.

Ese día algún otro adicto había pasado por la sección de pizzas antes que yo. No quedaba ni una de atún, y solo encontré una arrugada caja de pizza cuatro quesos, así que me resigné a esa. Otro día habría mejor suerte. Tras pasar por la nevera y aprovisionarme de unas cuantas Budvar fui a la caja, donde Gaurav trataba de quitarse de encima a un ama de casa envuelta en una bata rosa que protestaba por no sé qué cupón de descuento. Después de pagar, charlamos un rato más y nos prometimos una pinta ese mismo jueves, tras su partido de hockey. Me despedí y me dirigí a la salida.

Las primeras estrellas titilaban en el cielo y las farolas acababan de encenderse. El paisaje dublinés de casas adosadas y chimeneas se recortaba como una negra sombra en la oscuridad.

Y entonces lo vi. El tipo de la pasada noche se aproximaba al supermercado. El mismo sombrero, la misma gabardina negra y el maletín en la mano. Me quedé congelado junto a las puertas automáticas del Spar, pero el hombre iba a lo suyo y ni siquiera me dedicó un vistazo.

Pasó muy cerca y pude observarle con más detalle. Su gabardina brillaba con el toque apagado del plomo, ¿era cuero? Su larga coleta canosa aparecía como una serpiente blanca por debajo del sombrero. Calculé que me sacaba una cabeza; nariz recta, aguileña; la piel pálida y los ojos verdes o azules que por un instante me parecieron dianas sin vida. Al pasar dejó un aroma extraño, como a incienso o al olor de los baúles viejos.

Le vi coger una cesta de plástico de la entrada y perderse por el laberinto de estanterías. Yo me debatí en qué hacer. Quería seguirle, observarle, pero si volvía a entrar Gaurav vendría a preguntarme si me había olvidado de algo y me chafaría la labor detectivesca. Así que me encendí un cigarrillo y me acerqué al escaparate de la casa de apuestas que se emplazaba justo al lado del Spar, donde había algunos monitores con resultados de caballos, galgos, boxeo... Allí no llamaría demasiado la atención, podía esperar a que saliera y asegurarme de que, tal y como había creído ver la noche anterior, el tipo regresaba al numero 160. Eso sería suficiente, por ahora.

Me pasé cerca de diez minutos allí, con cara de bobo, mirando las listas de galgos ganadores en Shelbourne Park, que tenían nombres tan curiosos como Haz de Luna, Banana Charlie o Nacido para Ganar. El lugar estaba medio vacío, como siempre, con el suelo repleto de papeletas perdedoras y cuatro o cinco tipos, silenciosos y solitarios, esperando a que algo sucediera en las pantallas, en las carreras, en su vida.

Al cabo de ese tiempo, el hombre de la gabardina apareció por las puertas del Spar con una bolsa de plástico y echó a andar. Pensé que se dirigiría hacia Sycamore Avenue, pero en vez de eso caminó por Columbus Hill, que era una calle paralela (o más bien transversal) respecto a Sycamore.

Mientras le veía alejarse, continué aferrado a mi papel de perdedor que ni siquiera tiene pasta para entrar y apostar por su Banana Charlie. Columbus

Hill era una larga calle en cuesta, así que esperé un rato para asegurarme de que se hubiera alejado y entonces empecé a caminar tras su estela.

Pese a que la luz era ya mortecina a esas horas, su figura se distinguía perfectamente. Su aspecto, con aquella larga gabardina y el sombrero negro, no pasaba desapercibido. Al final de Columbus Hill, una iglesia negra bifurcaba la calle en dos grandes avenidas. El hombre tomó la de la derecha y eso mismo hice yo un minuto más tarde. Aquella calle tenía un nombre musical: Melody Street. Era una avenida muy parecida a Sycamore, con gruesos árboles cuyas raíces habían comenzado a romper el asfalto. No había apenas movimiento a aquellas horas, exceptuando algo de tráfico y gente que paseaba al perro. También había edificios muy antiguos. ¿Quizá se dirigiera a otra casa abandonada aquella noche? Puede que no fuera más que eso: un pobre indigente o un loco con algún raro trastorno que le hacía sentirse más seguro bajo techo, aunque fuese un techo que amenazase con venirse abajo.

Habíamos caminado unos doscientos metros cuando le vi detenerse junto a la verja de una pequeña vivienda, empujar la cancela y atravesar su jardín frontal hasta la puerta.

Crucé la calle y avancé por la acera opuesta hasta pasar frente a la verja. Era un estrecho edificio de tres plantas, y en la puerta, junto a un farolillo, una placa rezaba CASA DE HUÉSPEDES ANNIE MOORE. A través de las finas cortinas del mirador pude distinguir un salón y algunas figuras sentadas a una mesa. Varias de las largas ventanas de las plantas superiores tenían luz, pero no pude vislumbrar demasiado. El hombre ya había desaparecido en su interior.

«Una casa de huéspedes. Así que es un viajero. Seguramente el dueño de la casa de Sullivan, o alguien encargado de ella. Quizá un constructor. O un arquitecto…». Todos esos pensamientos iban cruzándose por mi cabeza de regreso al Village, aunque había algo en el aspecto general de ese tipo que desafiaba todas y cada una de las explicaciones racionales que intentaba darle.

Mi instinto era mucho más listo que yo, como siempre.

Aquella noche no escribí demasiado. El aire parecía aceite, incluso por la noche. En cierta ocasión leí un artículo sobre el viento solar y ahora me preguntaba si aquello podía tener algo que ver. Una llamarada solar que hubiese elevado las temperaturas mundiales.

Lo intenté hasta las dos y media, con varias paradas para fumar y vigilar la casa del 160 por la ventana. Pero allí no parecía haber movimiento. Finalmente me resigné a que esa noche presagiaba un ROJO en mi calendario del insomnio y bajé a la cocina a por un brandy.

De vuelta en mi cuarto, sin encender ninguna luz que pudiera delatarme, puse la radio. El parte meteorológico alrededor de la isla anunciaba fuertes marejadas en Donegal, lluvia en Connemara y Kerry, y calor, solo calor, sobre Dublín. Uno de los comentaristas dijo que los barómetros seguían subiendo sin parar y que nos preparásemos para un gran diluvio universal. Después vinieron las noticias, algo de música clásica, un debate artístico... y al final, casi sin darme cuenta, cerré los ojos y tuve un sueño.

En él era de día y me encontraba en una habitación diferente. Era más alta, con muebles antiguos, una elegante chimenea, paredes color borgoña y decoraciones de escayola en el techo. Yo estaba tumbado en una cama, escuchando música clásica de una antiquísima radio de madera, y recuerdo que durante mi sueño pensé: «Tengo que convencer a

Vincent de que me venda esa radio a cualquier precio». Entonces me llegaba un rumor de voces desde la calle, me levantaba y abría las puertas acristaladas que daban a un exquisito balcón de forja. A mis pies había una gran avenida repleta de gente, como esperando algo a los lados de la carretera. Era una ciudad europea, pero no habría sabido decir cuál; solo tenía claro que no se trataba de Dublín. Tenía la majestuosidad de una capital imperial como Londres o París... No lograba distinguir mucho más que unos cuantos vehículos en la calle. Eran de época; coches de los años treinta y un tranvía.

En ese momento desde el final de aquella larga avenida comenzó a oírse un rumor de aplausos, gritos eufóricos, casi enloquecidos, que lentamente iban tornándose en uno solo. ¿Qué pasaba ahí abajo? Pero antes de que pudiera fijarme en nada, escuché un grito a mi espalda.

Al girarme, vi a un niño parado en medio de esa habitación de mis sueños. Me resultaba extrañamente familiar. Tenía el rostro cubierto de lágrimas.

—¿Qué te pasa? —le pregunté—. ¿Te has perdido?

Me acerqué a él y en ese instante empezó a gritar aún más fuerte, más fuerte...

Abrí los ojos, muy asustado, todavía oyendo aquellos gritos. Estaba en Dublín, en Sycamore Avenue. Se había levantado viento y alguien gritaba en la noche.

Era Finn, aullando como un loco otra vez. Debía de haber tenido una pesadilla; le ocurría a menudo. Escuché los pasos apresurados de la señora O'Rourke subiendo las escaleras y su voz entrando en la habitación de Finn, tratando de calmarle. Finn lloraba, lloraba como un niño aterrorizado, un niño que hubiera visto a la bruja verde de los cuentos apoyada en el marco de su ventana. Y la señora O'Rourke... me la imaginé arropándole en la cama, acariciándole el cabello y cantándole una nana para que se durmiera de nuevo.

Al cabo de un rato la casa volvió a su silencio. Estuve una hora más con los ojos bien abiertos, pensando en ese sueño, la habitación palaciega, la gran ciudad europea y aquel niño perdido... Finalmente, con los primeros rayos de sol de la mañana, mi perezoso Morfeo apareció y me llevó consigo.

—Sí, claro que sé de quién me hablas. El tipo raro del sombrero. Lleva unos días viniendo por aquí.

Gaurav y yo estábamos sentados en el área de cafetería del Spar. Gaurav con su almuerzo —un sándwich de pollo tikka— y yo con mi desayuno —un triple expreso y dos dónuts—. Había intentado contarle la historia lo más ordenadamente que había podido. Desde la primera aparición del tipo hasta la persecución de la noche anterior.

—¿Estás seguro?

—Claro. Nadie lleva una gabardina con semejante calor. Llama la atención. Además, tiene esos ojos tan extraños, como de un reptil...

—Exacto.

—¿Y estás convencido de que era el mismo tipo que viste entrar en la casa?

—Del todo —respondí—. De hecho, hasta que lo vi ayer entrando por tu puerta había llegado a pensar que era un sueño. Pero ahora no tengo ninguna duda. Le seguí hasta la casa de huéspedes de Annie Moore.

Gaurav se rascó la barbilla y sorbió de su vasito de té.

—Bueno, sabía que la pensión de Annie Moore era un agujero de ratas, pero no me imaginaba que alguien pudiese preferir dormir en una casa abandonada.

—No creo que el tipo vaya allí a dormir.

—Vale, y ¿por qué entonces? ¿Alguna macabra teoría? Seguro que tienes una docena.

—He ido descartando las peores. Todas las que incluyen rituales sangrientos y cuerpos degollados. Me quedo con una posibilidad más práctica.

—¿Como qué?

—No sé, creo que el tío esconde algo en la casa. O lo escondió en el pasado. Quizá el botín de un robo.

—O un cuerpo emparedado. Vamos... ¿Por qué no puede ser más sencillo? Es el dueño de la vivienda, acaba de llegar a la ciudad y no puede hospedarse en ella. La visita, quizá pensando en la reforma que está a punto de hacer.

—¿A las cuatro de la mañana?

—Igual sufre de insomnio, como tú. O sus compañeros de pensión no le dejan dormir. Hay muchas opciones no tan literarias.

—Siempre hay una opción no literaria (y aburrida) para explicarlo todo.

—Y siempre hay una conjetura fantástica para entretenerse pensando en ella. Aunque es cierto que todo el asunto tiene miga. De hecho...

Gaurav se quedó pensativo. Di un sorbo a mi expreso y ataqué mi segundo dónut con un buen bocado.

—¿De hecho... qué? —pregunté.

—Bueno, me has hecho pensar en una cosa. Hace unos meses hubo un incendio bastante importante a dos calles de aquí. Una vieja casa, igual que la de Sycamore Avenue. Al parecer llevaba años medio abandonada y sus dueños no la podían reformar por problemas de licencia. Corrió el rumor de que el incendio fue provocado. Un detective de seguros hizo algunas preguntas. No sé en qué quedó el asunto, pero alguna de las casas adyacentes sufrió muchos desperfectos.

—Ya veo. No soy el único con teorías morbosas por aquí. De todas formas, suena bien. Un pirómano. Me gusta.

—No me refiero a un pirómano. Más bien un tipo a sueldo, alguien que se ofrece a hacer esos trabajos a cambio de dinero. Un propietario aburrido de esperar la licencia de obra...

—¿Como Vinnie?

—O un banco, quién sabe, cualquiera podría ser su cliente. Se aloja en la pensión de Annie Moore y desde ahí prepara el terreno. Visita las casas de noche, examina el *modus operandi* y finalmente... ¡bum!

—¿Les prende fuego? Podría ser. Has dicho que ha venido un par de veces por aquí. ¿Recuerdas lo que suele comprar? Quizá eso nos dé alguna pista.

Gaurav se quedó pensando durante unos instantes.

—Creo que nada demasiado llamativo. Quiero decir, me acuerdo de los tipos que compran porno, o que se llevan cinco botellas de vodka, o algo así. Pero este tío suele llevarse comida de microondas. ¡Ah! Pero sí que hubo una cosa curiosa el primer día.

—¿Cuál?

—Intentó pagar con libras irlandesas.

—¿Qué?

—Sí... Ahora que lo recuerdo: le tuve que aclarar que la libra había dejado de ser la moneda de Irlanda en 1999. No se sorprendió demasiado. Se marchó y volvió dos horas más tarde con la cartera llena de euros.

—Vaya... qué curioso. ¿Crees que vendría del norte, de Belfast quizá? ¿Algo sobre su acento?

—Diría que es continental. Habla inglés perfectamente, pero no creo que sea su lengua materna.

—Esto se pone más interesante a cada segundo...

—Puedo hacer algo más —añadió Gaurav—. La mujer de mi primo Shaurav trabaja limpiando en la casa de Annie Moore. Quizá pueda decirnos más cosas sobre él.

Le pedí a Gaurav que me llamase al móvil si se enteraba de algo, o si el tipo volvía por el supermercado. Después salí y regresé calle arriba.

Algunos granujas se entretenían lanzando globos de agua a la gente. No me habría importado que me arrojaran uno. Hacía un calor pegajoso, insoportable. Solo estaba a la mitad del recorrido y ya sentía el sudor empapando mi camisa.

A unos doscientos metros distinguí una pequeña figura cruzando la calle, a la altura de mi jardín. Se trataba, sin lugar a dudas, de la señora O'Rourke y juraría que venía desde la casa abandonada del 160.

Apreté el paso y la intercepté justo cuando entraba en su jardín.

—Buenas tardes, Amelia.

Creo que le di un buen susto.

—¡Oh! Tom... No te había visto venir.

Noté que tenía un extraño tono de voz.

—Perdona que te haya asustado. Es este calor. Yo tampoco voy prestando atención. —«Aunque te he visto cruzar la acera desde esa casa abandonada».

—Es horrible. Este clima está loco. No recuerdo una época de calor tan mala desde hace... mucho tiempo. Espero que llueva pronto.

—Anoche dijeron por la radio que caería un diluvio universal.

—Pues ojalá acierten.

—¿Qué tal está Finn?

—Oh, bien... Confío en que no te despertara anoche. Ha pasado otra de sus rachas, ya sabes.

—Sí. Bueno... lo escuché. Pero en realidad tampoco yo podía dormir.

—Lo siento de veras.

—Soy yo el que lo lamenta. Creo que ayer lo alboroté un poco con mis preguntas acerca de la casa —dije con un ademán hacia el número 160.

La señora O'Rourke se quedó en silencio unos segundos antes de responder.

—No te preocupes por eso. Finn se enerva fácilmente. Le lleva pasando toda la vida. Desde que era un niño.

Noté que cerraba su frase con una especie de sollozo ahogado. Aunque estaba muy intrigado por todo aquello, no quise seguir insistiendo.

Nos despedimos allí y me quedé observando la casa de Sullivan, pegada a la pared del cementerio.

Los viejos robles del camposanto se extendían como grandes manos que trataran de alcanzar la vivienda. La cancela golpeteaba sobre su cierre, como invitándome a entrar.

Ese martes al llegar a casa encontré varios sobres junto al buzón de la puerta. Los recogí y me dirigí a la cocina con ellos, dispuesto a guardarlos en una gran caja de zapatos donde apilaba toda la correspondencia de Vincent. Pero mientras los archivaba me fijé en que uno de los sobres llevaba el membrete del ayuntamiento. Era una carta del Departamento de Urbanismo. Me eché a temblar.

Vincent me había dado permiso para abrir su correspondencia, así que rompí el sobre y leí la carta. Era todo un buen lío de párrafos y palabrejas, pero entendí lo básico: que el ayuntamiento había comenzado a procesar la licencia de obra de Vincent, pero requería una serie de documentos oficiales para continuar con sus trámites.

Cogí el teléfono y llamé a Vinnie un par de veces, aunque daba un tono extraño. Supuse que estaría fuera de cobertura viajando por algún recóndito lugar en África. Decidí que al día siguiente me acercaría al ayuntamiento y trataría de aclarar el asunto. Odiaba la idea de que consiguiera la licencia tan rápido (había contado con que llegase a finales de verano, como pronto) y que mi placentera existencia se fuera a ver turbada por una ruidosa cuadrilla de obreros, martillos y polvo por doquier, pero al fin y al cabo ese era el pago de mi renta.

Subí a mi habitación y abrí un libro de cuentos de Chéjov. Tardé un buen rato en concentrarme en la lectura. Pensaba en la señora O'Rourke.

¿Qué habría ido a hacer a la casa de enfrente? El día anterior, cuando le mencioné el asunto, reaccionó de una manera muy rara. ¿Quizá también guardaba algún secreto en relación a la casa? ¿O al extraño hombre de la gabardina negra?

De todas formas, ¿qué sabía yo de la señora O'Rourke? La conocía solo desde hacía unos meses, inexorablemente atada a su hermano Finn. Lo sacaba de paseo, lo sentaba al sol, le daba de comer... Nunca se lo había preguntado, pero imaginaba que siempre vivió con Finn y que por eso nunca se había casado, porque no era una mujer fea ni mucho menos. Pero ¿quién querría vivir con su hermano loco?

Existían lugares para hombres como Finn, pero quizá Amelia no tuviese el suficiente dinero o el suficiente valor para dejarle al cuidado de otros. Porque teniéndolo junto a ella, al menos se aseguraba de que viviese como un ser humano y no vestido con un camisón, sucio y aislado en la esquina de un pabellón psiquiátrico.

No, su hermana nunca le abandonó, y yo la respetaba enormemente por eso. Alguna tarde aburrida le había hablado de mis grandes viajes por Asia y Sudamérica y notaba que ella se mordía los labios de envidia. «Si hubiera podido, me habría largado de este barrio hace mucho tiempo... Viajar siempre fue mi sueño», me dijo aquella vez mientras preparaba una papilla de cereales para Finn... y me dio muchísima lástima.

Pero algo me decía que esa mujer de mirada plácida se guardaba algún detalle al respecto del número 160 de Sycamore Avenue, o al extraño tipo de la mirada de reptil y la coleta blanca. Y mi mente de escritor no iba a parar hasta enterarse.

Además, casi como si no pudiera ser de otra forma, el hombre regresó aquella misma noche.

Sería algo más tarde de las doce y yo estaba frente a mi cuaderno, con una copa y cinco lapiceros perfectamente alineados, escribiendo a un ritmo decente por primera vez en varios días. Entonces me sonó el teléfono y era Vinnie.

—¿Qué pasa, Tom? Tengo como mil llamadas tuyas.

Se alegró al escuchar el contenido de la carta. Me pidió que hiciera los trámites cuanto antes y que volviera a llamarle cuando todo estuviera listo. Después me contó que estaba en Malaui y que esa misma noche acababa de regresar de Mozambique. Las cosas le iban bien, aunque sus negocios tardaban en florecer, me dijo, pero sentía que iba por el buen camino. Era optimista por naturaleza.

Después de colgar, trabajé durante otra hora hasta que mi lapicero fue escribiendo más y más despacio cada vez y terminó dibujando castillos y dragones en los márgenes del cuaderno. Eran las dos de la madrugada cuando apagué la luz de mi escritorio y decidí tomarme un merecido descanso.

Un fuerte viento se levantó en un instante, tanto que pensé que aquella era la noche de tormenta que habían anunciado por la radio. Estaba en la hamaca del jardín trasero, con un jersey y una manta de Avoca, bebiendo brandy, fumando y haciéndole preguntas al cielo nocturno (principalmente una:

¿dónde demonios iba a vivir cuando saliera de allí?). Podía oír los árboles de Sycamore Avenue agitándose como sonajeros al otro lado de la casa, y el susurro de la brisa recorriendo las lápidas del cementerio tras el muro. La temperatura había bajado, pero las nubes en el cielo eran demasiado pocas y finas para traer algo de lluvia.

Entonces escuché el golpe de una ventana en la planta de arriba. Recordé que llevaban todo el día abiertas, tratando de insuflar algo de frescor a la casa. Dejé el cigarrillo apoyado en una piedra y corrí al interior antes de que la corriente terminara por romper alguno de los cristales.

Fui habitación por habitación, cerrando todas las ventanas, hasta que tocó la habitación oeste, la que daba al cementerio. La ventana de guillotina estaba abierta de par y en par y hacía bailar la fina cortina blanca como la sábana de un fantasma. Me apresuré a cerrarla, y al hacerlo, me quedé mirando a través de ella, al siempre morboso e inquietante paisaje del cementerio de St. Luke.

La última farola de Sycamore Avenue irradiaba una luz anaranjada sobre los primeros metros del camposanto y eso bastó para que pudiera reconocer una sombra que caminaba entre las lápidas antes de que se hundiera en la penumbra. Era él, el tipo del sombrero y la gabardina. Y esos pocos segundos de luz también me permitieron distinguir la pala que portaba apoyada sobre uno de sus hombros.

La visión fue espeluznante, como la de una culebra que asoma al borde del camino, rápida y brillante. Me produjo un escalofrío delicioso desde los talones hasta la nuca y me quedé sonriendo, en la penumbra de la habitación, con el corazón palpitando a buen ritmo. Hacía mucho tiempo que no sentía una descarga de adrenalina tan buena.

Estuve a punto de bajar las escaleras y llamar a la Garda, pero no lo hice. Quizá prefería esperar y ver adónde llevaban los acontecimientos antes de actuar; o quizá en realidad quería jugar a resolver el misterio por mí mismo. En cualquier caso, todo lo que hice fue: 1) bajar corriendo al jardín a por mi brandy y mi tabaco; 2) regresar a la habitación; 3) empujar un viejo sofá hasta la ventana; y 4) sentarme allí con las luces apagadas.

Mientras esperaba, cómodamente apalancado en mi sofá de guardián, pensé que con toda probabilidad habría saltado el muro desde su jardín trasero ayudándose con algún tipo de escalera. Me planteé en dos ocasiones bajar al jardín y tratar de saltarlo yo también, pero rechacé la idea casi en el acto. Siempre me digo que si la naturaleza hubiera querido que fuese un atleta, ya me lo habría hecho saber tiempo atrás.

Así que me quedé allí plantado con una paciencia de santo. Estuve tentado de llamar a Gaurav para contarle la increíble peripecia nocturna que estaba viviendo, pero sabía que madrugaba para abrir el Spar y me contuve. Pero el cuento me ardía en las tripas, en los labios... Tendría que escribir una historia con todo eso.

No tengo ni idea de cuánto tiempo pasó, no lo calculé. Pero podría hacer una lista muy larga con las ideas e hipótesis que surcaron mi mente durante esa breve eternidad. El extraño de Sycamore Avenue era un ladrón de tumbas. Un coleccionista de huesos. Un profanador. Un satanista.

A eso de las tres y media de la madrugada, por fin noté un poco de movimiento entre las lápidas. Su silueta emergió de las penumbras del camposanto, otra vez levemente iluminada por la luz de la farola. Llevaba la pala al hombro, pero ahora caminaba más despacio.

Arrastraba alguna cosa, una especie de bulto pesado o algo así como un saco cuyo sonido, sobre la hierba del cementerio, llegaba mitigado hasta mi ventana. Le seguí con la mirada, amparado por la oscuridad de mi puesto. Se dirigió hasta el muro de su jardín y una vez allí, tras lanzar el saco y la pala por encima, empleó algún tipo de apoyo para trepar y desaparecer al otro lado.

Me levanté y corrí a mi dormitorio, desde donde se podía observar la fachada de la casa de Sullivan. Excitado, sin un pizca de sueño, monté mi segundo puesto de guardia y traté de atisbar, durante una hora, algo de luz o movimiento en el interior del 160, pero o bien aquel asaltador de tumbas se manejaba sin luces, o bien estaba haciendo algo en una zona que quedaba fuera de mi vista.

Mientras tanto, mi imaginación de escritor, encendida por los acontecimientos, continuaba elaborando ideas a una velocidad de vértigo. ¿Un profanador de tumbas? ¡Pero si todo lo que había en St. Luke debía de tener por lo menos mil años! No, tenía que ser otra cosa. Aposté por la teoría del ladrón de bancos que trataba de recuperar su botín. ¿Qué mejor lugar que una antigua sepultura para esconder algo?

La madrugada me atrapó despierto con los ojos fijos en el 160. Pero nadie entró ni salió, al menos mientras me mantuve de pie. Más tarde caí en un dulce sueño de varias horas.

La patrulla de la Garda, que yo mismo había avisado nada más despertarme, tardó más de cincuenta minutos en aparecer por mi casa. Llamaron al timbre y los recibí en el salón principal, que había acondicionado un poco de cara a la visita. Eran dos agentes: una mujer (bastante guapa, por cierto) y un hombre con pinta de tener cosas mejores que hacer que estar allí escuchándome. Les conté todo lo que había visto las noches previas y ellos se intercambiaron algunas miradas cómplices. Noté que ambos observaban las paredes y los muebles del salón, todo ello en un estado ciertamente lamentable, y no perdieron pista de un grupo de botellas de brandy vacías que había acumulado, por alguna estúpida razón sentimental, en un alféizar.

Resultó que yo les parecí mucho más interesante que el hombre de mi historia y me vi forzado a explicarles la razón de mi estancia en aquella casa que a todas luces se caía a trozos. Les hablé de Vinnie, de África y del permiso de reforma que el ayuntamiento acababa de concedernos. Ellos recibieron la información con fría indiferencia y, una vez establecido que yo era un ciudadano decente —quizá demasiado ocioso y definitivamente enemigo de la pulcritud o la vida sana—, me hicieron unas cuantas preguntas acerca del hombre «misterioso» como lo definieron no sin una sonrisilla en sus pícaros rostros irlandeses. Les repetí ambos episodios nocturnos, y también dije que sabía que el hombre se hospedaba en la pensión de Annie Moore. Aquí es donde se les torció un poco el gesto y me preguntaron si le había espiado, cosa que no me quedó más remedio que admitir. La madeja comenzó a enrollarse. ¿Por qué no había llamado a la Garda en la primera ocasión? Les respondí que en principio pensé que el hombre podría ser el dueño de la casa. Ellos no parecieron muy convencidos.

—No lo sé, intuición, porque tenía un aspecto raro —terminé diciendo.

—Señor Cavanagh, si juzgáramos a las personas solo por su aspecto... —comenzó a decir la agente de la Garda, que con una sola mirada me recordó que esa mañana llevaba puestos unos vaqueros con manchas de pintura y una vieja camisa de leñador con un par de bonitos agujeros a la altura de la clavícula—, las cárceles estarían llenas.

—En cualquier caso —dijo el otro agente— echaremos un vistazo.

Como buen vecino delator, los observé cruzar la calle parapetado tras el ventanal de mi salón. Empujaron la vieja cancela y entraron en el boscoso jardín, lleno de basura traída por el viento y los niños del barrio. Avanzaron hasta la casa, cuyas ventanas inferiores estaban condenadas por grandes láminas de madera. Subieron los tres escalones de piedra y llamaron a la puerta. Los oí anunciarse en voz alta, pero nadie contestó, así que se encaminaron a la casa contigua.

El número 158 lo ocupaba una familia china, los Wong, que, según me había contado la señora O'Rourke, trabajaban día y noche en un restaurante del centro. Abrió la puerta una anciana que no parecía entender el idioma y que se puso un poco nerviosa por la presencia de la ley. Acudió al rescate un joven lobezno, que logró comunicarse con los policías y los invitó cortésmente a pasar. Para ese entonces yo ya había salido de mi escondite y asistía a la escena desde el césped de mi jardín frontal. Noté que las cortinas del mirador de la señora O'Rourke se movían un par de veces, con lo que supuse que no era el único intrigado por el episodio.

Tal y como después se supo, los dos agentes de la Garda echaron un buen vistazo al jardín trasero del número 160 subidos en una escalerilla que la familia

Wong les prestó. No encontraron nada raro, aparte del natural caos y desorden propios de un jardín abandonado. También desde ahí vieron más ventanas rotas y cegadas con maderos.

La abuela Wong, a través de su nieto, aprovechó la circunstancia para quejarse sobre las ratas y otras alimañas que se criaban en aquella leonera y que algunas veces se colaban en su jardín. Los agentes tomaron nota de su queja y prometieron avisar al servicio de salud pública. Después regresaron a mi casa y me explicaron todo esto.

—No podemos entrar sin una orden, pero intentaremos acceder y dar una vuelta por el cementerio. Es todo lo que podemos hacer por ahora.

Les planteé si no pensaban ir a la pensión de Annie Moore y hacerle algunas preguntas al tipo y no les hizo demasiada gracia que yo les estuviera indicando cómo hacer su trabajo.

—¿Juraría que fue él y no otra persona la que vio caminar por el cementerio? Estaba oscuro, como usted ha dicho.

—Yo...

Al hombre se le notaba contrariado por todo aquello. Ignoro la razón, pero tenía la cara roja y sudorosa (creo que fue él quien trepó por la escalerilla de la familia Wong) y no parecía tener ganas de seguir con aquello. No vi prudente insistir, sobre todo teniendo en cuenta la existencia de ciertas hierbas inofensivas, pero absurdamente ilegales, que guardaba para uso personal en un cajoncito escaleras arriba.

—Mire. Hablaremos con la parroquia de St. Luke y, como le hemos dicho, intentaremos entrar en el cementerio a ver si hay algo raro —dijo la mujer—. Si se trata de un asunto de drogas, sería la primera vez que alguien entierra nada en un camposanto. Y si se trata de otra cosa... bueno, veamos lo que encontramos.

Agradecí su visita y los dejé marchar sabiendo que probablemente no volvería a tener noticias suyas. Como así fue.

Esa tarde traté de atemperar mis nervios con algo de ejercicio. Saqué la vieja segadora y me puse a repasar la hierba del jardín trasero mientras el sol aguantara en lo alto. Pensaba y pensaba en aquel tipo y en el rompecabezas que tenía ante mí. Entonces, en una vuelta de segadora, me topé con Finn, que estaba mirándome quieto desde su lado del murete, con los dedos en los oídos.

—¡Eh, Finn! ¿Qué pasa? —dije al tiempo que apagaba la segadora—. ¿Mucho ruido?

—Ruido —repitió él.

Amelia O'Rourke apareció en ese instante por la cocina. Cogió a Finn del brazo y lo acompañó dentro de la casa; después volvió fuera y me ofreció un vaso de té helado que primero rehusé por educación, pero que terminé aceptando.

Bebí a pequeños tragos, sintiendo el alivio de aquel frescor recorriendo mis ardientes y polvorientas entrañas tras una tarde de duro trabajo en el jardín. Luego la señora O'Rourke insistió en rellenarme el vaso.

—Vamos, Tom, no seas tan educadito conmigo. ¿Qué asuntos te traías con la Garda esta mañana? Los vi entrar en tu casa y luego ir a tocar el timbre del 160. Y también agitaron a la señora Wong. ¿Los llamaste?

Bebí un trago de té helado mientras asentía y me sequé los labios con el antebrazo.

—Anoche volví a ver a aquel hombre, Amelia, el extraño de la casa de Sullivan. Creo que le vi saltar al cementerio y traerse algo de vuelta.

Un rayo de gélida sorpresa cruzó por los ojos azules de Amelia O'Rourke.

—¿Estás seguro de que era el mismo tipo?

—Sí. Gabardina, pelo blanco recogido en una trenza larga y sombrero de ala ancha. Negro. Inconfundible.

—¿Sombrero de ala ancha? ¿Trenza? —Sus ojos se habían abierto mucho—. ¿Estás seguro?

—¿Le conoces?

Tardó unos segundos en darse cuenta de que le había preguntado algo. Parecía sumida en un profundo pensamiento.

—Nada, Tom. Es solo que... —Negó con la cabeza, como si tratara de sacudirse de encima un mal pensamiento—. Una cosa absurda. Es imposible, imposible...

—Amelia, ¿hay algo que quieras contarme? Este asunto te trae de cabeza, lo veo a mil kilómetros... Ese tipo...

Un ruido nos interrumpió. Ella miró rápidamente hacia la casa: Finn había vuelto a aparecer por el umbral.

—Vamos, termínate ese té —dijo—, y bebe despacio: llevas una buena sudada.

Di por hecho que ahí terminaba nuestra conversación, así que apuré el vaso y se lo tendí de vuelta, agradeciéndole la bebida y mirándola fijamente a los ojos. Ella también me miró con profundidad, como diciendo «Habrá un momento mejor». Regresó a casa caminando a paso lento, pensativa. Tiré con fuerza de la soga de arranque de la segadora casi en el mismo instante en que se cerraba su puerta. El ruido del motor encubrió la pregunta que lancé al aire, casi en un susurro.

—¿Cuál es tu secreto, Amelia O'Rourke?

El jueves fuimos al Santry Sports Arena a ver jugar al equipo de Miros. En Eslovaquia era jugador semiprofesional, pero aquí, en Dublín, se había convertido en una especie de estrella local. Daban escalofríos cada vez que arremetía contra algún jugador rival y lo desplazaba varios metros sobre el hielo con un sencillo golpe de hombro. Anotó tres de los cuatro tantos de los Dukes y protagonizó, sin quererlo, una enganchada con el otro gallo de corral de la noche: un ruso que jugaba con los Flyers y que no soportó una ingeniosa maniobra en la que Miros le robó la ficha de forma bastante humillante.

Después nos fuimos al tercer tiempo a un pub de Glasnevin, curiosamente también pegado al cementerio. Le llamaban «el pub de los enterradores», porque tenía una ventana de cara a la necrópolis en la que antiguamente los sepultureros solían ir a refrescarse con una pinta.

Durante el partido le había contado a Gaurav lo de mi encuentro con la Garda, pero Miros también tenía curiosidad y me hizo repetirlo de nuevo. Le relaté todo muy despacio y al terminar se quedó con ese gesto pensativo tan suyo y dijo:

—Hombre malo.

Entonces Gaurav anunció que sabía algunas cosas nuevas sobre el tipo. La mujer de su primo Shaurav, que limpiaba habitaciones en la pensión Annie Moore, le había observado durante unos días, y además había cotilleado sobre él con Alicia Moore, la recepcionista.

—Se ha registrado como doctor Kaldermorgen, aunque suena a nombre falso. Mostró un pasaporte checo y también intentó pagar con libras irlandesas. Le ha echado un ojo al armario que está vacío a excepción de un pijama barato y un par de toallas. Tampoco lleva mucho equipaje, solo un maletín de cuero negro con cerraduras que jamás se deja en la pensión. Sale temprano, nunca almuerza en la casa, y por las noches regresa con algo de cena que ha comprado en el Spar.

—¿Nunca se cambia de ropa?

—Parece que no. ¡Ah! Y otra cosa: no tiene móvil. Un día tuvo que hacer una llamada y le pidió a Alice un teléfono. Parece que llamó a un lugar del centro. Un anticuario.

—Un anticuario —dije mascando la palabra—. Quizá eso lo explica todo.

—Déjame adivinar —sonrió Gaurav—. Fue al cementerio a robar una vieja lápida para venderla por eBay.

—A lo mejor, ¿por qué no? Se cuela en una casa abandonada junto al cementerio, roba algo y sale de allí sin que nadie le pueda echar mano. Tiene todo el sentido del mundo.

—Pero has dicho que la Garda no debió de encontrar nada raro en St. Luke.

—Al menos no me han llamado para decírmelo —respondí.

Un grupo de jugadores de los Dukes, perfectamente borrachos, nos interrumpieron en ese punto. Había tres rubias por allí, con tacones altos, faldas cortas y una renovada afición por el hockey sobre hielo. Convencieron a Miros para que bailase con una. Ver a aquella muchachita atrapada en aquellos brazos gigantes rememoraba un poco a Fay Wray en las manos de King Kong en la versión de 1933.

—Hay otro asunto curioso sobre el tipo —dijo Gaurav mientras observábamos a Miros bailar torpemente con la rubita—. Algo que quizá no encaje muy bien con tu teoría... o qué demonios: quizá encaje muy bien.

—¿El qué?

—Se hospeda en la pensión hasta el 22 de junio.

—¿El 22? Eso es el sábado.

Gaurav dio un sorbo a su pinta con aire intrigante.

—Pues sea lo que sea lo que planea hacer, parece que para entonces lo habrá acabado.

Terminamos la última ronda y salimos medio tambaleándonos en dirección a nuestro barrio. Miros tuvo que cargar con su bolsa de deporte, sus palos de hockey y con nuestra pesada cháchara semiartística, de la cual no entendía mucho. Le despedimos en su portal (un decrépito bloque de apartamentos en Cabra Road) y seguimos caminando hasta Columbus Hill. Gaurav vivía al principio de la calle, no muy lejos de la casa de huéspedes de Annie Moore y eso reavivó la conversación. De hecho, hizo algo más que reavivarla.

—Vayamos a dar una vuelta —me propuso—. A Sycamore.

—¿Qué? ¿Ahora?

—¿Por qué no? —se rio—. Echemos un vistazo. Solo un vistazo. Después te dejo que me invites a un brandy. Pero me has metido suficiente intriga en el cuerpo como para querer ir esta noche.

Me reí por la espontánea locura de mi amigo, pero al mismo tiempo se la agradecí. Creo que llevaba todo el día rumiando esa misma idea. ¿Qué demonios había en esa bolsa que el hombre había sacado del cementerio? ¿Qué demonios había en esa casa?

—De acuerdo —dije—. Ya va siendo hora de conocer a mi nuevo vecino.

Caminamos casi en silencio el resto de la avenida. La perspectiva de aquella aventura había vaporizado parte de nuestra borrachera y nuestra conversación. Finalmente, en el último tramo de Sycamore, según la casa se iba haciendo visible en lo alto, nuestros pasos eran el único ruido en toda la calle.

—Aquí está. —Gaurav observaba la casa con los ojos brillantes de la emoción.

Nos encontrábamos al otro lado de la herrumbrosa cancela. Ante nosotros se elevaba el jardín asilvestrado, lleno de maleza y hierbas altas que se comían el espacio del antiguo sendero. Las escaleras de piedra y la vieja puerta. Y aquella casa que parecía decirnos: «Acercaos, entrad, soy una anciana desdentada y tengo el estómago vacío desde hace dos siglos».

—Vamos. —Gaurav empujó la cancela.

—Espera —dije yo, de pronto dubitativo—. ¿Y si está por aquí?

—Le pediremos azúcar y nos iremos.

Miré por la avenida una vez más y vi que no había nadie. Debían de ser la una o las dos de la madrugada, la hora en la que ese hombre solía aparecer por allí. Pero el alcohol y la compañía de mi aventurero amigo me dotaron de la bravura que el Creador me había negado de fábrica.

Cruzamos la verja y nos internamos en el jardín. Aquello, como he dicho, era un pequeño trozo de jungla en la ciudad. Años de abandono y las visitas de los gamberros del barrio habían convertido el lugar en un vertedero. Gaurav avanzó y yo me quedé un poco más atrás, observando la fachada con detenimiento. Las ventanas estaban rotas, cubiertas de maderos, pero pensé que alguien podría estar mirando a través de ellas. Mientras tanto mi amigo había subido los tres escalones de la entrada y se acercó a la puerta.

—Cerrada. ¿Llamo?

—No, no —respondí yo—, creo que todo esto es una puta locura.

—Vamos, Tom —dijo mientras daba tres fuertes golpes en la madera—. Solo saludar.

«El maldito indio loco» y «qué mal les sienta el alcohol a algunos» fueron dos de las frases que se me cruzaron por la cabeza mientras esperábamos, quietos, frente a aquella maciza puerta victoriana. Aguanté con los dientes apretados durante dos o tres interminables minutos hasta que pareció evidente que no había nadie ahí dentro.

—Bueno, lo hemos intentado —dije.

—Esto acaba de empezar —replicó Gaurav con una de esas sonrisas de «sígueme, esto se pone divertido»—. Supongo que tendrás una escalera o una buena cuerda —dijo según cruzábamos la calle en dirección a mi casa.

—Eso es un allanamiento.

—Me haces mucha gracia, Tom. ¿Qué diferencia hay entre imaginar y proceder? A un nivel ético, por supuesto. Es como esa gente que fantasea con una mujer... Llevas días queriendo saber lo que sucede en esa casa. Y ya sabes lo que decía Wilde sobre las tentaciones.

—Wilde acabó en la cárcel.

—No vas a ir a la cárcel —aseguró—. La Garda nunca va a tomar cartas en el asunto. Y tú eres la siguiente mejor opción del barrio para esclarecer este misterio. Además, eres escritor. Deberías estar interesado solo por eso. ¿Tienes o no tienes una maldita escalera?

Había un armario repleto de herramientas en la despensa de la planta baja. Vinnie había comprado cosas para la reforma antes de marcharse y allí encontramos una escalerilla de aluminio muy ligera, perfecta para lo que Gaurav pretendía. La cogimos y salimos al jardín trasero. La pared del cementerio era bastante alta, pero la escalerilla acortaba la distancia lo suficiente para encaramarse a ella.

Él saltó primero. Yo le seguí un poco a regañadientes. Cuando estuve arriba, sentado con una pierna a cada lado del muro, cogí la escalera y la pasé por encima.

—Joder, en menudo lío nos estamos metiendo.

—¡Vamos, Tommy! —respondió Gaurav recogiendo la escalera desde abajo—. El mundo es de los que no tienen miedo.

—Bonita frase. ¿Conoces la de «el cementerio está lleno de valientes»?

Con la escalera a cuestas, recorrimos la penumbra del camposanto hasta quedar a la altura del 160 y su jardín trasero. La operación fue igual de sencilla: apoyamos la escalera contra la pared del cementerio y Gaurav subió y saltó en primer lugar. Aterrizó sobre un tambor de lavadora que hizo un ruido de mil demonios. Yo tuve más suerte y solo pisé una botella de ginebra vacía. Parece que algunos vecinos habían aprovechado el abandono de la casa para deshacerse de basura y trastos viejos durante los últimos cien años. Por lo demás, el jardín era una jungla de hierbajos altos y maleza asilvestrada. Al fondo, detrás de una especie de viejo cobertizo, zumbaba la carretera de cuatro carriles que unía el oeste con el centro de Dublín. Y pegado al 160, las ventanas de la familia Wong permanecían a oscuras, en silencio.

Nos encaminamos hacia la fachada trasera. Aquí las ventanas de las tres plantas también estaban condenadas con tablones de madera. En la parte baja, la puerta-mirador de la cocina se hallaba cerrada con una cadena y las ventanas cubiertas con planchas de contrachapado. Parecía otro callejón sin salida, pero Gaurav no se daba por vencido. Había encendido la linterna de su smartphone e iluminaba los tableros, empujándolos, hasta que uno de ellos se movió un poco.

—Está suelto —dijo susurrante—. Sujétame el móvil.

Comenzó a moverlo mientras yo no quitaba ojo de la casa de los Wong. ¿Y si nos espiaban desde las sombras? ¿Y si estaban llamando a la Garda en ese mismo instante? ¿Qué explicación podríamos dar?

Gaurav había conseguido mover el tablón lo justo para que cupiéramos. Le quise decir algo, pero él ya no escuchaba. Estaba como hipnotizado por todo aquel misterio y, después de meter la primera pierna, la oscuridad de la casa se lo tragó como un guante negro.

—¡Vamos! —me apremió desde el interior.

Y yo pensé que, a esas alturas de la película, lo mejor era terminar con aquello cuanto antes.

La cocina —o al menos lo que una vez albergó la cocina— era una habitación cuadrada en la parte posterior de la casa. De su antiguo uso no quedaba mucho más que una vieja encimera machacada a grafitis, rayajos de navaja y quemaduras. Pero alguien había limpiado el centro de la habitación y dispuesto algunas cosas allí. Lo primero que vimos fue una pala y una escalera de aluminio, las dos tan nuevas que todavía tenían la etiqueta y el precio de Nolan's Hardware.

—Y con eso debió de subir la tapia —dije señalando la escalera—. La pala tiene rastros de tierra...

Gaurav siguió escrutando el lugar con su linterna. Había un juego de mesa y silla plegables de jardín, también recién compradas. Los objetos que reposaban sobre la mesa relucieron bajo la luz de la linterna: un bote de aceite lubricante WD-40, una caja de bastoncillos de algodón y un trapo que parecía envolver algo.

—¿Qué es todo esto?

Gaurav ya se había acercado.

—Parece que alguien ha estado trabajando aquí.

La teoría del pirómano a sueldo regresó con fuerza a mi mente. No sé nada de explosivos, pero todo aquello parecía el típico despliegue de objetos caseros con los que alguien es capaz de fabricar algo malo. Una bomba incendiaria, Goma-2...

—Ten cuidado —dije—, no toques nada.

Entonces Gaurav levantó uno de los lados del trapo e iluminó lo que había debajo. Creo que los dos emitimos una especie de jadeo al verlo. Gaurav retrocedió un par de pasos de forma instintiva. Yo no me podía ni mover.

Era un arma. Un arma de fuego.

—Es una Luger —dijo Gaurav.

—¿Qué?

Yo solo sabía que había llegado la hora de largarse de allí.

—Una Luger —repitió mientras apuntaba mejor con la linterna—. Una pistola alemana. Es una antigüedad. Se usó en las dos guerras mundiales. Parece que ha estado limpiándola.

La luz del móvil iluminó los contornos del arma.

—¿Por qué crees que...? —Dejé que la frase muriera sola—. ¿Quizá es lo que sacó del cementerio?

—Puede ser —asintió Gaurav—, mira el suelo.

Enfocó la parte que quedaba bajo la mesa. Había varios trapos muy sucios. Parecían el producto de muchas horas de trabajo limpiando y lubricando aquella pistola.

—No entiendo nada —dije—. ¿Ha estado limpiando una pistola? ¿Para qué?

—Quizá para venderla. Quizá para otra cosa...

—¿Para disparar a alguien? —pregunté con una voz tan débil y temblorosa que incluso llegó a avergonzarme un poco.

—Vamos, echemos un vistazo rápido y larguémonos de aquí cuanto antes.

Se aventuró hacia el pasillo y yo fui detrás. Las maderas crujían bajo nuestras pisadas. Si había alguien en esa casa y tenía el oído sano, nos habría detectado ya. Recé para equivocarme. La imagen de esa pistola me repicaba en el cerebro como una amenaza.

«Ahora sí que sí. Llamaré a la Garda, les diré que hay una pistola en la casa. Ese tipo es muy peligroso».

Avanzamos hasta el recibidor y la luz de Gaurav iba iluminando un paisaje sórdido. Todo estaba roto allí, y así llevaría muchos años. En el salón, un papel de la pared de color azul celeste estaba arrancado, los muebles hechos trizas, las paredes cubiertas con miles de grafitis: corazones, insultos, garabatos obscenos. Nos encontrábamos en el lugar de recreo de decenas de adolescentes que durante décadas habían recalado en aquellas ruinas para todo tipo de celebraciones: ponerse hasta las botas de cerveza, cannabis o algo peor. Sesiones de sexo sórdido, rápido y seguramente nunca demasiado bueno. Rituales satánicos. Invocaciones espiritistas. Sesiones de tabla de ouija en las que los espíritus siempre tenían nombres extraños y respondían mal a todas las preguntas.

Unas escaleras subían a la primera planta, pero esta vez la bravura de Gaurav decayó. Quizá colaboró en ello el hecho de que la mitad de la barandilla no existiera, o de que algunos escalones estuvieran hundidos. O quizá la honda negrura que se abría ahí arriba.

Iluminó unas huellas de zapatos perfectamente dibujadas sobre el polvo.

—Eso, por lo menos, significa que la escalera todavía aguanta —dije—. Déjame ir primero.

Lo hice, quizá solo por las ganas que tenía de acabar con aquello, quizá porque odiaba la idea de parecer un cobarde ante mi amigo o incluso ante mí mismo.

Encendí mi propia linterna y subí con el culo pegado a la pared, siguiendo el rastro claro de esas huellas recientes. Aquella era una vivienda de dos plantas como la de Vinnie (y como casi todas las casas residenciales de Irlanda). Llegué a la primera. Un pequeño distribuidor de tres habitaciones (trasera, frontal y oeste). Las huellas se dirigían todas a la misma estancia. La del oeste. La que daba al cementerio.

—Vamos —dijo Gaurav, que había aparecido a mi espalda.

Entramos, uno detrás del otro, iluminando el techo y las paredes de aquel cuarto en las que el color borgoña había sobrevivido milagrosamente, así como las decoraciones de escayola del techo. De pronto, todo aquello me recordó a algo… ¿A qué? ¿A un sueño tal vez?

—Mira. —Gaurav iluminó la chimenea de la habitación, cuyo paramento había resistido el paso del tiempo en más o menos buen estado.

La chimenea también me resultaba terriblemente familiar. Aquello me provocó un tremendo *déjà vu*. ¿Acaso había estado antes allí? Gaurav se había acercado e iluminaba algo en la repisa. Era una caja de cartón. Al acercarnos, vimos que se trataba de tiza blanca. Y eso nos llevó, casi en el acto, al siguiente descubrimiento. El trozo de suelo que había justo enfrente de la chimenea. Alguien había delineado un cuadrado con la tiza blanca. Y unos números:

22/06 – 23.59

—¿Qué es esto?

—Bueno. Está claro que una fecha y una hora —dijo Gaurav—. 22 de junio. O sea, pasado mañana.

—Once y cincuenta y nueve —seguí leyendo—. ¿Crees que el tipo se va a pegar un tiro a medianoche?

—No lo sé... Pero todo esto significa algo... Algo...

Gaurav dejó de hablar. Vi que se fijaba en un punto a mi espalda. Se me heló la sangre pensando que había alguien en la puerta, pero no era eso.

—¡Mira! —Me cogió del hombro y me empujó con fuerza para que me girara.

Lo hice y apunté con la linterna al mismo sitio que él.

—¡La bolsa! —dije.

Nuestras luces enfocaban un bulto de color negro apoyado junto a la puerta (razón por la que no la habíamos visto al entrar). No era una maleta, ni tampoco una bolsa deportiva, se podría decir que estaba a medio camino entre ambas cosas. Era alargada y oscura, pero de un material elegante, no de lona o tela, sino de algo parecido al cuero. De hecho, pensé que se asemejaba mucho a ese tejido de apagado brillo con el que estaba hecha la gabardina de nuestro misterioso amigo.

—¿Crees que es la que sacó del cementerio?

—Se aprecian restos de tierra —dije—. Sí. Esto es lo que arrastraba esa noche.

Me agaché frente a la bolsa y la observé con cuidado.

—¿Qué hacemos?

—Abrirla, maldita sea —contestó Gaurav sin poder contener sus nervios.

El tipo de cierre era lo primero que sorprendía de aquello. La bolsa estaba cerrada con una gruesa cremallera hecha de un extraño acero. Tiré de ella, diente a diente, hasta que quedó abierta como la boca de un tiburón. Entonces asomé la linterna dentro, antes de ocurrírseme meter la mano y toparme con un nido de escorpiones o algo peor. Pero el contenido del interior se reveló ordenado. Un conjunto de líneas rectas. Un tejido doblado.

Ropa. Un traje.

Mejor dicho: un uniforme.

Extraje lo primero que me venía a la mano. Su color verdusco y el especial bordado de los bolsillos del pecho nos dio la pista inicial: era una chaqueta militar. Apestaba a tierra y humedad, pero parecía bien conservada. Tenía un par de galones cosidos en los hombros y cuando Gaurav los iluminó, dos hojas de roble plateadas destellaron ante nuestra mirada.

—Es un uniforme —confirmó Gaurav—, y parece auténtico.

Registré la bolsa intentando no remover demasiado su contenido. Gaurav apuntaba con su teléfono e iba iluminando el resto de las cosas: un uniforme completo de algún alto mando militar, botas, gorra, condecoraciones y pistolera incluida. Finalmente, en el fondo de la bolsa hallamos la pista definitiva. Un brazalete de color rojo con la esvástica bordada sobre él.

—Un puto uniforme nazi —dije—. Eso es lo que es.

Salimos de allí tan atolondradamente que fue un milagro que no despertáramos a los Wong o al párroco de St. Luke.

Solo cuando estuvimos en mi cocina, a salvo y con dos copas de brandy, pudimos recuperar un poco de ánimo y de color en la cara.

—¡Un nazi! ¿Qué hacemos ahora? —dije mientras me encendía un cigarro con una mano temblorosa—. ¿Llamamos a la policía?

—¿Para qué? —respondió Gaurav—. El tipo no ha hecho nada realmente. Puede ser un nostálgico de Hitler. O un coleccionista...

—Pero ese uniforme nazi... ¿es legal tener eso en Irlanda?

—Supongo que sí mientras no intentes fundar un partido nacionalsocialista.

Gaurav bebía tranquilamente, pensativo. Yo en cambio estaba hecho un flan, fumando y dando vueltas por la cocina.

—Pero la pistola parecía real —insistí—. Se necesita tener un permiso para eso... Yo digo que hay que llamar a la Garda.

Gaurav se lo tomó con calma antes de responder.

—Vale, imagínate que les llamas, entran en la casa y requisan el material. La primera pregunta que tendrás que responder es cómo sabías que todo eso estaba allí.

—Les diré que fui a echar un vistazo.

—Eso sería admitir un delito.

—Bueno, de acuerdo, haremos una llamada anónima.

—Ya no existen las llamadas anónimas, Tom. Y de todas formas, ningún juez emitiría una orden de registro basándose en una llamada anónima... Además, piénsalo solo por un instante. Si la Garda interviene ahora, arruinará lo que sea que esté a punto de pasar con... llamémosle señor Kaldermorgen. Sea un rollo neonazi, sea una venta ilegal de antigüedades, lo mejor sería esperar a pasado mañana. Cuando la cosa realmente esté en marcha. Entonces podrás llamar diciendo que eres el vecino y que has oído ruidos extraños o un disparo... y los pillarán con las manos en la masa.

Nos bebimos el resto del brandy y después preparé un cigarrillo «especial» que terminó de relajarme un poco. Nos lo fumamos sentados frente a la ventana de mi dormitorio, especulando con el millón de cosas que podía significar todo aquello.

Gaurav madrugaba al día siguiente, así que se fue a su casa y me dejó solo.

—Intenta dormir —me dijo, pero yo estaba convencido de que eso iba a ser imposible.

Me acomodé en la butaca, a oscuras, y me preparé para una larga noche de vigilia... Aquel hombre del sombrero y la coleta blanca iba camino de convertirse en algo parecido a una fobia, a una obsesión. ¿Quién era Kaldermorgen? ¿Qué hacía en esa casa? ¿Por qué el uniforme nazi? Y sobre todo, ¿qué le unía a la señora O'Rourke?

Antes de que pudiera darme cuenta, me quedé dormido sobre la butaca. Soñé con una habitación de paredes color borgoña y decoraciones de escayola blanca. En aquella vieja y fabulosa radio sonaba Wagner... y después una voz en alemán...

Y el niño... Había un niño...

Me hubiera gustado hablar con Amelia a la mañana siguiente, pero no había nadie en el jardín y la cocina parecía desierta. ¿Adónde habrían ido tan temprano? Además, según me terminaba el primer café del día, apareció por allí un contratista —Douglas Brown—, a quien Vinnie había contactado para que echase un vistazo a la vivienda. El señor Brown, un tipo con cara de zorro y un eterno palillo entre los dientes, apareció montado en un Porsche Cayenne negro con una pegatina del St. Declan's Hurling Club. Resopló, resopló y resopló mientras recorría la casa observando los desperfectos en las cañerías, tejado, suelos, ventanas. Dijo que íbamos a necesitar un milagro para arreglar aquello, lo cual supuse que se iba a traducir en unos cuantos ceros extra en la factura.

—Tendré que hablar con Vinnie —respondí, y él se encogió de hombros.

—Mejor hablar con la Virgen, vamos a tener que desmontar la casa pieza a pieza.

Después cogió el plano del nuevo diseño y se puso a marcar algunas paredes con una tiza de colores. Los tabiques del salón y la cocina, principalmente, ya que Vinnie planeaba unirlo todo en la reforma.

—Es para los chicos de los martillos —dijo cuando le pregunté—. Ellos vendrán en primer lugar.

—Ah...

—Por cierto, ¿vive alguien aquí? —preguntó mirando las cajas de cereales que se apilaban en la encimera de mi cocina—. No creo que pueda haber nadie aquí durante la obra. Esto va a ser como Vietnam.

Brown dijo que podían empezar en un par de semanas. Le dejé mi contacto, lo vi marchar en su ruidoso Porsche, calle abajo, y me quedé con el corazón roto, a punto de perder la casa en la que había planeado vivir al menos un año más, y preguntándome qué demonios iba a hacer ahora con mi vida.

A media tarde el viento sur seguía abrasando la ciudad y aunque el cielo se iba llenando de nubes cada vez más oscuras, la tormenta no acababa de llegar. Tenía que tramitar algunos papeles y comprar varias cosas en el centro y pensé que quizá era lo mejor para distraerme un rato.

Bajé hasta el Village y me planté en la parada del autobús. En unos minutos tenía la boca reseca y la sensación de polvo en la lengua. Un hombre que esperaba también el 77 se puso a comentar el tiempo.

—Como no empiece a llover, no sé lo que va a pasar.

—Ciertamente —respondí con parquedad, porque ese día no me apetecía charlar demasiado.

Pero, como buen irlandés que era, el hombre siguió a lo suyo:

—Yo llevo tres noches sin dormir, dando vueltas en la cama. Además, ¿se ha dado cuenta de cómo huele todo el barrio a beicon frito? Esas malditas barbacoas...

En eso tenía razón y se la concedí con un gesto de mandíbula.

—Irlanda no está preparada para este clima del desierto —continuó—. La última vez que tuvimos una ola de calor así murieron no sé cuántos. Fue hace unos cincuenta años por lo menos. Yo lo recuerdo muy bien. Era niño y mi padre tuvo que comprar una bañera del desguace para que nos metiéramos en ella, y...

En ese momento, gracias a Dios, apareció el 77 y cortó de raíz aquellas batallitas de los años setenta, con sus olas de calor y sus pequeños irlandeses bañándose en calzoncillos.

Dejé pasar al vecino primero, sobre todo para asegurarme de que no se me venía a sentar al lado, y yo ocupé uno de los asientos del fondo del autobús, que iba medio vacío. El 77 arrancó y llegamos a la confluencia de Sycamore y Columbus, justo donde se ubicaba el Spar. Desde mi asiento vi a Miros plantado en la puerta, con las manos entrelazadas y cara de póquer, seguramente controlando a algún delincuente amateur. Eso me hizo pensar en Gaurav y la aventura de la noche anterior, que ahora aparecía como un recuerdo difuminado, quizá por la mezcla de alcohol y emoción.

Me alegré de que Gaurav me hubiera convencido de no llamar a la policía. A lo mejor ahora mismo estaría metido en un buen lío, o en un calabozo, acusado de allanamiento... Y de todas formas, ¿qué me importaba a mí todo ese asunto? En nada me largaría de la casa de Vinnie, de aquel barrio, puede que incluso de la ciudad. En Dublín solo me quedaban un par de buenos amigos y una novela a medias... Tal vez fuese todo una gran excusa para comenzar un largo viaje...

Tomamos Columbus Hill y el autobús rugió subiendo la larga cuesta. El trayecto nos hizo pasar cerca de la casa de huéspedes de Annie Moore, lo que me volvió a recordar el asunto de Kaldermorgen. «Ese loco tiene un uniforme nazi y una pistola escondidos en la casa de Sycamore Avenue», pensé. «Bueno, supongo que es algo normal en una gran ciudad. Está todo lleno de gente pirada, ¿no? ¿Por qué habrías de meterte en sus asuntos?».

Después pensé en los O'Rourke. Sobre todo en aquel aura de misterio que envolvía a Amelia cuando le hablé del intruso. De pronto se me ocurrió algo: ¿y si fuera un antiguo vecino con el que ella tuvo un romance en su día? Eso explicaría su gesto sombrío y su recato al hablar del tipo. Puede que todo se redujera a eso: un chico con el que salió hacía siglos y del que nunca había vuelto a saber nada.

El 77 frenó junto a la parada que había en lo alto de la colina. Las puertas se abrieron y subió una sola persona.

Él.

Era tan alto que la copa de su sombrero negro de ala ancha casi rozaba el techo del autobús. Se detuvo a pagar su billete sin intercambiar el habitual saludo con el conductor. Luego se giró hacia el pasillo y comenzó a caminar mirando al fondo del bus con esos ojos grises de reptil. Yo empecé a arrugarme como una ciruela pasa. Si hubiera podido saltar por la ventana, creo que lo habría hecho. ¿Venía a por mí?

Me puse a mirar hacia la calle, a disimular mi terror mientras el sonido de sus botas se acercaba paso a paso por el pasillo del vehículo. Pero entonces se detuvo a unas tres filas de mi asiento. Se dio la vuelta y se sentó allí, contra una ventana.

El autobús prosiguió su marcha y mi corazón fue volviendo a su ritmo normal poco a poco. El adorador de Hitler no venía a dispararme con su Luger. Recordé que la mujer de Shaurav, el primo de Gaurav, le había dicho que el extraño huésped se pasaba la mitad del día fuera. De modo que solo habíamos coincidido de casualidad. Pero ¿adónde iba? ¿Al centro? ¿A hacer qué? Pensé que aquella era una gran oportunidad para saber algo más sobre el tipo. Y mis recados podían esperar.

Lo escruté con cautela. Su sombrero de ala ancha y esa larga coleta blanca trenzada le daban un aire tan peregrino como evocador. Parecía un viajero de otras latitudes, desde luego muy lejanas a la provinciana Dublín. ¿Quién era? ¿De dónde venía? Observé el maletín de aspecto antiguo que portaba en su regazo. Según Shaurav no tenía más equipaje, ni tampoco ropa. Solo esa gabardina —cuyo olor a baúl viejo me llegaba en la distancia— y unos pantalones y unas botas a juego. Todo del mismo material de brillo apagado que me parecía haber reconocido en la bolsa donde había encontrado el uniforme.

El resto del trayecto transcurrió como era habitual en un autobús de Dublín en una tarde cualquiera. Gente que sube y baja. Algún borrachín, algún joven vándalo que se va a la parte de arriba a fumar, una normalidad de frenazos, curvas y tráfico cada vez más denso a medida que nos acercábamos al centro de la ciudad. Nuestro hombre fue como una estatua de cera en todo ese rato. Las manos relajadas sobre la agarradera de su maletín, la vista al frente, el cuello recto, ni un movimiento nervioso. Llegamos al siempre tumultuoso cruce de Dame y College Street y entonces le vi extender la mano y apretar el botón de parada.

Me preparé para bajarme yo también.

El autobús se detuvo en Nassau Street. Kaldermorgen, que estaba más cerca de la puerta, bajó el primero. Yo dejé salir a los otros cuatro pasajeros que iban tras él mientras le veía dirigirse a la derecha a través de las ventanas del bus. Salté a la acera y disimulé un poco mirando el escaparate de una tienda de gorras y mantas irlandesas. Le vi esperar un semáforo y cruzar Nassau para encaminarse hacia uno de los accesos del Trinity College.

Se dirigía a la universidad... Y por algún motivo, no me pareció nada sorprendente.

El campus del Trinity College es un gran pulmón verde en el corazón de Dublín. Sus hectáreas de césped perfecto y la visión de los antiguos edificios de sus facultades son un descanso en el apabullante y ruidoso centro de la ciudad. Yo solía refugiarme allí cuando trabajaba de camarero en el Foggy Dew. Me llevaba un sándwich y comía viendo un partido de hurling o de rounders, o a los grupos de monadas universitarias que hacían pícnic. También conocía muy bien la biblioteca, porque allí fue donde comencé con mis primeros intentos de escritura. Y por eso supe que Kaldermorgen se dirigía en línea recta hacia ella.

La biblioteca del Trinity College es la más importante de Irlanda. Ahí descansa, entre otras joyas, el famoso Libro de Kells (un manuscrito iluminado del año 800) y otras tantísimas obras de incalculable valor, noblemente atesoradas en su famosa Long

Room, que es en sí misma una de las atracciones más visitadas.

Había una larga cola de turistas esperando en la entrada de la exposición, pero Kaldermorgen pasó de largo y embocó una de las entradas laterales, que daba acceso a estudiantes, investigadores o simples usuarios de la biblioteca.

Yo, que ya había recortado distancias, me colé detrás y le seguí escaleras arriba. Subió un par de pisos por la amplia escalera de mármol y entró en una de las salas de estudio. La sala estaba dividida entre una larga fila de mesas individuales y los anaqueles de libros. Vi que Kaldermorgen se iba al fondo, pero yo me senté en la primera mesa que vi libre (esa tarde no había demasiada gente) y me oculté tras el panel de madera. No podía arriesgarme a que me reconociera del autobús.

Le seguí con la mirada. Llegó a una de las mesas del fondo y se quitó el sombrero, la gabardina, dejó el maletín en el suelo. Era la primera vez que le veía el cabello y el rostro al completo. Una cara alargada y una densa mata de pelo blanco... Luego colocó las prendas en la mesa y se sumergió entre dos columnas de anaqueles. Eso me hizo fijarme en los rótulos de temáticas que estaban expuestos en la parte superior de cada columna. Nos hallábamos en una sala dedicada a las humanidades. Arte, literatura, historia... Pero ¿en qué estaba interesado Kaldermorgen? No era capaz de leerlo desde allí.

Me quité la chaqueta para dejar cogido el sitio y me puse en pie. Avancé por los anaqueles muy despacio hasta que estuve más o menos en la mitad de la sala y pude por fin leer el rótulo de la sección donde Kaldermorgen seguía metido: HISTORIA DEL ARTE.

Entré en un pasillo y cogí un libro al azar: *Un análisis del sintoísmo* (resultó que era la sección de filosofía y religión orientales) y regresé a mi mesa. Kaldermorgen hizo lo propio unos cinco minutos más tarde. Llevaba tres libros en la mano. Los depositó en su mesa, se sentó y comenzó a leer. ¿Eso era todo lo que el viejo nazi hacía durante sus horas libres? ¿Leer sobre arte en la biblioteca?

Me puse a leer sobre el sintoísmo. En realidad, no había mucho más que hacer allí, pero no pensaba moverme en un buen rato. Quería vigilar sus pasos, ver adónde iba después: ¿a cenar?, ¿y luego?, ¿a seguir limpiando su Luger y probarse un uniforme de las SS? Así que me centré en la lectura de aquel tratado mientras, de vez en cuando, iba echando un ojo al extraño personaje, que —sentado a unas cuantas mesas de la mía— parecía absolutamente enfrascado en la lectura.

La tarde avanzó y la luz comenzó a declinar. Los estudiantes fueron marchándose y las lámparas de los escritorios se convirtieron en la única iluminación de la sala. Kaldermorgen llevaba por lo menos dos horas sin moverse. Y yo con él. Me dolía el culo, tenía hambre y la vejiga empezaba a emitir señales de alarma, pero estaba totalmente metido en mi papel y no pensaba rendirme. Si para algo me ha servido consagrar mi vida a leer y ver películas es para saber cómo se comporta un detective privado. Hay que esperar y esperar, y comer algún dónut que otro (Dios, ¡lo que habría dado por un dónut!).

Justo cuando el reloj daba las ocho y media de la tarde, Kaldermorgen se puso en pie. ¿Se marchaba? Podía verle por encima del panel enmaderado de mi escritorio. Se estaba estirando, mirando por la ventana. Comenzó a caminar en dirección a la salida, pero sin coger el sombrero ni la gabardina. ¿Iba al baño?

Pasó a mi lado y pude ver que llevaba el maletín negro asido en la mano derecha. No lo abandonaba ni para ir a cambiar el agua al canario. Por lo demás, se había dejado la gabardina, el sombrero y los libros sobre la mesa... y me di cuenta de que esa era la ocasión idónea para saber algo más. Solo tenía que jugármela un poco. Pero ¿cuánto tiempo tenía? Quizá un minuto, dos...

Escuché el golpeteo de la puerta sobre su marco, me giré y confirmé que había salido. Me puse en pie y caminé más bien rápido hacia su mesa mientras disimulaba leyendo los carteles de las secciones. Había solo otro estudiante a esas horas y estaba de espaldas a la mesa de Kaldermorgen, con unos cascos puestos, enfrascado en su lectura. Era una oportunidad de oro y no podía desaprovecharla.

Llegué a la altura de su mesa. Miré otra vez hacia atrás para asegurarme y me colé en el cubículo. Me senté en su sitio. Lo primero que hice fue observar la mesa. Había un cuadernito de notas, un lapicero y tres libros de historia. Dos cerrados —*El saqueo de Europa* y *El tesoro de Hitler*— y uno abierto que tomé entre mis manos y volteé para leer su título también. *Arte europeo desaparecido durante la Segunda Guerra Mundial.*

El tomo estaba abierto por una lámina: el cuadro que representaba a un muchacho joven. El título era *Retrato de un joven*, de Rafael, y en la página contraria se podía leer la siguiente leyenda:

En 1939, Hans Frank, un nazi destinado en Polonia por Adolf Hitler, lo confiscó del Museo Czartoryski, junto con *La dama del armiño* y un cuadro de Rembrandt. Estos lienzos decoraron su residencia. Cuando los aliados lo arrestaron en 1945, se recuperaron el Rembrandt y el Da Vinci, pero no el cuadro de Rafael, que se vio por última vez ese mismo año. Las fotografías que se conservan de la pintura son todas en blanco y negro.

Me quedé mirando todo aquello sin comprender demasiado bien. ¿Arte robado por los nazis?

Pasé a leer el cuaderno de notas que había junto al libro. Pude distinguir el nombre de Hans Frank, el nazi que había confiscado el cuadro de Rafael en Polonia. Volví a girarme, Kaldermorgen aparecería en cualquier momento. ¿Podía hacer algo más? Cogí el cuaderno de notas y ojeé la página anterior. Había más notas. Apuntes bibliográficos:

Arte desaparecido en la Segunda Guerra Mundial

Vida y costumbres de Berlín en los años treinta

Guía de alemán

Antes de levantarme de allí se me ocurrió una última cosa. Metí la mano en el interior de la gabardina que estaba apoyada en la silla y rebusqué hasta dar con algo parecido a una cartera. La extraje. Era una pieza del mismo material que aquella gabardina y aquel sombrero... la abrí y miré dentro. Había billetes. Pero no eran euros precisamente, sino viejos billetes alemanes con la palabra «*Reichsmark*». Alcé una pequeña solapa y encontré una tarjeta de visita. Ponía lo siguiente:

DR. VIKTOR KALDERMORGEN
COLECCIONISTA

¿Coleccionista? Por fin desvelábamos la profesión de aquel hombre.

Había pasado ya más de un minuto y tenía que largarme de allí, pero descubrí una cosa más pegada a la tarjeta. Era un papelito de color amarillento y doblado unas cuantas veces para caber en el compartimento de esa cartera. No pude resistirme a sacarlo y desdoblarlo. Su contenido me pareció tan interesante como incomprensible:

Plan de viaje 1933 (de *Labyrinthus temporis*):

22 de junio: Sycamore Avenue 160, Dublín. Primer piso de una casa abandonada, habitación de paredes rojas.

22 de junio: Unter den Linden, 34, Berlín. Cuarto piso, dormitorio principal. (No hay nadie residiendo en ese momento).

14 de enero: sótano tercero del hotel Bellevue, en Bellevuestrasse, Berlín. Despensa en la sala de calderas.

La nota seguía con más localizaciones y fechas. Yo no acababa de entender nada de todo aquello, pero entonces un ruido de pasos lejanos me sacó de mi ensimismamiento. Querría haber sacado una fotografía de aquel listado, pero no había tiempo. Con mano temblorosa, volví a doblar el papel y lo devolví a la cartera, que fue a parar al bolsillo de la gabardina.

Según me estaba levantando, vi que se abría la puerta de la sala. De un par de zancadas muy rápidas me oculté entre dos anaqueles confiando en que Kaldermorgen no me hubiera visto.

Allí me quedé, escondido entre libros, hasta que le vi pasar. Regresé a mi escritorio por el corredor que había al fondo de las estanterías. El tipo había vuelto a sentarse, pero decidí que había llegado el momento de largarme. No quería exponerme a que notase que alguien había estado registrando sus cosas.

Salí del edificio de la biblioteca y paré a un par de estudiantes que fumaban junto a la puerta de su facultad. Les pedí prestado un bolígrafo y un trozo de papel donde intenté volcar todo lo que recordaba haber leído en aquella mesa.

Acto seguido, cogí un autobús y me fui directamente a hablar con Gaurav.

—El *Retrato de un joven*, de Rafael —dijo Gaurav mientras sorbía una perfecta capa de espuma en lo alto de su pinta de Guinness—. Claro que lo conozco.

Estábamos Gaurav, Miros y yo sentados en el Old Royal Oak, un pub bastante íntimo del barrio de Saint James. Nada más regresar del centro, había ido a buscarlos al Spar. Según les relaté mis peripecias de la tarde, Gaurav dijo que había que montar un gabinete de crisis inmediatamente. Y qué mejor lugar que un pub de barrio para ello.

No había mucha gente en el Old Royal: un hombre mayor tocaba versiones de Van Morrison en una esquina, y dos parejas le observaban con aire de aburrimiento desde la barra. Nosotros estábamos al fondo del local, concentrados en nuestro asunto.

—¿Estás seguro de que ese era el cuadro? —preguntó Gaurav.

—Sí. Y tenía el nombre de ese nazi escrito a mano en una libreta.

—Hans Frank era el gobernador general de la Polonia ocupada. Lo confiscó del museo de la familia Czartoryski, en Cracovia, para decorar su residencia, en el castillo de Wawel. Fue una de las muchísimas pinturas y obras de arte que se robaron en esos años, pero casi todas se recuperaron al término de la guerra, bien por la comisión aliada, o bien por el Gobierno polaco. Todas menos *Retrato de un joven*, cuyo paradero sigue siendo un misterio...

—¿Y crees que Kaldermorgen puede saber algo sobre el cuadro? —pregunté—. En su tarjeta decía que era coleccionista...

Gaurav me observó en silencio.

—Eso, querido Tom, sería como si tú y yo descubriéramos que ese tipo de la guitarra es Elvis Presley... La noticia del siglo —respondió al fin.

Nos reímos, incluido Miros que, por primera vez, parecía entender algo de la conversación.

—Para que te hagas una idea —continuó Gaurav—, en el año 2012, el Gobierno polaco afirmó que habían hallado el cuadro en el depósito de un banco... Al final resultó ser una falsa alarma, pero recuerdo que se hablaba de un valor de mercado de quinientos millones de dólares. Y por supuesto, Polonia lo reclama como tesoro nacional.

—Quinientos millones —repitió Miros arqueando las cejas—, fiuu.

—Se dice que la familia Rothschild también lleva años buscando tres Caravaggios que les robaron en Francia. Pero no creo que ninguno de esos cuadros hayan terminado en Dublín, y mucho menos en esa vieja casucha de Sycamore Avenue.

—¿Y qué me dices de Berlín? Un lugar llamado... espera. —Me detuve a leer mis propias notas—: *Unter den Linden.*

—Esa es una de las calles principales de la ciudad. ¿De dónde ha salido ese nombre?

—Kaldermorgen lo tenía anotado —respondí—. Estoy casi seguro de que era el número 34. Y hablaba de una habitación, un dormitorio en la primera planta de un edificio... ¿Crees que esto puede tener algún sentido?

—¿Dónde has leído todo eso?

—En una nota que llevaba en su cartera. Ponía algo de un plan de viajes y algo en latín... «*Labyrinthus tempus*».

—¿*Labyrinthus temporis*? —me corrigió Gaurav.

—¡Eso es! ¿Te suena?

—Significa «el laberinto del tiempo» —dijo con la boca repentinamente pequeña—. Me quiere recordar a algo... Una cosa que nos contó un profesor de la universidad, en Bombay... pero...

Sacó el móvil y se puso a mirar cosas en Google sin decir mucho más. Miros me dio un codazo y me preguntó si quería salir a fumar un rato. Y allá que fuimos. Hacía una noche estrellada y cálida. El olor de la cebada de la fábrica de St. James's Gate flotaba en el aire como un espíritu. Y también olía a barbacoa. Recordé a aquel vecino que se quejaba del olor a beicon frito y pensé que tenía más razón que un santo.

—Mi abuelo luchar contra nazis, ¿eh? —dijo Miros—. Resistencia checa.

—¿En serio?

Miros asintió.

—Nazis matar a toda su familia. Niños y todo. Mi abuelo escapar... —Apretó el puño delante de mi cara—. Yo querer decirle un par de cosas al nazi de la casa abandonada.

—Espero que no haga falta, Miros. —Tragué saliva ante el tamaño de aquel puño.

Terminamos los cigarrillos y volvimos dentro. Gaurav no había conseguido encontrar lo que buscaba y tampoco nos explicó lo que era, pero dijo que al día siguiente pediría un rato en el Spar para ir a la biblioteca.

—Pero mañana ya es 22 —dije yo—. Lo que sea que va a suceder, será mañana.

—Lo sé. Sobre la medianoche.

—¿De qué crees que va todo esto?

—Vamos a ver. Hasta ayer pensaba que Kaldermorgen era un pobre loco. Un nostálgico de los tiempos de Hitler. Pero la palabra «coleccionista» en su tarjeta de visita lo cambia todo.

—¿Qué quieres decir?

—Puede que ese uniforme no sea cualquier uniforme. ¿Y si perteneció a algún cargo importante de las SS? ¿A Hitler? Se ve que el tipo está puesto en historia y tiene afición por las cosas valiosas. El otro día oí que alguien había pagado un millón de euros por una servilleta donde McCartney escribió una canción.

—Pero ¿por qué lo tenía escondido en el cementerio?

—Ni idea. Quizá sea un sistema de intercambio. La casa está cerca del cementerio, podría ser un lugar de encuentro para esos negocios. Esconden el material en alguna sepultura, se citan una noche con su cliente y las venden. Y creo que eso es lo que podría ocurrir mañana.

—¿Tan sencillo como eso? ¿Un negocio?

—No lo sé, Tom. Mañana nos apostaremos en Sycamore Avenue toda la noche... Desvelaremos lo que hay en este asunto de una vez por todas. Aunque nos pasemos la noche en vela.

—Eso será fácil en mi caso —dije—. No creo que pueda pegar ojo con esta maldita historia.

Era ya cerca de la medianoche cuando volví a casa caminando por una desierta Sycamore Avenue. El viento sur arrastraba la basura en pequeños remolinos que bailaban bajo la luz amarillenta de las farolas. Era lo único que se movía a esas horas. Al final de la calle, la pared del cementerio se alzaba como una silueta coronada con las puntas de algunos cipreses. Me fijé en que la última farola estaba rota o estropeada, y las dos últimas casas —la de Vinnie y la de enfrente— se hallaban sumidas en una insólita penumbra.

Me detuve junto a mi cancela. Miré a la casa de Amelia O'Rourke, que estaba a oscuras. Esta noche parecían estar durmiendo en paz. Me giré y observé la fachada del número 160. La conversación con Gaurav había atemperado mis nervios otra vez... Un negocio entre coleccionistas de fetiches. ¿Ahí acababa todo? Desde luego era la única explicación racional para aquello... pero había algo en ese asunto, en la suma de las partes, que me seguía provocando un nudo en las tripas.

Recordé la extraña nota que Kaldermorgen portaba en su cartera, el *Labyrinthus temporis*: «22 de junio: Sycamore Avenue 160, Dublín. Primer piso de una casa abandonada, habitación de paredes rojas...».

Su gabardina negra, hecha del mismo material que la bolsa. El cuadro de Rafael. Su tarjeta de visita donde ponía «Coleccionista». ¡Ah! Había olvidado hablarles a Miros y Gaurav de los viejos billetes del Reichsmark que había encontrado allí también.

Las tres pintas de Guinness habían logrado suavizar la ansiedad de ese día. Entré en casa, cené una lata de sardinas y subí a fumarme un cigarrillo «con especias» junto a la ventana. ¡Cómo iba a echar de menos aquella butaca con vistas! Aquellas amplias habitaciones, aquellos árboles de Sycamore Avenue... Posiblemente —y a pesar de su estado— era la mejor casa en la que había vivido en Dublín. ¿Adónde iría a parar ahora? ¿A qué agujero?

Estuve despierto hasta casi las dos de la madrugada, escribiendo junto a mi ventana, o al menos intentando escribir mientras vigilaba la calle, pero, a excepción de un par de gatos callejeros, nadie apareció por Sycamore Avenue.

Después caí rendido en algún momento.

Esa noche volví a soñar con la habitación de paredes rojas, de los altos techos con sus decoraciones de escayola y la vieja radio que emitía música en alemán. Esta vez, en un curioso estado de semiconsciencia, supe desde el primer instante que me encontraba dentro de un sueño. Todo se reproducía más o menos en la misma secuencia, pero yo acertaba a distinguir más detalles, como por ejemplo una lámpara elegante, de perlas de cristal, que pendía del centro de la habitación. Las cortinas eran de color marfil y fuera se veía una larga y ancha calle. Un bulevar. Aquello no era Sycamore Avenue, claro que no. Era Berlín.

«Quizá se están mezclando la realidad y la ficción».

«¿No es lo que ocurre en los sueños?».

Me acerqué a la ventana atraído por un estrépito en la calle. Gritos y algo más: una música pesada, como una marcha militar acompañada de potentes tambores. Ahí abajo estaba celebrándose un tremendo desfile. El bulevar se hallaba atestado de gente que saludaba, manos en alto, a un pelotón de militares que pasaba portando insignias, banderas rojas con el símbolo de la esvástica en el centro.

Los sueños son experiencias emocionales, según Freud. Lo importante no es «lo que pasa» sino «lo que sientes» en ellos. Y creo que cualquiera que conozca la historia europea del siglo XX sentiría esa mezcla de terror y sobrecogimiento al ver a las masas enfervorizadas, unidas alrededor de un solo símbolo y de un solo hombre.

Estaba en Berlín, seguramente en esa calle que aparecía anotada en la cartera de Kaldermorgen: «*Unter den Linden*»... y entonces me vino a la memoria esa segunda línea que había en el papel:

> 22 de junio: Unter den Linden, 34, Berlín. Cuarto piso, dormitorio principal. (No hay nadie residiendo en ese momento).

Aquello no era cualquier sueño. No... no lo era. Podía recordar cosas del mundo consciente y podía moverme por la habitación. Podía incluso teorizar que la marihuana que me había fumado esa noche quizá tenía algún pequeño toque psicotrópico y que por eso me había embarcado en semejante viaje.

Atrajo mi atención un espejo ovalado junto a la ventana. Velaba sus bordes una suciedad blanquecina. Me acerqué a mirarlo y vi mi reflejo. Llevaba un sombrero negro y una gabardina a juego, con un brillo plomizo apagado... Por supuesto, yo era el hombre misterioso. Y entonces, a unos dos metros detrás de mí, distinguí a alguien. Un niño.

Estaba inmóvil en el centro de la habitación, llorando.

—Oye —le dije girándome—. Oye, chico, ¿estás bien?

La música atronaba en la calle. El desfile estaba a punto de pasar por la avenida, pero yo no prestaba atención. Crucé la estancia hasta el niño y me agaché frente a él. Se cubría los ojos con ambas manos.

—Oye, ¿estás bien? —repetí.

—No... —dijo con una vocecita aflautada—. No... me he perdido.

Le temblaban los hombros y sus manitas no lograban refrenar las lágrimas que le corrían por las mejillas.

—Vamos, chico —intenté calmarle—. Te ayudaré a buscar a tus padres. Déjame verte la cara...

Con mucho cuidado le aparté las manos...

El niño tenía los ojos cerrados, irritados de llorar. Los abrió. Yo me había olvidado de que llevaba esa gabardina y ese sombrero negros... El niño se puso a gritar de terror al verme.

Y yo también grité. Porque le había reconocido.

Era Finn.

Me desperté gritando. Pensaba que me caía en algún negro pozo y resultó que me hallaba en el borde de mi butaca. Me agarré a los reposabrazos y derribé el cenicero, ¡bam!, todo se fue al suelo. Y ese ruido no hizo sino acompañar a otros que se estaban produciendo al otro lado de la pared.

Finn aullaba y yo aún no sabía si me encontraba en un sueño o en la realidad.

Me levanté con una bonita taquicardia en el pecho y recogí el cenicero cuyo contenido se había derramado por el suelo. Lentamente me fui despertando y dándome cuenta de que estaba en la casa de Vinnie, que aquello era Dublín y que todo había sido un sueño. Todo excepto Finn, que seguía llorando, gritando, al otro lado de la pared, tal y como solía hacer. Aunque esa vez parecía peor que nunca.

«Acabo de soñar con él, en esa habitación... y no era un *déjà vu*. Es la cuarta o la quinta vez que sueño con esa maldita habitación y con ese niño. Esto debe tener algún sentido, pero ¿cuál?».

En los meses que llevaba en la casa, nunca había escuchado a Finn gritar así. De hecho, jamás había oído a Amelia —que siempre lograba mantener la calma de una u otra manera—, pero esa noche la situación parecía descontrolada. Podía oírle patalear, correr, aullar, y como contrapartida me llegaba la voz de Amelia suplicándole, pidiéndole que se tranquilizara. Yo todavía tenía la imagen de ese niño que era Finn —no sé cómo ni por qué pero estaba seguro de que era él— impresa en mis retinas. Sus ojos hinchados y enrojecidos por el llanto. Un niño de diez años que era Finn, en una habitación de otra ciudad en la que también estaba yo. Y lo fantástico del asunto es que ese niño era... normal. Era una versión de Finn en la que sus ojos no miraban perdidos ni su boca se contraía en pequeños espasmos.

Tardé un poco en decidirme, pero al final me enfundé unas zapatillas y salí de casa. Entré en el jardín del 157. Las luces de la primera planta permanecían encendidas y el alboroto podía oírse desde la calle. Toqué el timbre.

Cuando me abrió, Amelia estaba demacrada. Lo hizo casi sin mirarme, pidiendo perdón por el ruido. Pero le respondí que no se preocupara.

—Vamos, Amelia. ¿Cómo puedo ayudarte?

—Está imposible, Tom. Es la peor noche en muchos años. Estaba a punto de llamar a la Garda... Se ha encerrado en su habitación. Creo que ha volcado un armario.

—No te preocupes. Déjame.

Entré en la casa y subí por las escaleras cubiertas de moqueta azul, decoradas con viejos retratos familiares. Arriba, en el descansillo, había varias cosas por el suelo. Libros, un cuadro, una toalla... La puerta de la habitación de Finn estaba bloqueada con algo, medio cerrada, y se podía ver luz en el interior.

—¡Eh! Finn, ¿te apetece que veamos un partido? —grité a través de la puerta.

Una vez, nada más mudarme a la casa, la señora

O'Rourke me había invitado a tomar té y me presentó a Finn. Esa tarde de frío y lluvia, en octubre, emitían un partido de rugby en la RTÉ One y Finn y yo la pasamos sentados en un sofá, debajo de una manta, viéndolo y comiendo palomitas dulces que Amelia preparó para nosotros.

—¿Finn? O podemos echar unas cartas. ¿Qué tal un blackjack? Venga, déjanos entrar un segundo.

Supongo que la sorpresa de escuchar mi voz fue una buena baza, y tal vez la imagen relajante de un buen partido. O quizá ya se sentía cansado de su pánico y de todo el dolor que estaba soportando. El caso es que se oyó un ruido, como de un objeto muy grande arrastrado por el suelo, y se desbloqueó la puerta.

Amelia apareció con un vaso de leche en el que supuse que habría disuelto alguna de las medicinas que le daban a Finn para los ataques. El chico, el hombre, se lo tomó sentado en una esquina de su habitación, mientras su hermana le acariciaba el pelo y le prometía que se iba a poner bien. Yo me alegré mucho de haberme decidido a llamar a la puerta de Amelia, ya que a la pobre mujer le hubiese costado un gran esfuerzo levantar el mueble estantería que Finn había hecho caer frente a la puerta. Me llevó diez minutos enderezarlo y, con la ayuda de un martillo, arreglar una de las maltrechas patas. Después recogimos libros, la mayoría tebeos y cuentos infantiles, y algunas fotografías que se habían caído por el suelo. Una de ellas mostraba a los tres vástagos de la familia O'Rourke cuando eran niños: las dos hermanas mayores apoyadas en una pared de ladrillos y el pequeño en medio. La recogí y me quedé mirándola. Finn era idéntico al chico de mi sueño. ¿Cómo era posible que lo hubiese recreado con tanta perfección? «Seguramente viste esta foto en tu primera visita y se te quedó grabada... cualquier otra explicación es imposible».

Finn estaba ya en el salón, sentado delante del televisor, viendo un vídeo sobre patinaje artístico (que también le relajaba mucho) mientras comía unas galletas Kimberley con relleno de limón, sus favoritas.

Amelia me preguntó si quería un té o algo más fuerte.

—¿Un whisky? No me vendrá mal a mí tampoco.

Nos sentamos en la cocina y la mujer preparó un par de hot toddies con agua con miel, té y un chorrito de Jameson.

—¿Puedo hacerte una pregunta sobre Finn? —rompí el silencio—. ¿Ha sido siempre así? Quiero decir... ¿siempre estuvo enfermo?

Amelia bebió un sorbo y negó con la cabeza.

—Hasta los diez años fue un chico normal. Pero entonces tuvo... tuvo una enfermedad repentina. A mis padres les dijeron que pudo ser una fiebre del cerebro. O un virus... Los médicos de aquel entonces no eran como los de hoy.

Vi algo en sus ojos, algo que clamaba por salir. Temía equivocarme, remover un recuerdo doloroso. Aunque ella debió de adivinar mis dudas.

—Todo ocurrió hace cuarenta años, Tom... Justo mañana se cumple esa fecha tan horrible.

—¿Mañana? ¿Un 22 de junio? —Noté que me temblaban los labios. Quería preguntarle cómo era posible que recordase algo así con tanta precisión... pero ella volvió a leer la pregunta en mis ojos.

—Ya sé lo que estás pensando... —dijo Amelia—. Cómo puedo acordarme, ¿eh? En fin, ¿para qué mentirte? En realidad, no fue una enfermedad, sino más bien un accidente. Ocurrió ahí enfrente, en la casa de Sullivan. Y ese hombre que has visto, el hombre de negro... Él tuvo algo que ver.

—¿El hombre de negro? —Mi voz sonó ronca,

porque la garganta se me había secado de pronto y apenas era capaz de producir un sonido.

Amelia miró a través de la puerta. Obviamente temía que Finn nos escuchara.

—Sí, ese —respondió Amelia—, ese que tú dices haber visto. Pelo canoso, coleta, ojos de serpiente, sombrero de ala ancha... Nosotros le habíamos puesto un mote: el señor Smack. O el vampiro.

Me quedé sin habla.

—Amelia, acabas de decir que eso fue hace cuarenta años... ¿Ya tenía el pelo blanco?

—Lo sé, lo sé. Nada tiene sentido... pero escucha la historia. Puede que te ayude a entender algo. ¡Ah! Yo que tú me bebería un buen sorbo del té con whisky antes de empezar.

Para ser sincero, lo primero que pensé fue que Amelia O'Rourke se había vuelto loca. «Demasiado sufrimiento», me dije. «Muchos años al cargo de Finn..., demasiados sacrificios... La pobre mujer ha perdido la cabeza».

Amelia se levantó a entornar la puerta de la cocina. Finn seguía en el salón, viendo el vídeo de patinaje artístico, pero ella quería asegurarse de que no podía escuchar nada. Después se sentó, cogió su hot toddy, le dio un buen trago y comenzó a contar su historia.

—Era el mes de junio de 1978. Por aquel entonces todas las casas de esta calle estaban ocupadas; los vecinos éramos mucho más pobres y las cosas eran más complicadas, pero la vida, por alguna razón, se antojaba mucho más feliz. Tampoco habíamos visto un chino o un indio en nuestras vidas. Todos aquí éramos irlandeses. Y no quiero decir que los inmigrantes sean nada malo, Dios libre a un irlandés de decir algo semejante, pero el mundo era más pequeño, como una aldea, no sé si me entiendes.

Asentí en silencio.

—El barrio era otra cosa, sí, pero la casa de Sullivan, el número 160, siempre estuvo condenada por alguna razón. Era una casa con problemas que nadie quería y los que vivían en ella terminaban dejándola. Hubo muchas historias que ahora no recuerdo, pero lo que sí está claro en mi memoria es que en el periodo entre 1973 y 1980 estuvo completamente abandonada. En esa época aún no habíamos oído hablar de la heroína; todo lo que había por aquí eran borrachos, pero ni siquiera ellos se acercaban a la casa. Había leyendas. Rumores que pasaban de boca en boca. Además, estaba pegada a ese muro del camposanto, de camino a ninguna parte. Los únicos que nos atrevíamos con ella éramos los niños y los gatos. Y alguna rata supongo que también. No sé cuántas veces tuvo el doctor Talbott que atender heridas por clavos y astillas en pies y manos, y cuántas palizas recibimos por meternos en esa casa, incluido el porrazo de algún *garda* (hubo quien pensó que el IRA la utilizaba de refugio). Pero aun así la vivienda seguía ejerciendo una extraña atracción en todos nosotros. Supongo que en aquellos tiempos, sin videojuegos ni Netflix, la casa era como un aventura en sí misma. Un túnel del terror de entrada gratuita. Y así es como ocurrió todo, en una de esas incursiones prohibidas. Pero claro, el hombre de negro fue la razón. El vampiro...

—Amelia.

—Espera, Tom. Déjame seguir, por favor... ¿Quieres reforzar eso con un chorrito extra de Jameson? —Señaló mi taza.

Dije que sí. Amelia regó mi té y después hizo lo propio con el suyo. Bebimos.

—Aquí en el barrio teníamos un pequeño club. El Club del Muerto Parlante. — Sonrió con la mirada ausente—. Éramos cuatro buenos amigos: Gareth, mi hermana Britney, Rachel y yo... bueno, supongo que debería contar a Finn, que era un mocoso pero siempre estaba con nosotras... Mi padre era viudo y trabajaba todo el día en la fábrica de Saint James, así que Britney yo éramos las madres «titulares» de Finn... y mentiría si dijese que aquello no era una pesada carga por momentos. Sobre todo para Britney... que ya tenía dieciséis años y comenzaba a necesitar algo de libertad.

»Gareth era el líder del club... Escribía historias de terror y las leía a la luz de las velas. O nos contaba cuentos tenebrosos de Bram Stoker, Poe o Lovecraft. Puede que le conozcas: Gareth Brooks. Ahora es un escritor bastante famoso.

—¿Que si le conozco? ¿A Gareth Brooks? —me reí—. Es uno de los mejores autores de fantasía del Reino Unido. ¿Es tu amigo?

—Lo era. Se marchó, como todos los demás. Gareth ahora vive en Londres, Rachel murió de cáncer y Britney se casó con un millonario yanqui, de modo que solo quedamos Finn y yo en este barrio. Bueno, el caso es que Gareth era el mayor y había montado el Club del Muerto Parlante en el cobertizo de su jardín trasero. Pasábamos miedo oyendo cuentos y después jugábamos al póquer. Esta era nuestra vida por aquel entonces... y era divertida para todos, con excepción quizá de Britney. A sus dieciséis años, nosotros debíamos de parecerle demasiado infantiles. Supongo que ella soñaba con salir de juerga a bailar rock'n'roll... Y así es como apareció Steve Kelly en la historia. Los Kelly se acababan de mudar a la casa de tu amigo Vinnie.

—¿Mi casa?

—Así es. Era una familia de Belfast. El padre era ferroviario y la madre trabajaba también en la Guinness. Solo tenían un hijo, Steve, que había cumplido los diecisiete años y era un auténtico gallo de corral. Fumaba, bebía y llevaba siempre una chaqueta de cuero como las de *Grease* (película que ese año estaba en lo más alto, las canciones sonaban por la radio a todas horas). El primer día que Britney le vio en el jardín trasero, volvió a casa con la mirada perdida, susurrando que le había visto un tatuaje en un brazo. Estaba ya loca por él... Y mi padre, que no era tonto, le avisó de que se mantuviera a buena distancia de ese mamarracho, que tenía pinta de ser un problema con patas. Y lo era.

»Pero claro, las cosas no funcionan así. Britney y Steve se atraían como el sol y los planetas... y vete tú a ponerle puertas al campo. Se iban encontrando por la calle. Hablaban por encima del seto... Hasta que un día se lo trajo al cobertizo del Club del Muerto Parlante. No sé en qué demonios pensaba al traerlo allí... Bueno, en realidad, sí: esa tarde le tocaba quedarse con Finn. Al verle entrar, Gareth se puso tieso como el palo de una bandera... El pobre Gareth, un chico escuchimizado, de gafitas, también estaba colado por Britney. Y desde el principio se podía cortar la tensión con una navaja.

»Gareth dijo que nos leería su última historia de terror. Era lo que hacíamos siempre... Pero claro, esa tarde teníamos a Steve Kelly por allí. Empezó a interrumpirle con chistes y carcajadas, lo humilló hasta que Gareth no pudo más y le dijo que era suficiente y que no estaba invitado al club nunca más. Y entonces Kelly le respondió que sus historias eran aburridas y que él tenía una mejor: dijo que había un vampiro viviendo al otro lado de la calle, en la casa de Sullivan. A todos se nos pusieron los ojos blancos de terror porque aquel chico sería un gallo de corral, pero no tenía pinta de poder inventarse nada y menos una mentira de ese estilo.

»Así es como Steve nos habló por primera vez del hombre de negro, del señor Smack: gabardina y sombrero negros, ojos casi transparentes y pelo blanco. Lo describió como un vampiro que había comenzado a vivir en la casa del cementerio. Nos dijo que lo había visto entrar una semana antes, y que iba allí por la noche y que dormía colgado del techo.

»Gareth le acusó de mentiroso. Supongo que no podía soportar que aquel gamberro, más guapo y atrevido que él, también hubiese traído la mejor historia de terror en mucho tiempo. (Gareth últimamente pecaba un poco de repetitivo con sus cuentos de extraterrestres). Pero Steve estaba muy seguro de su historia. Dijo que se lo demostraría si una noche se atrevía a ir con él a la casa abandonada. Retó a Gareth en público. Y Gareth, mirando con rubor a Britney, aceptó el reto, claro. No se iba a dejar amilanar así como así.

»Era el jueves 22 de junio de 1978. Recuerdo esa noche porque se jugaban unas semifinales del All-Ireland y los mayores estaban en el Fagan's viendo la tele e hinchándose a pintas de Guinness. Steve había aparecido en el cobertizo del club con una petaca de whisky y ofreció a todos, pero solo Britney se atrevió a dar un trago. Yo la recriminé, pero Britney dijo que cerrase el pico. Quizá por influencia de Steve o quizá por sus hormonas estaba empezando a rebelarse contra todo. Esa misma tarde había discutido con nuestro padre porque no la dejaba ir a un concierto de los Bee Gees. Tragedias de una hermana mayor que estaba harta de ir cargada siempre con sus dos hermanos pequeños. En el fondo, era comprensible que buscase algo de libertad y de emoción en la vida. Y Steve era la válvula de escape perfecta.

»Era cerca de la medianoche y Steve dijo que había llegado la hora. Gareth estaba listo, aseguró, muerto de miedo pero listo. Y entonces Britney anunció que también iría con ellos. Steve y ella llevaban un buen rato haciendo manitas y todo este plan sonaba a una mala excusa para quedarse a solas. Britney invitó a Rachel a acompañarlos. No te he contado mucho de Rachel, pero baste decir que era un chica feuchilla que bebía los vientos por Gareth. Dijo que sí de inmediato. Finn dijo que también quería ir y yo le respondí que cerrara el pico.

»Y allí fueron; por mucho que yo le dije a mi hermana que dejase de hacer el idiota y por mucho que le rogué a Steve y Gareth que se quitaran la idea de la cabeza. Gareth me pidió que vigilara la calle y que los avisase si veíamos aparecer a alguien. Nos quedamos Finn y yo en la acera, cogidos de la mano, maldiciendo y contando los minutos para que terminase aquella travesura.

»Steve y Gareth entraron en primer lugar, seguidos por Rachel y Britney, que se iban riendo. La puerta estaba abierta. La empujaron y comenzaron a soltar gritos y tonterías, y al cabo de un minuto sus voces se convirtieron en ecos que se perdían en el interior de la vivienda. Al principio todavía podía oír sus pasos, el sonido de cristales rotos y algún que otro grito, pero enseguida se hizo un silencio total, como si la casa se los hubiera tragado.

»Pasaron diez o veinte minutos y yo había empezado a maldecir a todos los demonios. Era bastante tarde y mi padre volvería a casa en cualquier momento. Y aunque era verano, el reloj indicaba que nos habíamos pasado bastante de la raya y que nos calentaría las posaderas si nos atrapaba allí. Y entonces, según estaba pensando en todo eso, vi un grupo de hombres subir por Sycamore Avenue y reconocí a mi padre entre ellos. El All-Ireland había acabado y regresaban a casa fumando y contando chistes.

»Primero pensé en cruzar la calle con Finn y correr hacia la casa sin avisar a Britney. Si nuestro padre la atrapaba, ella se lo habría buscado por hacer el idiota. Pero para cuando me di cuenta ya era demasiado tarde. Papá nos vería entrar en casa y preguntaría por Britney y cuando le contásemos dónde estaba, la azotaina sería de las que hacen época. Así que tiré de la mano de Finn y nos metimos en el jardín del número 160.

»Bueno, estuvimos allí escondidos junto a la verja un rato largo, esperando a que mi padre entrara en casa y sus amigos también. Al ver que no habíamos llegado todavía se imaginaría que estábamos con Britney, Gareth y los demás en el cobertizo, pero eso solo le haría enfadar un poco. Por suerte, todos parecían de muy buen humor. Quizá incluso hubiera ganado unas buenas libras con sus apuestas en el All-Ireland. Pasado ese rato, le dije a Finn que se quedase donde estaba y me acerqué a ver. Según asomé la cabeza por la cancela del jardín, vi la calle desierta y las luces de nuestra casa encendidas. Y de pronto, entre las sombras de los árboles, distinguí a ese otro hombre subiendo por la acera de Sycamore Avenue. Un tipo alto, vestido con una gabardina negra y un sombrero. "¡El vampiro! ¡El señor Smack!", grité para mis adentros. ¡Y mis amigos estaban en la casa! Así que volví corriendo, cogí a Finn y tiré de él en dirección al 160. Subimos a toda prisa los escalones hasta la puerta principal.

»“¡Escuchad!”, grité al entrar. “¡El vampiro está viniendo! ¡Salid volando!”.

»Todo estaba terriblemente oscuro ahí dentro. Escuché voces que provenían de la cocina o del jardín trasero y hacia allí fuimos, pisando cristales y maderos que había por el pasillo. Cuando llegamos a la cocina nos encontramos con Gareth y Rachel en silencio… ¿Quizá interrumpimos su primer beso? “Viene el vampiro”, les grité. “¿Y Britney? ¿Dónde está Britney?”. No lo sabían, dijeron; se habían separado nada más entrar. “Quizá escaleras arriba”, dijo Rachel. “¿Qué hacemos?”, dije yo, y Gareth afirmó que lo mejor era escapar por detrás saltando la tapia del cementerio. Los dejé con Finn, volví a la entrada y subí las escaleras gritando “¡Britney! ¡Britney!”. Arriba era si cabe más tétrico y misterioso: habitaciones oscuras, con el suelo medio roto. Fui una por una hasta que los vi salir de la mano, asustados. “¿Qué pasa?”, preguntó Britney. Steve llevaba un cigarrillo en la boca y se reía.

»“El vampiro viene hacia aquí”, susurré.

»Y justo en ese momento se oyó la puerta. El hombre acababa de entrar.

»No hace falta explicar el ataque cardiaco que nos dio a los tres. Volvimos al dormitorio del que habían salido y les expliqué que Rachel, Gareth y Finn estarían saltando por la tapia del cementerio en ese preciso instante. Entonces a Steve se le ocurrió una idea: dijo que podíamos salir por una de las ventanas rotas, llegar hasta el tejado de la cocina y de ahí al jardín trasero. Después saltaríamos al camposanto y volveríamos por su casa.

»Escuchamos los pasos de ese hombre recorriendo la vivienda y, con gran terror, oímos crujir las escaleras cuando empezó a subirlas. Por suerte Steve llevaba una navaja encima y no tardó mucho en deshacerse de un par de tablones que condenaban la salida. Me colé yo primero, después Britney y ni siquiera esperamos a Steve. El tejado de la cocina estaba a los pies de la habitación, pero parecía tan viejo y podrido que temí que se hundiera al saltar sobre él. Aun así, no quedaba otra. Cerré los ojos y caí sobre esas tejas. Y Britney cayó diez segundos después, y tras ella Steve. Y de ahí, con la ayuda de una vieja tubería, pasamos al jardín de atrás.

»Rachel, Finn y Gareth debían de haber cruzado ya al otro lado. Corrimos a hacerlo nosotros también y Steve nos ayudó con las manos, antes de buscar algo para trepar el muro él también. Y justo cuando el muchacho consiguió subirse a la tapia y aterrizar sobre la hierba de St. Luke, vimos encenderse una luz en la primera planta. Salimos corriendo de allí y en menos de diez minutos estábamos otra vez en el cobertizo de Gareth, para una reunión de emergencia en el Club del Muerto Parlante.

»"¿Le habéis visto?", preguntó Gareth con una risa nerviosa. "¡Realmente parecía un vampiro!".

»Rachel estaba allí, sentada en el suelo, y yo miré a un lado y al otro, y al fondo, y no pude ver a Finn. "¿Dónde está mi hermano?", pregunté. Y entonces Gareth puso una cara que no se me olvidará mientras viva. Y pronunció unas palabras que jamás me podré borrar de la cabeza. Dijo: "Pensaba que estaba con vosotros".

Amelia se detuvo en ese instante. Le temblaban las manos mientras cogía su taza de té con whisky y la apuraba. Cuando la posó de nuevo sobre la mesa, vi dos gruesas lágrimas que nacían de sus bonitos ojos azules.

—Fue culpa mía —dijo—. Yo estaba al cargo de Finn... No debería haberle dejado solo.

—Pero ¿qué pasó? ¿Cómo es posible que os lo dejarais atrás?

—Al parecer, Finn había salido corriendo detrás de mí, y Gareth y Rachel pensaron que estaba bien.

Eso es lo que pensaron: que nos habríamos encontrado escaleras arriba. Pero quizá Finn oyó entrar al hombre y se escondió en otra habitación. O se topó con él o... quién sabe. —Se asomó de nuevo a través de la puerta de la cocina—. Nadie lo sabrá nunca... porque Finn nunca lo pudo explicar.

—¿Qué pasó luego? ¿Cómo lo encontrasteis?

—Nos armamos con las cosas del cobertizo. Un palo de hurling, un rastrillo y unas tijeras de podar y salimos corriendo desesperadamente hacia el 160. Pero entonces, según llegábamos, vimos surgir unos terribles relámpagos y luces desde la casa de Sullivan. Como si una bomba hubiera explotado ahí dentro sin hacer el más mínimo ruido. Una luz que duró diez o veinte segundos acompañada de una especie de vibración que parecía un terremoto de bajísima intensidad. Y de pronto, todo volvió a quedar a oscuras y la vibración cesó. Yo me puse a llorar, porque estaba segura de que ya era tarde. Y no solo por esas luces o los relámpagos que habíamos visto salir de la casa. En mi corazón algo me decía que Finn se había ido. Que había perdido a mi hermano para siempre.

—Pero no fue así...

—No exactamente —dijo Amelia—. Entramos

en la casa gritando, amenazantes, muertos de miedo en el fondo... pero el hombre del sombrero no estaba por ninguna parte... Solo Finn. Lo encontramos en una de las habitaciones de la primera planta, como dormido. Gareth lo despertó con un par de cachetes, pero Finn no pareció espabilarse del todo. En realidad, nunca más volvería a espabilarse del todo. Ya sabes a lo que me refiero.

—¿Qué pasó con el hombre, con el vampiro?

—No había ni rastro de él y nadie volvió a verle nunca más. Finn estuvo un mes y medio en coma, metido en la cama con una especie de meningitis o una fiebre cerebral. Los médicos pensaban que no sobreviviría, pero al final despertó, aunque lo hizo como el Finn que conocemos ahora. Nadie podía explicar qué había pasado exactamente en su cabeza.

—¿Nadie fue a la policía? —pregunté—. ¿Nadie buscó al vampiro?

—Le contamos la historia a mi padre una semana más tarde. Todos presentes, incluso Steve, para que no hubiese ninguna duda. Le explicamos lo de aquel extraño hombre pero mi padre no nos creyó. Dijo que Gareth nos había metido muchos pájaros en la cabeza con sus historias de terror y nos pidió que nos largásemos. Estaba muerto de tristeza por lo de Finn. Después supimos que había hablado con la gente del barrio y con el padre Callahan para tratar de dar con aquel mendigo o viajero que frecuentaba la casa de Sullivan y que quizá tuviera algo que ver con el mal de Finn. Hubo varias noches en las que los amigos de mi padre se apostaron en el salón, esperando a verle aparecer. Pero nadie le vio. Pasaron dos años y Finn se quedó como estaba. Pasaron diez y mi padre murió. Pasaron otros diez y yo me quedé aquí para siempre. Alguien tenía que cuidar de Finn y me pareció justo que fuera yo... Y entonces, una mañana de junio, un junio tan cálido como aquel de hace cuarenta años, mi joven y querido vecino Tom Cavanagh casi me provoca un infarto al describirme a un hombre de sombrero negro de ala ancha que acababa de aparecer por la casa. El hombre que le robó el alma a mi hermano.

Volvió a enjugarse una lágrima con el dorso de la mano antes de dedicarme una bonita sonrisa.

—El día que me sorprendiste cruzando la calle, había reunido el valor para ir a tocarle a la puerta... pero nadie me abrió. Pensé que estaba loca. Hace cuarenta años ese hombre ya era mayor... Es imposible que esté vivo. O si lo está, no creo que pueda caminar sin un tacataca... A menos, claro, que sea un vampiro de verdad.

El viento silbó fuera, como un mal presagio. Oímos algo caerse en algún jardín. Un par de gatos bufaron. Ese viento sur nos estaba royendo la cabeza a todos.

—¿Qué piensas de lo que te he relatado? —preguntó Amelia—. ¿Crees que me he vuelto loca?

—Nada de eso. —Le cogí la mano—. Nada de eso... verás...

Estuve a punto de contárselo todo —nuestras averiguaciones sobre Kaldermorgen, sus extraños gustos y demás—, pero algo me hizo mantener el pico cerrado. La sensación de que eso no ayudaría en nada. Peor aún. La verdad quizá solo haría que Amelia sufriera más todavía...

—Puede que no se trate del mismo tipo —terminé diciendo.

—¿Un hombre con gabardina y sombrero negro en el 160 de Sycamore Avenue? ¿Cuántas posibilidades hay? ¡Ah! El señor Smack llevaba un maletín en la mano... como los antiguos médicos. ¿No llevaba uno el hombre que tú has visto?

Asentí con la cabeza.

—Maldita sea, Tom. Es él.

—De acuerdo —terminé concediendo—, pongamos que es él. Quizá sus canas sean algo genético y sea mucho más joven de lo que pensamos, no lo sé. En cualquier, caso creo que debemos tener una charla con ese hombre antes de que vuelva a desaparecer. Y preguntarle por Finn.

—Sí —dijo ella—, ese es el problema: saber cuándo volverá.

—He jugado un poco a los detectives y creo que eso lo tengo controlado.

—Sabía que algo estabas tramando, maldita sea. ¿Cuándo será?

—Mañana por la noche —contesté viendo cómo los ojos de Amelia se abrían desmesuradamente—. El mismo día que hace cuarenta años... Por cierto, ¿te puedo preguntar algo más de aquella noche?

—Dime.

—¿Recuerdas en qué habitación encontrasteis a Finn?

—Claro que sí, nunca olvidaría ese lugar. Era una de la primera planta. Tenía las paredes rojas y...

—¿Techos con decoraciones de escayola?

Nos miramos en silencio. Creo que a los dos se nos acababa de poner la piel de gallina.

—Y te diré algo más. Otra maldita casualidad

—añadió Amelia—. Esa semana hizo calor... muchísimo calor... un viento sur que parecía un embrujo. Pero justo la noche del 22 de junio cambió el viento. Llegó una tormenta increíble.

El viento volvió a soplar, tan fuerte que parecía que iba a llevarse las tejas de algún tejado.

Apuré mi taza. Me hubiesen venido bien otras dos.

Como si supiese que iba a necesitar todas mis fuerzas, esa madrugada el insomnio me dio una tregua y dormí del tirón el resto de la mañana. Cuando abrí los ojos eran cerca de las cinco de la tarde. Por la ventana de mi dormitorio vislumbré una luz eléctrica y rojiza. El viento agitaba los árboles y algunas alarmas de incendio, activadas por error seguramente, aullaban elevando su alerta en el cielo. Aires de tormenta removían las nubes.

Me quedé un buen rato en la cama, pensando en la historia de Amelia O'Rourke y los chicos del barrio. ¿Qué sentido tenía todo aquello? ¿Era posible que ese hombre hubiera aparecido por allí en 1978 y volviese exactamente cuarenta años más tarde?

Oí el teléfono sonar en alguna parte. Me levanté,

tropecé con mis zapatos y un par de tazas de té que reposaban holgazanas en el suelo desde hacía días, y encontré el teléfono en mi vieja chaqueta de tweed.

—Gaurav.

—Tom. Te he estado llamando todo el día. Estaba a punto de ir a buscarte.

—Lo siento, tío. Estaba dormido. Ha sido una noche muy larga.

—¿Apareció Kaldermorgen?

—No... aunque tuve una charla la mar de interesante con Amelia O'Rourke, mi vecina. No te creerías lo que me contó.

—Oye, ahora no puedo hablar mucho —me cortó Gaurav—. Pero tenemos que vernos. Salgo a las ocho del supermercado, ¿estarás en casa?

—Claro. —Era obvio que también él tenía algo que contar.

Según le colgaba, escuché un portazo y un ruido de cristales rotos. Bajé corriendo a la cocina y me encontré un vaso en el suelo, hecho añicos. La puerta que daba al jardín trasero golpeteaba contra el extremo de la encimera y posiblemente había derribado el vaso. Fui a cerrarla cuando noté que el viento era frío por primera vez en muchos días. Había cambiado de dirección. Salí al jardín, miré al cielo... Una gran espiral de nubes oscuras giraba sobre la ciudad. Las veletas daban vueltas enloquecidas en los tejados. Las flores se agitaban nerviosas en sus tiestos. La tormenta estaba al caer. Llegaba..., llegaba... Igual que hacía cuatro décadas, durante las finales del All-Ireland, aquella noche que cambió a Finn para siempre... ¿Eran todo coincidencias? ¿O había algo más?

Regresé adentro. Puse a calentar algo de comida y revisé los e-mails en mi ordenador. Tenía un mensaje de Vinnie. Me preguntaba por el estado de las gestiones y si Douglas, el contratista, había pasado ya por la casa... «¿Has ido al ayuntamiento? ¿Cómo va el tema del formulario N7K? ¿Algún presupuesto de los caldereros?».

«Ni una cosa ni la otra», le escribí en el blanco cuerpo del e-mail de respuesta. «He estado muy atareado investigando una antigua y siniestra historia que ocurrió en el barrio a finales de los setenta. ¿Recuerdas la casa abandonada que tenemos enfrente? Bueno, pues resulta que hay un tipo, una especie de vampiro de almas, que aparece cada tanto por aquí, se mete en esa casa y vuelve a esfumarse después de dejar a los niños idiotizados. ¿Qué te parece? Creo que eso podría revalorizar tu propiedad».

Lo borré todo y empecé de nuevo.

Almorcé algo y pasé el resto de la tarde sentado en mi butaca, mirando la calle. Las primeras gotas comenzaron a caer sobre las siete. Y a las ocho se oyeron truenos, todavía lejos. La radio hablaba de una ciclogénesis explosiva con «un desarrollo sorprendentemente rápido» que iba a golpear Dublín al anochecer.

A las ocho y diez sonó el timbre. Eran Gaurav y Miros y llegaron justo cuando saludaba el primer chaparrón.

—Adelante —dije—. ¿Un té?

—Mejor unas birras. —Gaurav mostró un pack de Bavaria.

Nos sentamos en el salón y cogimos las cervezas. Gaurav había escamoteado unas pizzas congeladas y varios paquetes de frutos secos para nuestra larga noche de vigilancia. Miros se había traído su palo de hockey y también una mochila con cuerdas, una palanca... todo tipo de utensilios para romper puertas, si fuese necesario.

—Pero ¿cuál es el plan? —pregunté—. ¿Vamos a entrar en la casa?

—No lo sé... Eso tenemos que decidirlo ahora —respondió Gaurav—. La mujer de mi primo me ha confirmado que Kaldermorgen ha dejado la pensión sobre las cinco de la tarde. ¿Has estado vigilando?

—Sí, por aquí no ha pasado nadie.

—De acuerdo. Entonces solo queda esperar.

—Yo no temer al nazi —intervino Miros—. No me gustan nazis en mi barrio.

—Esto está muy bien, Miros —dije—, pero quizá no sea un nazi después de todo. Quizá sea otra cosa.

—¿El qué? —Gaurav frunció el ceño.

—Amelia me contó una historia. Algo que ocurrió hace cuarenta años, justo ahí, en esta calle. Aunque parezca mentira, ella está convencida de que ese hombre estaba aquí... y que tuvo algo que ver con la enfermedad de Finn.

Noté la incredulidad y la sorpresa en las miradas de mis amigos. Tiré de la pestaña de mi lata de Bavaria de oferta, que hizo pssss y dejó salir algo de espuma. Le metí un buen trago antes de empezar a hablar.

—Es una vieja historia de 1978...

Reproduje el relato para ellos lo mejor que pude, manteniendo el mismo nivel de detalle de Amelia O'Rourke. Hablé del Club del Muerto Parlante y de los cuatro amigos que vivían en el barrio en 1978.

Las hermanas O'Rourke, Gareth Brooks, Rachel y ese nuevo vecino, Steve Kelly, que había vivido en la casa de Vinnie con su familia. Y que afirmaba que había un vampiro viviendo en el 160. Un hombre «con un sombrero negro, una gabardina y una larga coleta blanca».

—Espera un segundo —dijo Gaurav—. ¿Lo describió así?

—Amelia lo hizo —respondí—. Ya sé que es una locura. Pero parece que estamos hablando del mismo tipo.

Mi amigo se quedó en silencio, pensativo, como si algo en mi historia le hubiera provocado una profunda reflexión.

—¿Qué? —pregunté.

—Nada —se encogió de hombros—, que me alegro de que hayas contado esto en primer lugar... porque ahora mi historia no va a sonar tan desquiciada.

—¿Tu historia?

—*Labyrinthus temporis*... Esas dos palabras que viste escritas en las notas de Kaldermorgen y que me sonaron según las mencionabas anoche en el Royal Oak. No encontré nada en Google, pero estuve dándole vueltas toda la noche... hasta que esta madrugada escribí a un antiguo colega de la Universidad de Bombay y ha sido él quien me ha dado la clave. Una rápida visita a la biblioteca y... —Sacó un grueso tomo de color negro de su mochila—. Aquí está.

Dejó el volumen sobre la mesa de café de mi salón. La portada era un tanto curiosa, adornada con motivos de ocultismo, letras doradas, esfinges egipcias y letras japonesas. El título era:

ENIGMAS DE LA HISTORIA

—Tengo que admitir que me ha dado un poco de pudor sacar el maldito libro —dijo—. Aquí se habla de todas esas paparruchas de ocultismo y ciencia ficción que tanto le gustan a la gente. El Santo Grial, el manuscrito Voynich, las líneas de Nazca... Tengo que reconocer que, cuando éramos más jóvenes, nos encantaban estos temas también a nosotros. Por eso conocía la historia del *Labyrinthus temporis*, otro de esos libros legendarios de saberes arcanos, como el *Necronomicón*.

—¿Un libro?

—Sí. Una vieja leyenda que se remonta hasta los tiempos de Leonardo da Vinci.

Abrió el tomo por un punto que estaba marcado

y giró el libro para que pudiese leer el título del capítulo.

Labyrinthus temporis
El mapa de los viajeros en el tiempo

—¿Viajes en el tiempo...? —pregunté sin poder evitar que un escalofrío me recorriera la columna.

—Ya te he avisado de que todo esto era desquiciante —dijo Gaurav—. El *Labyrinthus temporis* es, según la leyenda, un libro que detalla rutas para viajar por el tiempo y el espacio. Se dice que los nazis estuvieron detrás de este objeto, al igual que ocurrió con el Santo Grial o la lanza de Longino.

—¿La lanza de qué?

—De Longino. La lanza que clavaron en el costado de Jesucristo cuando estaba en la cruz. Si conocéis la leyenda, Hitler pensaba que esa lanza tenía poderes sobrenaturales...

—Me suena a película de Indiana Jones.

—Bueno, la historia es que hay un montón de leyendas de dudosa procedencia, objetos con poderes sobrenaturales o que desvelan los enigmas de la humanidad. El *Labyrinthus temporis* es uno de ellos. Un libro antiguo... o del futuro. Nadie lo sabe. Nadie sabe de dónde surge semejante conocimiento... pero su mecánica es sencilla: el tejido del espacio-tiempo es como un queso de gruyer; si estás en el sitio correcto, en el momento correcto, puedes colarte por un agujero y... viajar.

—Viajar —repetí ensimismado. —«¿Porque en el fondo ya lo habías pensado?».

Gaurav pasó una página.

—Aquí se cuenta que la comisión arqueológica nazi elaboró un informe sobre la existencia del libro. Según sus hallazgos, se habla de ella en varios testimonios. En sus memorias, Francesco Melzi, uno de los discípulos aventajados de Leonardo da Vinci, menciona que Leonardo presumía de esconder un completo mapa de agujeros por los cuales se podía viajar en el tiempo y el espacio... Algo que explicaría sus visiones futuristas. También se menciona «a un viajero del tiempo y el espacio que se valía de un libro de coordenadas» en los archivos de la caída de Constantinopla... y los monjes de la abadía de Culross, en Escocia, hablaron de un hombre al que dieron cobijo durante el invierno de 1513, y que estaba gravemente enfermo. En sus últimos instantes de vida, el hombre confesó que procedía del futuro (de casi mil años más adelante) y que llevaba décadas viajando con la ayuda de un libro que había perdido durante la batalla de Flodden. Y en París, en 1928, un místico francés llamado Antonin Gadal decía haber participado en «un experimento misterioso de viajes en el tiempo en el que se invitaba solo a gente de alto nivel intelectual». Afirmaba que el propio Pablo Picasso habría viajado al futuro y regresado en una de esas experiencias.

—Echa el freno —dije—. ¿Estás insinuando que esto tiene alguna base científica?

—No... por supuesto que no —dijo Gaurav—. Esto son solo supersticiones. Historias perfectamente hilvanadas para que suenen verosímiles, pero absolutamente imposibles. Sin embargo, hay mucha gente que las cree... Y puede que Kaldermorgen sea uno de ellos.

—¿Eso crees?

—¿Por qué no? Un nostálgico del régimen nazi que piensa que puede regresar a los tiempos de gloria del Tercer Reich.

Miros sacó unos cigarrillos y yo bebí un trago de mi Bavaria, pensativo. Afuera, los rumores de la tormenta eran cada vez más fuertes.

—Recuerdo que había notas de lugares en su diario. Hablaba de la casa de Sycamore Avenue, pero también de una dirección en Berlín. Y un poco más abajo mencionaba el sótano de un hotel... ¿Y si el libro existiera en realidad?

—Vamos, Tom...

—Bueno —carraspeé—, eso ayudaría mucho con la historia de Amelia O'Rourke, ¿no crees? El tipo apareció en 1978, desapareció y nadie volvió a verle hasta cuarenta años después con el mismo aspecto.

Miros dejó escapar una pequeña carcajada, que se contagió también a Gaurav.

—Dime que estás hablando solo a un nivel hipotético. Sabes que los viajes en el tiempo son imposibles, ¿verdad? Y antes de que te pongas a hablar de Einstein y los agujeros de gusano... yo he leído mucho sobre el tema: no hay posibilidad física de transportarse en el tiempo y seguir de una pieza.

—Que no se haya descubierto la manera no significa que sea imposible —dije.

—Cierto. Pero hay cosas que no encajan, Tom. Pregúntate algo: ¿quién escribió el libro y cómo encontró esos lugares?

—No lo sé, pero creo que mi mente de escritor está absorbiendo esta posibilidad mejor que tu mente de historiador. ¿Y si el libro se escribió en una época futura y después se perdió en el pasado? Puede que lleve miles de años flotando entre los agujeros de gruyer...

Gaurav apuró su lata de Bavaria y se abrió otra.

—Solo sé que esto es muy divertido. Sigue.

—También tendría sentido lo del uniforme nazi enterrado en el cementerio. Quizá una de las limitaciones sea que no se pueda viajar con demasiadas cosas... y por eso utilizan los cementerios para enviarse objetos entre épocas.

—Eso tiene sentido. Aparecer vestido de nazi en Dublín en pleno siglo XXI no sería una gran idea, ¿no?

—En las historias de viajes en el tiempo suele haber reglas. Sistemas. Puede que aquí también los haya... Además, ese Kaldermorgen siempre lleva consigo un maletín. No lo deja en ningún momento, ni para ir al baño. ¿Es posible que lleve el manuscrito ahí dentro?

—En tu imaginación caben todas las posibilidades, Tom...

—Te noto escéptico.

—Es que no hay otra opción lógica. Ese hombre cree que puede viajar en el tiempo. Puede que incluso haya enterrado el uniforme nazi con ese propósito...

Y puede que sea un tipo resistente al correr del reloj... pero, Tom, créeme, todo lo demás es pura fantasía. Creo que esta noche ese individuo se llevará una decepción... y, por lo que veo, quizá tú también...

Di un largo trago a mi Bavaria.

—Ya lo veremos —dije—, solo quedan unas horas para saber quién tiene razón.

Esperamos hasta la noche como quien espera la hora de un conjuro. Calenté las pizzas que había traído Gaurav y cenamos con las luces apagadas, apostados en la ventana del salón y atentos a la calle. Entretanto, fuimos pensando en cómo íbamos a actuar cuando apareciera Kaldermorgen. ¿Qué era lo mejor? ¿Dejarle entrar? ¿Pararle en plena calle?

—Pase lo que pase, me gustaría tener una charla sobre Finn. Se lo prometí a Amelia y pienso hacerlo.

—Lo intentaremos —dijo Gaurav—, aunque no sé si el tipo accederá.

—Hablará —prorrumpió Miros cerrando sus puños.

Miros le tenía cariño a Finn. Siempre que iba al

Spar con Amelia, Finn ordenaba las cosas a su manera o se ponía a charlar con las tabletas de chocolate. Miros jamás se había enfadado con él. Tan solo esperaba a que saliera y devolvía todo a su sitio sin decir una palabra.

Eran ya las once y media e íbamos por la tercera ronda de Bavaria. En ese tiempo, la tormenta había terminado de estallar sobre nuestras cabezas. Llovía como no lo había hecho en semanas y un viento furioso regaba las ventanas como si hubiera alguien con una manguera en el tejado. El olor a beicon frito se había esfumado en el aire. Ahora volvíamos al aroma de árboles mojados y la calle estaba desierta. Vimos a una pareja de enamorados parándose en el número 145. Se besaron bajo la lluvia mientras trataban de que su paraguas no saliera volando. Una vez entraron en la casa, Sycamore Avenue se convirtió en un desierto.

—Son las doce menos veinte —dijo Gaurav mirando su reloj de pulsera—. Tiene que estar a punto de llegar, ¿no? Su viaje es a medianoche.

—A las 23.59 —concreté recordando la anotación del suelo—. ¿Y si ha entrado de otra forma?

Gaurav tamborileó con los dedos en la lata de Bavaria.

—Le damos cinco minutos más y salimos con la escalera al jardín. Id preparándolo todo.

Miros se puso en pie y yo fui con él hacia las escaleras. Estábamos ya en la planta baja, a punto de poner en marcha la «operación allanamiento», cuando Gaurav gritó desde lo alto.

—¡Venid!

Subimos dando zancadas hasta mi habitación y le vimos de pie junto a la ventana, señalando hacia la calle.

Kaldermorgen subía por Sycamore Avenue, con ese mismo paso lento de la primera vez que le vi. Sin paraguas, tan solo con el maletín, su gabardina y el sombrero, sobre el que veíamos rebotar la lluvia, que chorreaba por los lados del ala.

Siguiendo la misma secuencia de las otras veces, entró en el jardín, cerró la cancela tras él y se dirigió a la casa. La puerta se abrió al cabo de unos segundos y el misterioso hombre se desvaneció allí dentro.

—Doce menos diez —dijo Gaurav—, quedan nueve minutos para lo que sea que vaya a ocurrir. ¿Qué hacemos?

De pronto, Miros me golpeó en el hombro.

—¡Mira!

Un paraguas de color blanco se movía por el jardín de los O'Rourke en ese instante. Abrió la cancela, salió a la acera y cruzó Sycamore Avenue en dirección a la vieja casa de Sullivan.

—¡Es Amelia O'Rourke! —exclamó Gaurav—. Pero ¿qué hace?

—Lo mismo que deberíamos hacer nosotros. ¡Vayamos ya, maldita sea!

Salí corriendo escaleras abajo, llegué al vestíbulo y me lancé a esa noche de lluvia, truenos y furioso viento norte.

Amelia, vestida con una gabardina color cámel, acababa de entrar en el jardín del número 160.

—¡Amelia! —grité—. ¡Espera!

Ella se giró sorprendida, pero también pude ver su cara de alivio. La mano que sujetaba su paraguas temblaba. Y no era de frío, sino de puro terror.

—Finn está dormido. Nunca en cuarenta años se ha quedado solo en casa... pero supongo que hoy es una excepción.

Llegaron Gaurav y Miros, que llevaba su bolsa de trucos. Nos dirigimos a la puerta principal, que por supuesto estaba cerrada.

—¿Operación allanamiento? —susurré.

—Quedan ocho minutos. No hay tiempo —dijo Gaurav—. Hay que probar otra cosa. ¿Miros?

Miros tiró su bolsa al suelo y sacó una gruesa palanca de hierro. Se acercó a la puerta con ella. La encajó en el resbalón y le dio dos golpes para clavarla bien. Después comenzó a dar unos fortísimos tirones. Si alguna vez te has imaginado a un dentista sacándole una muela a un gorila, creo que podrás imaginarte la escena. Tardó menos de un minuto en arrancar aquel portón de sus goznes y darnos paso.

—Recordad que tiene un arma —advirtió Gaurav—. Amelia, sería mejor que te quedaras aquí.

—Ni lo sueñes —respondió ella—. Ese tipo tiene mucho que explicar. Hace cuarenta años se me escapó. Hoy no voy a dejar que ocurra de nuevo.

Nos miramos en silencio y supongo que aceptamos la situación tal y como venía dada. Miros cambió su palanca por un palo de hockey. Yo cogí un martillo y Gaurav recogió la misma palanca que había servido para abrir la puerta. Dimos los primeros pasos en el interior de aquel vestíbulo. El suelo crujía y no era nada fácil resultar silencioso, pero en aquellos instantes había otros ruidos en la primera planta. Pasos. Golpes de cosas que caían al suelo. El arrastrar de muebles.

—Está arriba —susurró Gaurav señalando a la escalera.

Amelia subió el primer peldaño, pero la detuve.

—Espera —dije—. No sabemos de qué es capaz ese hombre. Es mejor que te quedes en la retaguardia un segundo... Solo mientras aclaramos el asunto.

Noté que estuvo a punto de protestar, pero seguramente pensó en Finn y se dio cuenta de que ella no podía arriesgarse tanto.

—Miros, quédate con Amelia. Si hay problemas, te llamamos. Pero intentemos la vía diplomática primero.

Miré a Gaurav y comenzamos a subir las escaleras. Tal y como había ocurrido en nuestra anterior visita, notamos el crujido de aquellos viejos peldaños bajo los pies. Pero es cierto que al llegar más o menos a la mitad del tramo de escaleras, notamos que se volvían extrañamente firmes.

—No recordaba que estuvieran alfombradas —dije al detectar aquella tela roja bajo mis zapatos.

Llegamos a la primera planta y vimos el resplandor de una luz tras la puerta de la sala de paredes rojas, que estaba cerrada. Los ruidos procedían de allí dentro, claro. Pero había algo en aquel lugar que me resultaba tremendamente extraño.

—Eh, Gaurav. ¿Tú no notas que este sitio es más grande que la otra vez?

Él miró a su alrededor, en silencio. El lugar estaba en penumbras, pero era cierto que se veía más amplio. Los techos alcanzaban alturas de cuatro metros y el descansillo tenía forma de corredor... que parecía agrandarse a cada segundo. Era como si la puerta de la habitación roja estuviera más lejos ahora que hacía medio minuto... Pero eso era imposible. Ese pasillo se salía de los contornos de la casa. De hecho, invadía la propiedad de los Wong...

—Son las Bavaria, hemos bebido unas cuantas —susurró Gaurav con nerviosismo—. Vamos, terminemos con esto.

Caminamos hasta la puerta de la habitación roja. Tuvimos que dar diez pasos para llegar a ella, y las Bavaria no tuvieron nada que ver con eso. Sencillamente era tan cierto como imposible: las dimensiones se estaban transformando, la puerta estaba más lejos que nunca y era también mucho más grande de lo que recordábamos. Y el aire... ya no olía a árbol mojado. Ni a casa abandonada. Se trataba de un aroma delicado, como a madera antigua. ¿Dónde demonios estábamos?

—Bueno, hay dos maneras de hacer esto —dijo Gaurav cuando estuvimos frente a la puerta—. Llamando o abriendo de sopetón.

—¿Qué hora es? —pregunté.

—Menos cinco.

—Bueno, pues elijo la opción B.

Dije aquello según cogía la manilla y la giraba. Después empujé la puerta y se abrió muy lentamente. Lo que apareció al otro lado era otra cosa imposible más. Algo que nos llegó como un toque de campana en el cerebro. Algo que, supongo, nos volvió un poco locos a Gaurav y a mí.

Era la habitación de las paredes rojas.

Y al mismo tiempo: no era la habitación de las paredes rojas.

Pero ya hablaremos de eso. Lo primero que centró nuestras miradas (al menos la mía) fue Kaldermorgen. Se hallaba al otro lado de la habitación (una habitación que también era más grande) y de espaldas a nosotros, mirándose en un espejo de forma ovalada que yo juraría que no estaba allí la vez anterior. Iba ya vestido de pies a cabeza con el uniforme de las SS: sus botas de caña alta, la cartuchera y los pantalones abombados, y en ese instante se ajustaba la gorra de plato con esa tristemente famosa calavera metálica al frente. Se había recogido la coleta como una serpiente y la escondía bajo la gorra. Actuaba como si no nos hubiera detectado. Bueno, es que había ruido... música, un rumor de una multitud... pero ¿de dónde salía todo eso?

Gaurav y yo permanecíamos inmóviles en el umbral de la puerta. Creo que nos habíamos quedado sin aire ante aquella visión imposible... ¿He dicho ya que la habitación era más grande? Además, estaba llena de muebles. Había una cama sobre la que reposaban varias cosas: sus ropajes negros y su sombrero, su maletín de doctor y la pistola Luger que habíamos encontrado en la cocina días antes. Encima de una cómoda de madera clara habían colocado esa preciosa radio de época que había visto en mis sueños. La radio que pensé que le pediría a Vinnie de regalo. Pero aquello resultó ser solo un sueño. ¿Estaba soñando otra vez? Lo cierto es que lo parecía. De hecho, me di cuenta de que mi cabeza no se hallaba del todo allí. Era como si estuviese en un duermevela; en uno de esos microsueños que resultan fatales si te pillan al volante.

—¡Tom! —Gaurav me despertó de un codazo, pero cuando le miré, noté que él también estaba asustado—. ¿Qué está pasando?

—No lo sé.

—Pues larguémonos, tío, ¡larguémonos!

Sin embargo, antes de que pudiéramos dar un

solo paso, escuché una voz profunda, oscura y autoritaria que no había oído nunca.

—¡Ustedes dos!

Se nos heló la sangre al verle girarse y clavarnos esa fría mirada de ojos grises. Retrocedimos un paso.

—¡Deténganse!

Entonces lanzó una mirada hacia la cama donde reposaba la Luger, y esto le delató. Supongo que podríamos haber salido corriendo... pero Gaurav tomó otra decisión. Casi sin pensarlo, soltó su palanca, se lanzó sobre el colchón y cogió la pistola. Se quedó sentado con ella, apuntando al nazi, que levantó las manos de inmediato.

—Maldito desgraciado —profirió Kaldermorgen con su voz cavernosa—, no sabe lo que hace.

—Explíquemelo usted —respondió Gaurav, desafiante.

Kaldermorgen miró un reloj de pulsera que llevaba en la muñeca.

—Está a punto de mandarlo todo al infierno.

Yo di dos pasos hasta la cama. Mi objetivo era otro, claramente. El maletín. Pude notar la reacción de Kaldermorgen cuando puse las manos encima.

—No lo toque.

—¿Qué es lo que lleva aquí? —pregunté—. ¿El *Labyrinthus temporis*?

Al pronunciar yo esas dos palabras, los ojos de Kaldermorgen parecieron crecer más allá de sus órbitas. Pero seguía inmóvil, contra su voluntad, amenazado por la Luger que sostenía Gaurav.

—Escúchenme con atención —dijo—. No sé quiénes son ustedes, ni de qué maldito agujero han salido. Pero en menos de tres minutos va a ocurrir algo en esta habitación... Y si no salen de aquí inmediatamente, será un suicidio para los tres. Solo puede viajar uno, ¿entienden? Solo puede viajar uno. Esas son las reglas.

—¿Viajar? ¿Adónde? ¿A la Alemania nazi? ¿Berlín? ¿Estoy acertando, señor Kaldermorgen?

El cierre del maletín ya estaba abierto. Dejé el martillo que llevaba en la mano y aparté las dos tapas para ver el interior. Sobre un lecho de terciopelo rojo, me deslumbró el reluciente y mágico brillo de decenas de pequeños diamantes.

—¿Diamantes? —No entendía nada.

—¿Qué se esperaba? —gruñó Kaldermorgen—. ¿Que llevase el libro conmigo? No soy tan idiota. El libro está perfectamente a salvo. Pero repito: váyanse ahora si no quieren sufrir las consecuencias. ¿Saben lo que es una lobotomía? Esto será parecido, pero sin dolor. Todos quedaremos partidos por la mitad.

—¿A qué se refiere? —preguntó Gaurav.

En ese momento dejó de llover de pronto. Por la ventana entraba la luz del día. Y se veían edificios de una gran ciudad. Era todo absolutamente imposible. El aire comenzó a llenarse de unas inconcebibles chispas flotantes, como copos de nieve, o como luciérnagas que flotasen inertes.

—Está a punto de abrirse, ¡maldita sea! —gritó Kaldermorgen—. Bueno, si va a disparar, dispare ya.

Dicho esto se lanzó sobre Gaurav con las manos por delante... y mi querido amigo era muchas cosas, pero no un hombre dispuesto a descerrajarle a otro un tiro a quemarropa. Kaldermorgen atrapó la Luger y Gaurav se resistió como pudo. Sonó un disparo cuya bala se incrustó en el techo. El retroceso hizo que los dos hombres cayeran al suelo mientras luchaban por la pistola. Mientras tanto, las chispas flotantes fueron aumentando en densidad. Era como si todo el aire estuviera comenzando a arder en esa fosforescencia. Y lentamente empezó a perfilarse una silueta circular en el centro de la habitación. Un anillo de fuego alrededor del cual orbitaban todas aquellas luciérnagas, como en una espiral que se iba acelerando y acelerando cada vez más.

—¡Suelte la maldita pistola y lárguese! —volvió a gritar Kaldermorgen—. ¡Acabaremos todos muertos!

Y supe que era cierto. Todo era cierto. El agujero de gruyer se estaba abriendo. Viajaríamos a Berlín en 1933. Y no volveríamos nunca más. Tenía que sacar a Gaurav de allí. Teníamos que largarnos echando leches. Me agaché para cogerle de un brazo, pero en ese momento noté que había alguien más con nosotros en aquella habitación. Debía de haber estado escondido bajo la cama todo ese tiempo. Ahora había salido de allí y estaba de pie.

Era un niño de diez años que tenía los ojos irritados de tanto llorar.

—¿Finn?

—Me he perdido —dijo el pequeño Finn—. He venido con mis hermanas y no sé dónde están.

Creo que esta aparición fue providencial. Tanto Gaurav como el señor Kaldermorgen detuvieron su forcejeo sorprendidos. Yo me dirigí a él, pero vi que el niño se asustaba. Me detuve.

—Escúchame, Finn, sal corriendo por esa puerta y baja las escaleras. Amelia te está esperando abajo, ¿entiendes? Tu hermana Amelia...

Escuchar el nombre de su hermana pareció hacerle reaccionar. La puerta estaba abierta y el niño echó a correr a través de ella, rumbo a las escaleras. Algunos pensamientos me atravesaron la cabeza, fugaces, enloquecedores. ¿Qué iba a pensar Finn al ver a su hermana? ¿Y el otro Finn que estaba dormido en el 157 de Sycamore Avenue?

Pero en ese mismo instante escuché un nuevo disparo. El señor Kaldermorgen había aprovechado la sorpresa para intentar arrebatarle la pistola a Gaurav, pero solo había conseguido disparar el arma de nuevo... Y esta vez, la bala parecía haber cumplido el objetivo para el que fue creada. Pude ver un pequeño charco de sangre formándose entre ellos dos.

—Dios mío...

—¡Lo siento! —gritó Gaurav mientras dejaba caer la pistola en el suelo—. Yo no quería... usted...

Kaldermorgen se llevó una mano al vientre y la manchó con su sangre.

—¡Vámonos, Gaurav, salgamos de aquí, maldita sea!

El círculo de fuego era ya un anillo brillante y la espiral de chispas giraba a una velocidad inaudita. Cogí a Gaurav de la mano y tiré de ella. Mi amigo se estaba levantando, pero entonces Kaldermorgen le cogió de la manga.

—No te irás... a ninguna parte...

Gaurav se revolvió, pero Kaldermorgen le asió con fuerza. Yo empecé a tirar de mi amigo, pero el viejo —cada vez con menos sangre en el cuerpo— parecía un peso muerto imposible de mover. Entonces, Kaldermorgen alcanzó la Luger con su otra mano.

—Y tú tampoco —dijo apuntándome con ella—. Vendréis los dos conmigo... al infierno si hace falta.

Puedo recordar perfectamente la mirada de Gaurav en ese momento, a través de aquella lluvia de chispas. No podía soltarse y había un terror profundo en sus ojos, pero también un atisbo de sonrisa, de maravilla ante aquella alucinante magia que nos rodeaba.

—¡Corre, Tom! —gritó—. ¡Busca a Miros!

Hoy en día me sigo preguntando si Gaurav de veras quería que buscase a Miros... o si solo pretendía alejarme de allí. Salvarme como un último acto heroico.

Se lanzó contra Kaldermorgen a por su Luger. Se oyó un nuevo disparo que me pasó silbando cerca de la oreja. Salí corriendo. Era cierto que Miros nos ayudaría. Podría zumbar con su *stick* de hockey a ese tío y liberar a Gaurav... Pero de todas formas, ¿no había escuchado los disparos? Llegué al otro lado del umbral justo cuando se producía algo parecido a un resplandor total. Recuerdo que me giré y vi el anillo de fuego y la espiral llenándolo todo en aquel instante. De pronto se produjo una explosión que me empujó hacia atrás. No quemaba, no dolía, pero su luz me cegó mientras mi cuerpo se caía y se golpeaba contra el suelo. Después todo se volvió negro. No sé si la luz se habría apagado, pero yo me quedé sin sentido.

Abrí los ojos. Estaba tumbado en el suelo del descansillo y desde alguna parte entraba luz natural. Pude observar las paredes y el techo y todo, de nuevo, era normal. Las medidas de una casa adosada dublinesa. Afuera, en la calle, seguía lloviendo, podía escuchar el golpeteo de las gotas en el tejado. Olía a humedad, a tierra mojada. Me hallaba en el 160 de Sycamore Avenue. Seguía vivo... pero ¿dónde estaban los demás?

Me incorporé y miré lo que tenía enfrente. Era esa vieja habitación de paredes rojas y descoloridas. La luz natural entraba por su ventana de cristales rotos. Amanecía y pude ver el interior de la estancia: vacío, repleto de grafitis, quemaduras... ni rastro de la cama, los muebles, el espejo... y sobre todo, ni rastro de Gaurav o el señor Kaldermorgen.

Me quedé sentado en aquel mismo suelo durante un largo rato, intentando arañar las imágenes que ahora aparecían difuminadas en mi memoria. Tenía claro que todo había sido un sueño. Un sueño maravillosamente original y fantástico. Pero ¿cuándo había comenzado? ¿Cuándo nos habíamos quedado dormidos? ¿Mientras vigilábamos la casa aquella noche? Más aún: ¿qué clase de sonambulismo me había traído hasta allí?

Me levanté y entré en la habitación. Como digo, estaba desierta, a excepción de dos objetos que yacían tirados sobre su viejo suelo de madera.

Un martillo y una palanca.

—Dios mío...

Bajé las escaleras a todo correr. Llegué al vestíbulo... ¿Dónde habrían ido Miros y Amelia? Pero entonces recordé a Finn. ¿Había sido un sueño? ¿De verdad estaba allí? La necesidad de racionalizar la situación me llevó a la única conclusión posible. Había un niño en la habitación... y pensé que lo más probable era que hubiesen llevado al chico a la casa de Amelia.

Aunque todavía se me escapaba la razón por la que nadie había venido a por mí.

Eran las primeras horas del amanecer. La calle olía a lluvia y a humedad. Crucé directo hacia el jardín de mi vecina y, según abría la cancela, me llamaron la atención un par de detalles. Faltaban los rosales y los molinillos de viento y el césped estaba muy abandonado. No parecía su jardín realmente, tanto que tuve que mirar hacia mi casa para asegurarme de que me encontraba en el número correcto. Pero era el 157, la casa de Amelia O'Rourke, así que caminé hasta la puerta y toqué el timbre. Una, dos, tres veces. Me daba igual despertar a Finn... tenía que saber lo que estaba ocurriendo allí.

Escuché unos pasos descendiendo las escaleras al trote. Quizá demasiado rápidos... quizá demasiado pesados... entonces la puerta se abrió y apareció allí un tipo en pijama y con cara de muy malas pulgas.

—¿Qué demonios quieres, tío? ¡Son las seis de la mañana!

Le miré de arriba abajo, sin decir palabra, porque era incapaz de creerme lo que estaba viendo. Un tipo calvo, con un cuello de toro y un par de brazos con los que podría decapitarme de un tortazo.

—¿Dónde está Amelia?

—¿Quién?

—La dueña de la casa. ¿Dónde está?

El tipo se frotó los ojos con una mano y maldijo entre dientes.

—Mira, tío... No sé quién eres, relaja ese tono, ¿eh? No conozco a ninguna Amelia —contestó—, mi casero se llama Finn. Pero eso no responde a mi primera pregunta, ¿qué cojones quieres?

—¿Tu casero se llama Finn... O'Rourke? —dije sin ser capaz de detener el temblor de mi boca.

—Sí, tío... Espero que todo esto sea una puta emergencia o algo.

—Lo es —aseguré entre balbuceos—. Necesito... hablar con él, con Finn... por favor.

El hombre regresó dentro de la casa y pude atisbar el interior del vestíbulo. Las paredes se veían viejas, no había cuadros de escenas primaverales colgados a los lados, ni tampoco estaba la cómoda ni el jarrón de flores que Amelia siempre tenía frescas.

Aquel tipo volvió al cabo de un minuto con una tarjeta de visita y me la entregó. Le di las gracias y me di la vuelta mientras notaba la onda expansiva de un sonoro portazo. Regresé a la casa de Vinnie y, según entraba en el jardín, me asaltó un temor repentino. ¿Y si ya no fuese la casa de Vinnie?... Pero allí todo seguía igual. El jardín era una chapuza y la llave entró en la cerradura.

Me dejé caer sobre el sofá del salón, con aquella tarjeta de visita entre las manos.

FINN O'ROURKE
Abogado
Baggot Street 19, Dublín

«¿Abogado?».

Había un número de teléfono en la tarjeta, pero era demasiado pronto para llamar a ninguna parte. En cambio, saqué mi móvil del bolsillo y busqué el contacto de Gaurav. Le llamé... pero el número me daba «fuera de servicio».

Dejé pasar el tiempo mientras intentaba comprender lo que podía estar sucediendo allí. Recordé las imágenes de la noche anterior. El anillo de fuego dando vueltas en espiral. Gaurav, Kaldermorgen... ¿se los había tragado? ¿Los había enviado al Berlín de los años treinta? ¿Era cierto? ¿Estaba pasando?

Solté una carcajada histérica. Era algo absolutamente demencial, pero yo lo había visto con mis propios ojos. Esa habitación amueblada, mucho más alta y amplia... Esa habitación de paredes rojas con las que yo había soñado varias veces. Ese dormitorio que estaba en otro lugar y en otra época... había aparecido ante nuestros ojos la noche pasada. Y al despertar, el mundo había cambiado. Amelia no vivía en su casa y Finn era abogado... ¿Qué más habría cambiado?

De pronto, me entró un horrible temor. Salí corriendo al cuarto de baño y me miré al espejo. Joder, era yo, seguía siendo yo... Solo que un mechón de mi cabello, pegado a la sien derecha, se había encanecido por completo. ¿Producto de la locura y la histeria?

Necesitaba relajarme un poco. Subí a mi habitación y saqué mi cajita de hierbas mágicas. Me fumé un canuto mirando por la ventana, observando la vieja casa de Sullivan y pensando. Intentar explicar aquello desde una perspectiva terrenal resultaba imposible, así que me dejé llevar por mi imaginación de escritor.

«Vale... Si la teoría del *Labyrinthus temporis* es cierta, hay dos habitaciones conectadas. El dormitorio de la casa de Sullivan y otro en Berlín en 1933».

Tuve que fumar una larga calada para digerir aquello.

«En 1978, Finn se quedó atrapado en alguna parte entre esas dos habitaciones. Posiblemente porque se escondió bajo la cama por miedo. Kaldermorgen habló de algo parecido a una lobotomía. Quizá fue eso lo que le pasó...».

«Pero no hay ni rastro de Gaurav. ¿Tal vez se haya quedado idiotizado para siempre?».

«El caso es que hemos liberado al chico... Regresó escaleras abajo, con diez años... ¿Quizá eso ha cambiado el mundo tal y como lo conocemos?».

Aunque había cosas que seguían igual: la casa de Vinnie, yo mismo... ¿Tal vez solo había cambiado una parte del presente? ¿O todas aquellas que estaban conectadas de alguna manera?

A las ocho menos cuarto de la mañana, tras pasarme cerca de una hora revisando cada habitación de la casa, salí de allí y bajé hasta el Village. El Spar abría a las ocho, pero sabía que Gaurav solía estar allí media hora antes para organizar las cosas. Toqué en la persiana y esperé con el corazón latiéndome a toda velocidad. Alguien se acercó y dijo, con acento indio, que la tienda estaba cerrada. Me agaché para verle.

—¿Gaurav?

Pero no era Gaurav. Era otra cara desconocida. Un hombre mucho más mayor.

—Está cerrado, señor.

—¿Conoce a Gaurav Chakraborty?

El tipo negó con la cabeza.

—Hay un tal Miros trabajando aquí. Es un guarda de seguridad.

—No conozco a ningún Miros, señor, y el vigilante se llama Dan...

—¿Está seguro?

—Llevamos siendo los mismos empleados desde hace dos años, señor... Perdone, pero tengo que volver dentro.

—Oiga, solo una cosa más: ¿qué día es hoy?

—¿Hoy? Domingo, 23 de junio.

Salí de allí caminando, alborotado, sin dirección, con esa especie de vértigo que te provocan las noticias terribles. ¿Dónde estaba yo? Era el día siguiente, el 23 de junio. Era Dublín, era mi calle... Todo era igual, pero en el Spar había un tipo nuevo y Miros estaba desaparecido. Los negocios seguían allí. El Arthur's, la tienda de flores, el restaurante chino... pero, por ejemplo, el quiosco de periódicos y tabaco del señor Mullaney había sido reemplazado por un pequeño local de hamburguesas rápidas.

Con el paso de los días iría dándome cuenta de que era así con todo lo demás. Básicamente igual, pero ligeramente diferente. Como una versión modificada del mundo. Como una nueva capa con algunos retoques.

También iría cayendo en la cuenta, poco a poco, de que no solo eran Gaurav o el señor Kaldermorgen los que habían viajado aquella noche. En cierta forma, yo también me había quedado atrapado en una nueva dimensión del presente. Y me pregunté cuántas cosas serían distintas. Podría buscar a Miros por su apellido en el listín telefónico. O ir a la casa de huéspedes de Annie Moore y preguntar por la mujer de Shaurav, a ver si ellos sabían algo de su primo. ¿Estarían allí? ¿Me conocerían?

En vez de eso, cogí un autobús al centro. Gracias a Dios el centro seguía en el mismo sitio. Pocas cosas habían cambiado en aquella versión de Dublín. Me bajé en la misma parada de Nassau Street del día anterior y caminé hacia Baggot Street. El número 19 era un edificio de oficinas y pequeños despachos. Pregunté por Finn O'Rourke al conserje.

—Segunda planta —me dijo—. Despacho 2F.

Llamé a la puerta y me abrió una chica joven, de rasgos asiáticos.

—¿Finn O'Rourke?

—¿Tiene cita?

—No, pero es urgente. Dígale que es un asunto sobre su hermana Amelia.

Noté una expresión de asombro en la cara de aquella chica. No obstante, guardó la etiqueta y me pidió que esperara un instante en la recepción. Entró en un gran despacho al fondo y tardó cinco largos minutos en regresar.

—El señor O'Rourke le dedicará un momento.

Tragué saliva y respiré hondo un par de veces. Mi corazón iba demasiado rápido y por unos instantes tuve miedo de desmayarme allí mismo. No sé ni cómo logré dar los pasos necesarios para entrar allí... pero lo hice. Crucé aquella elegante doble puerta de madera de cerezo y me quedé plantado en el umbral.

Había un hombre sentado tras una bonita mesa de caoba, vestido con una camisa blanca y una corbata. Sobre él colgaba un diploma de la London School Of Law. No tenía palabras. La impresión era demasiado fuerte. Peinado, afeitado, con una cara excelente... Me costó un buen rato darme cuenta de que estaba mirando a una nueva versión de Finn.

Finn... que solía hablar con las mariposas. Finn, que dormía con un osito de peluche...

—¿Quién es usted? —preguntó con seguridad—. ¿Nos conocemos?

Estuve a punto de decir que sí, pero creo que eso no hubiera sido del todo cierto.

—Bueno... yo conozco a su hermana Amelia —dije.

—Eso me ha dicho Mai. —Finn frunció el ceño—. Espero que no le moleste mi pregunta, pero ¿de qué conocía a mi hermana?

Yo me sentía aturdido por la situación, no sabía a qué agarrarme, no había contado con ninguna de esas preguntas... De hecho, hasta pisar aquel despacho, no había sido capaz de creer lo que estaba viendo ahora con mis propios ojos.

—Fuimos... fuimos vecinos... en...

—¿Cuántos años tiene usted? —replicó Finn con la soltura de un abogado acostumbrado a lanzar preguntas.

—Veintiocho.

—Y ¿cuándo dice que fueron vecinos?

—Yo...

Me quedé en silencio. ¿Qué iba a decirle? ¿Que ayer mismo, por la noche, estuve con ella?

—Yo... Verá, me he pasado por su casa, en Sycamore Avenue 157. Ella vivía allí, ¿no?

—Hace muchos años que mi familia no vive en esa casa, señor... Perdóneme. Creo que todavía no me ha dicho su nombre.

—Tom. Tom Cavanagh.

Finn se puso en pie. Era la misma altura, la misma proporción, el mismo cuerpo solo que ahora controlado por un cerebro a pleno rendimiento.

—Señor Cavanagh... para serle franco, no sé qué viene buscando aquí... aunque creo que le voy a pedir que se vaya. Pensaba que quizá fuese usted algún amigo de Amelia, pero con su edad eso es imposible. Y ahora me habla de nuestra casa familiar. ¿Qué pretende? ¿A qué ha venido? Convénzame para que no llame a la Garda inmediatamente.

—Me gustaría hablar con Amelia, si es posible —dije entonces—, eso es todo lo que quiero.

Noté que Finn recibía aquello como un golpe. Su rostro quedó desencajado. Se hizo un silencio atronador en aquel despacho.

—Mi hermana Amelia falleció hace cinco años, señor Cavanagh.

—¿Qué? N-no puede ser.

Me eché las manos al rostro. De pronto, las lágrimas habían brotado de mis ojos sin que yo pudiera contenerlas. En unas pocas horas había perdido a mis dos amigos del barrio... y ahora Amelia. Imagino que toda la tensión me llegó en ese instante. No pude contenerla.

Finn se había acercado a mí. Supongo que aquella reacción le pilló por sorpresa a él también. Me ofreció un pañuelo, me invitó a sentarme. Me dejó llorar un rato. Después me puso un vaso ancho con dos dedos de whisky y hielo. Por lo visto, mis lágrimas le habían convencido de que yo no era ningún estafador o algo parecido. Pero ¿quién era yo ? Incluso a mí me costaba explicarlo.

—Amelia me contó su historia —dije entre sollozos—. El Club del Muerto Parlante. Gareth Brooks. Rachel. Steve Kelly. Su otra hermana, Britney. ¿Todavía vive en Estados Unidos?

Finn me miraba como si yo fuera la sorpresa más grande que había recibido en mucho tiempo.

—Sí... Britney vive en América. Y usted ¿cómo sabe...?

—¿Cómo murió Amelia? —le interrumpí.

—Se mató en un accidente de avioneta. En Kenia.

—¿En Kenia?

—Sí... Ella y su marido, Gareth.

—¿Gareth Brooks, el escritor? —pregunté sorprendido—. ¡Así que ella estaba enamorada de él!

—Sí —dijo Finn con la mirada ausente—. Estaban enamoradísimos. Se marcharon de la ciudad a los dieciocho años. Los dos querían viajar, ver mundo... Se puede decir que murieron haciendo lo que querían. Aunque eso no sirva para consolarme lo más mínimo... yo estaba muy unido a Amelia.

—Lo sé.

—¿Lo sabe?

—Ella me lo contó.

—Y también esa historia del barrio... Steve Kelly, ¡maldita sea! ¡Llevo siglos sin oír ese nombre! —Se rio—. Era un vecino que tuvimos en Sycamore Avenue.

—Eso es. Aquel vecino que salía con Britney, ¿verdad?

—Desde luego, usted conocía a Amelia —sonrió Finn—. Bueno, pero Britney lo mandó a paseo. Era un tío problemático ese tal Kelly... Yo era un crío, pero recuerdo que siempre estaba liándola.

—¿Recuerda usted la noche que entraron en la casa abandonada del final de la calle? La casa de Sullivan...

—¡Oh! ¡Claro! No la olvidaré mientras viva...

Aquello fue una de esas aventuras... Recuerdo que todo fue idea de Steve. Yo tenía unos diez años y me perdí por la casa... y apareció un hombre, un vagabundo al que llamaban el Vampiro, y... ahora que lo dice... pasó algo allí... Creo que me escondí debajo de una cama... pero ahora que lo dice... hubo otra persona allí. —Sus ojos se quedaron suspendidos en mi rostro durante unos largos diez segundos que terminaron con una sonrisa dibujada en los labios de Finn—. Bueno, no lo recuerdo demasiado bien, fueron mis hermanas las que me lo contaron todo después... Solo sé que mi padre se enteró y nos dio una azotaina de aúpa a los tres. Mis hermanas estaban un poco amargadas conmigo, ¿sabe? Siempre cargando con el mocoso de Finn... Oiga, pero cuénteme exactamente cómo conoció a Amelia. ¿En Londres?

Yo me quedé callado. Me sequé las lágrimas con el pañuelo y apuré el whisky que me había servido Finn antes de ponerme en pie.

—Gracias por todo, Finn.

—Pero ¿se marcha? ¿No quiere quedarse... o quizá comer? Me encantaría hablar un poco más...

—Sí, quizá otro día —respondí—. Tengo su tarjeta.

—Bueno, usted manda —dijo él—. Me ha gustado mucho recordar a Amelia. Y esa vieja historia del barrio... ¡Ja!

Le miré de arriba abajo y sonreí.

—A mí también me ha gustado hablar contigo, Finn —dije a modo de despedida.

Todavía con algo de congoja, salí del despacho de Finn O'Rourke pensando en Amelia y en las cosas del destino. Si Finn nunca hubiese escapado de la casa de Sullivan, ella seguiría viva, pasando los días sin grandes sobresaltos en su casita del 157 de Sycamore Avenue, podando sus rosales y cuidando de Finn... Quizá, de hecho, en otra dimensión eso seguía pasando. Pero lo que cabía preguntarse era: ¿cuál de esas dos vidas elegiría Amelia si pudiese? Pensé que intentaría buscar alguna foto de ella. Si había sido la mujer de un escritor famoso, no debería ser difícil encontrarla. Y me aposté algo que descubriría a una mujer muy diferente a la que yo había conocido. Posiblemente, incluso su cara sería otra. El rostro de alguien que ha hallado el amor, que ha alcanzado la libertad y que ha cumplido sus sueños... en otra vida...

Esa tarde, por fin conseguí hablar con Vinnie en Maputo. Fue una conversación un tanto rara. Yo dediqué casi toda la llamada a preguntarle un montón de cosas sobre él, sobre nosotros, nuestros amigos en común, incluso mi ex. Resultó que todo seguía exactamente igual en nuestras vidas... Y fue un verdadero alivio.

Después de eso, Vinnie me informó de que las obras iban a comenzar la semana siguiente. Me dijo que tendría que buscarme un nuevo sitio donde vivir.

—Bueno, en realidad ese barrio no te gustaba mucho, ¿no? Me dijiste que apenas te hablabas con los vecinos.

—Supongo que te dije eso —respondí.

Me mudé a otro barrio de la ciudad, desde donde escribo hoy estas páginas. Comparto piso con unas matronas alemanas y un estudiante francés. Mi habitación da a la calle, a la casa de enfrente, donde vive una familia un tanto ruidosa con tres niños. Me encanta ese ruido.

Dos meses después de que comenzase la reforma de la casa de Vinnie, recibí una llamada de Douglas.

(Sí, el contratista era una de esas cosas que seguían igual). Me dijo que habían encontrado algo extraño al derribar uno de los tabiques de la primera planta. ¿Podía ir por allí en algún momento? Reconozco que me costó aceptar aquello. Internamente, me había jurado no volver por Sycamore Avenue... pero se lo debía a Vinnie por los muchos meses de alquiler que me había ahorrado. Así que cogí un autobús y me planté en Columbus Hill. De camino a casa de Vinnie pasé junto al Spar donde un gigante —que no era Miros— vigilaba las trastadas de los niños del barrio. Pensé que quizá algún día le buscara... en esa nueva versión del presente no nos conocíamos, pero yo sabía que era un buen tipo.

Subí la calle intentando no mirar al 160... La vieja casa del cementerio seguía allí, como un barco fantasma varado en la eternidad. Llegué a la conclusión de que seguramente nunca cambiaba, en ninguna de las versiones de la historia. Siempre permanecía igual. Inhóspita, amenazante, como un centro de inexplicable energía. El punto que unía, como una costura, las páginas de un libro.

Cuando llegué a la casa de Vinnie, había un andamio colocado en todo su frontal. El jardín estaba invadido con materiales de obra. El señor Douglas se hallaba en la primera planta, supervisando los arreglos del tejado.

—¡Ah! Es usted... Tom, ¿verdad? ¿Y su apellido era...?

—Cavanagh.

El señor Douglas dejó escapar una risilla un poco extraña. Yo no entendí a qué venía eso, ni tampoco por qué me había preguntado mi apellido.

—Verá... Hemos descubierto una cosa en el tabique. Estaba metida detrás de un ladrillo... Algo de lo más curioso...

—¿Algún problema? ¿Ratas?

—No, no, nada de eso. Acompáñeme.

Bajamos de nuevo las escaleras hasta la cocina de Vinnie, donde ya no había muebles y todo eran tuberías al aire. Allí, sobre una mesita de obra, había una botella de cristal polvorienta con un tapón. La cogió y la movió en el aire frente a mis ojos. Dentro había algo.

—He encontrado un par de estas en mi vida. Cápsulas del tiempo, cosas que la gente deja enterradas en las paredes. Pero en esta ocasión tengo que admitir que me he quedado patitieso. Mire...

Quitó el tapón a la botella y sacó un rollo de papel que me entregó. Enseguida noté que el papel tenía una textura especialmente gruesa... que era como un pergamino...

—Léalo —me invitó el señor Douglas—, a ver si puede usted comprender algo.

Desplegué aquel rollo ante mis ojos y vi que se trataba de un manuscrito que ocupaba toda la página.

Comenzaba así:

> A los hombres que están realizando la obra en Sycamore Avenue 159.
>
> Esta carta debe ser entregada urgentemente a Tom Cavanagh, el amigo de Vincent Fahey, propietario de la casa.
>
> Por favor, contacten con él a la mayor brevedad una vez encuentren este escrito.
>
> GAURAV CHAKRABORTY

A mí se me escapó una carcajada a medio camino entre la felicidad y la locura.

—Estaba escondida en una chimenea condenada de la cocina —dijo Douglas— y le juro que los ladrillos y el cemento que lo tapaban parecían tener por lo menos sesenta años. No sé cómo se lo montó su amigo para meterlo ahí... pero dele mi enhorabuena.

Enrollé la carta y me la guardé en el bolsillo.

—Se la daré, no le quepa ninguna duda.

Me despedí de allí y salí por Sycamore Avenue. Bajé hasta el pueblito y entré en el Royal Oak Pub, que me parecía el mejor sitio posible para leer en la intimidad. Pedí una Guinness y brindé en el aire. Por Amelia, por Gaurav y por Miros...

—Amigos, va por vosotros. Estéis donde estéis... O *cuando* estéis.